LES PAPILLONS BLEUS

PASCAL RUTER

LES PAPILLONS BLEUS

TOME 1 - 1940-1942

ROMANS
DIDIER
JEUNESSE

Pour Babka

Pour l'autre Simone

Première partie

Naissance des Indiens

Valberg, le 18 mai 2015

Mademoiselle,

Il y a deux semaines, votre grand-père nous quittait, pendant son sommeil. Nous appréciions tous sa présence discrète, son attentive gentillesse, la clarté de son regard d'artiste, ce regard qui se teintait de mélancolie lorsqu'il évoquait sa femme, Jacqueline, partie avant lui. Il lui arrivait encore parfois de la dessiner, les jours où son cœur se serrait trop fort. Il n'avait pas perdu la main. Celle-ci était restée jeune et alerte et il aimait certains dimanches offrir un portrait à ceux qui le lui demandaient. Nous sommes nombreux à avoir reçu une de ses œuvres, et j'aime à penser que par ce truchement votre grand-père ne nous a pas totalement quittés, que tant que ces dessins existeront il restera une part de lui auprès de nous.

Le dessin, la peinture ! Il me parlait souvent de vous, de votre talent, de vos premières expositions, c'est avec fierté qu'il m'assurait vous avoir transmis sa nature d'artiste. Je crois qu'il avait le sentiment que vous étiez, après la mort de Jacqueline, la seule à vraiment le comprendre.

Mais vous devez vous poser bien des questions sur l'objet de ce mystérieux envoi. Les lignes qui suivent vont tenter d'y répondre.

Je dois vous dire que, ces derniers mois, votre grand-père se faisait plus rare parmi nous : il fréquentait moins souvent les espaces communs, participait plus rarement aux activités de la Résidence. Je me suis naturellement inquiétée de ce repli, craignant un épisode de déprime, de fatigue ou de lassitude de vivre. Je lui rendis plusieurs visites pour m'assurer qu'il allait bien et tenter de savoir si nous pouvions l'aider d'une façon ou d'une autre, insistant pour qu'il se confie à moi et m'ouvre son cœur. Sa femme, Jacqueline, lui manquait-elle de plus en plus ? Souffrait-il de la solitude ? Pour toute réponse, Philippe m'assurait qu'il avait besoin d'être seul pour terminer « certaines choses ». Que de mystères ! De quoi s'agissait-il ? De ces cahiers devant lesquels je le surprenais parfois lors de ces visites, et dont les pages étaient couvertes de son écriture ronde et régulière ? Je voyais bien que Philippe était gêné par ma curiosité, qu'il ne souhaitait pas m'en dire plus. Mon insistance l'agaçait. Il allait visiblement aussi bien que possible et choisissait de toute évidence cette période de solitude. Je renonçai donc à l'interroger davantage.

Et puis vint le moment où, après son départ, il fallut s'occuper de sa chambre. J'avais, je vous l'avoue, oublié ces petits cahiers avec lesquels il entretenait ces tête-à-tête et qui l'avaient éloigné de notre communauté, aussi quelle ne fut pas ma surprise de les retrouver au nombre de cinq dans le tiroir de sa table de chevet, tenus ensemble par un élastique. Sur la couverture du premier de ces cahiers, écrit en gros et souligné à la façon d'un titre : Les Papillons bleus. *Un carré de papier glissé sous l'élastique indiquait en outre : « À donner à ma petite-fille Maud et à personne d'autre. »*

Je m'acquitte donc de ma mission en vous faisant parvenir les cahiers de votre grand-père que vous trouverez dans la grande enveloppe qui accompagne cette lettre.

Ainsi seront respectées les dernières volontés de notre cher Philippe.

J'espère que cette lecture vous apportera la consolation d'une nouvelle conversation avec votre grand-père bien aimé.

1

Une bonne demi-heure que nous pédalons dans la nuit.

– On y est, déclare Félix.

– Oui, c'est là.

Mon camarade me montre l'horizon en souriant. La lueur naissante du soleil couronne les monts du Jura qui se découpent sur un ciel violet.

– Même pas encore jour, murmure Félix.

Mon sourire répond au sien.

– Tu as bien les appâts ?

– Attends… éclaire-moi.

Je braque ma lanterne dans la direction de sa besace : ses mains y fouillent impatiemment.

– Les voilà ! Regarde !

Les asticots blanchâtres grouillent silencieusement dans la petite boîte de métal.

– Assez causé, vieux ballot, lance Félix. Maintenant, en avant !

Cannes et épuisettes en main, nasse en bandoulière, nous disparaissons dans le sentier qui descend vers la Volane. La rivière est solidement gardée par une gangue de ronces, de fougères et d'orties qu'il faut affronter pendant un bon quart d'heure pour mériter le chant mélodieux de l'eau.

Le ruban argenté apparaît enfin.

– Je t'avais dit, elle est grosse à cause de l'orage d'hier.

La tresse argentée, large de trois ou quatre mètres, se faufile entre une armée de rochers luisants de mousse détrempée. L'eau nous envoie au visage son haleine fraîche.

– On monte les lignes en vitesse, déclare Félix.

Pendant quelques secondes, je le regarde à la dérobée. Ses membres sont aussi noueux que les racines courant sur le sol, ses gestes, d'une adresse admirable. Le fil de nylon domestiqué par ses doigts agiles ne s'emmêle jamais et se plie à toutes ses volontés : en quelques minutes, hameçons, bouchons et plombs trouvent leur place. Il sent sans doute mon regard peser sur lui car sa tête pivote brusquement dans ma direction.

– Quoi ? Qu'est-ce qu'il y a ? Hein, vieux ballot ?

Sa main se porte nerveusement à son œil gauche couvert par une paupière molle, presque morte, qui peine à se soulever.

– Rien. Je pensais… qu'on est bien.

– Évidemment qu'on est bien. On est toujours bien, ici. Le coin des papillons, c'est chez nous. Personne pour nous déranger. Personne pour nous diriger. Libres.

Il regarde autour de lui et murmure :

– Trop tôt pour les papillons bleus. Dommage. Prends ça.

Il me tend la gaule en bambou.

– Dis donc, Félix, c'est pas un jour comme un autre. Bon anniversaire. T'as pas oublié, quand même ?

Son visage, que je ne fais que deviner dans la pénombre, se fige pendant quelques secondes. Puis il hausse les épaules.

– Merci. Allez, prends ta ligne. C'est la meilleure heure pour les truites.

Je le suis jusqu'au bord du torrent.

– Je t'ai apporté un cadeau, dis-je.

Il prend entre le pouce et l'index un asticot qu'il plante sans hésiter sur son hameçon puis il déverrouille le moulinet de sa canne. Et tout en armant son geste, il demande :

– Un cadeau ?

– Oui, le jour de son anniversaire on reçoit un cadeau. Surtout pour ses 15 ans. 15 ans, déjà ! En 1925, le monde devait être bien différent…

– Jacqueline et moi on ne reçoit pas de cadeau, parce que ce jour, pour mon père, ce n'est pas le jour de notre naissance mais celui de la mort de sa femme. Un jour maudit. On ne le voit pas, il ne revient qu'à la nuit.

D'un geste nerveux, il fait siffler son fil dans les airs puis ajoute :

– Mais ton cadeau me fera plaisir. Et maintenant, arrête de causer, si tu veux bien. Les truites n'aiment pas les bavards.

Nous sautons chacun sur un des rochers caressés par le torrent. L'air est vif et frais. Les frondaisons des arbres forment une épaisse voûte de verdure contre laquelle se heurte le soleil naissant. Félix a raison. Nous sommes chez nous. Rien ne change jamais, ici.

Nous sommes hors du temps, hors de la vie, loin de la peur, loin de la guerre et des discussions sans fin sur l'issue des combats. Ici, nous sommes seuls avec le silence, l'eau, les herbes hautes, et le seul combat que nous menons c'est celui contre les poissons.

Justement, aujourd'hui la chance est au rendez-vous, et au milieu de la matinée nous pouvons déjà nous estimer heureux. Notre beau butin repose sur un morceau de journal.

– Sept truites, deux perches et une bonne douzaine d'écrevisses ! s'émerveille Félix. À l'hôtel du Lion d'or on nous en donnera bien pour… Combien, à ton avis ?

– Une belle petite somme. Regarde comme elles sont jolies. Va falloir en pêcher, pour aller voir la finale à Paris. Quand est-ce qu'on aura assez d'argent ?

Il gonfle ses joues.

– J'en sais rien du tout, mon vieux ballot. C'est toi qui sais ce genre de choses normalement.

– Oui, eh bien là je ne sais pas ! Le train c'est trop cher pour nous, et beaucoup moins marrant que le vélo. Il faudra équiper nos bicyclettes, acheter de quoi les réparer. En chemin, on pourra dormir à la belle étoile, ça ne coûtera rien, et emporter des provisions, mais à Paris il faudra bien trouver un endroit pour dormir, manger et surtout payer l'entrée au stade. C'est ça qui sera le plus cher. Sans compter le chemin du retour.

Nous échangeons un regard solennel. Nous en avons fait le serment : guerre ou pas, nous irons voir Laszlo, notre idole, notre goal favori, jouer la finale de la Coupe de France de football dans les cages du Red Star.

Justement, je sors de ma besace un exemplaire de *Paris-Soir* acheté la veille par mon père. En page des sports s'étale une photo grandiose de Laszlo détournant de justesse le ballon du bout des doigts. Ses membres longs et fins, sa maigreur ainsi que sa rapidité légendaire lui valent le surnom de « l'araignée noire ». Et toute notre admiration. C'est vrai que dans ses cages, dans sa tenue noire, on jurerait un faucheux régnant sur sa toile. Je replie le journal et en arrache la première page pour y envelopper nos truites.

– Fais voir, dit Félix, qu'est-ce qu'ils racontent ?

– La guerre, évidemment.

– Où ça en est ? Laisse-moi lire.

Il tente de se concentrer pendant quelques secondes, cligne de l'œil droit, touche sa paupière molle et finit par me tendre le journal.

– Fais-moi un résumé, ça m'a toujours énervé de lire, tu sais bien.

Je parcours rapidement l'article qui figure à la une.

– Toujours pareil, notre armée tient bon…

– Je croyais que l'armée allemande avait contourné la ligne Maginot en passant par les Ardennes et qu'on était foutus.

– Qui est-ce qui t'a dit ça ?

– Mon père, lance Félix brutalement.

– Qu'est-ce qu'il y connaît, ton père ? Dans le journal ils disent que… Attends… Que notre armée inflige à l'ennemi des dégâts importants et que les combats tournent en notre faveur. De toute façon, tu sais quoi ?

– Oui, on s'en fout.

Nous éclatons de rire en même temps. Les victoires de nos 15 ans sont là : attraper des truites pour aller voir le goal du Red Star.

Avec un soin religieux, j'enveloppe les poissons dans la double page puis, pendant que Félix démonte les lignes, je sors de ma besace mon carnet à dessin et un bout de fusain. Maintenant, le soleil est assez haut pour percer la voûte de verdure, la lumière ainsi filtrée est parfaite. Calé contre une souche, jambes repliées, je laisse le morceau de fusain courir sur le papier et, petit à petit, le visage de mon camarade apparaît, un visage qui semble taillé dans la même matière que l'écorce des arbres mais sur lequel l'œil couvert par sa paupière baissée pose une touche de vulnérabilité qui donne envie de le protéger.

– Tu ne peux pas t'en empêcher, hein ? ricane-t-il. Tu voudrais pas un peu changer de modèle ?

– J'ai couché pas mal de truites sur le papier, aussi...

Son rire jaillit de sa gorge.

– Tu me feras toujours marrer, vieux ballot ! J'ai quoi d'intéressant, tu peux me dire ? Avec ma saleté de chiffe sur l'œil !

– T'es mon ami, c'est tout.

– Tu devrais plutôt dessiner Jacqueline. Je crois que ça lui plairait bien que tu la dessines... C'est un peu mieux qu'une truite, non ?

Canne en main, il s'approche de moi et s'accroupit à mes côtés, soudain curieux.

– Fais voir... C'est beau... Comment tu fais ?

– Je sais pas, je me laisse aller. Je fais courir mes doigts sans me poser de questions. Il suffit de bien observer. Si tu observes quelque chose ou quelqu'un pour qui tu as de l'amitié, la forme vient toute seule.

– T'as appris ça où ?

– Nulle part. C'est venu petit à petit... Quand je m'ennuyais au garage, je prenais de quoi dessiner. Au début je dessinais des voitures.

Je sors de ma besace une épaisse feuille de papier roulée en tuyau et maintenue par un cordon.

– Tiens, d'ailleurs le voilà, ton cadeau. Attention, c'est fragile. Tu as les mains toutes poisseuses.

Il essuie ses mains sur sa chemise. Hésitant, intimidé, il s'empare du présent. Sa paupière malade tremblote un peu.

– C'est fragile mais c'est pas du cristal non plus, ouvre-le.

– Zéphyr ! s'exclame-t-il. Ma jument ! C'est exactement elle !

Il cogne son épaule contre la mienne si fort que j'en bascule sur le côté.

– C'est incroyable, reprend-il, surtout les yeux ! On dirait qu'elle va battre des paupières. Et la crinière, on a l'impression qu'il y a vraiment du vent !

– J'ai été au champ plusieurs fois sans te le dire. Des semaines que je travaille dessus.

Son regard n'en finit pas, ravi, de détailler l'image de sa jument, son œil glisse sur la crinière, l'encolure, caresse le garrot. C'est un vieux cheval de trait tenu pour condamné et dont Félix s'occupe avec une obstination tendre.

– Comme ça, tu l'auras toujours devant toi.

Un nuage passe dans son œil, son visage se ferme brusquement.

Il hausse les épaules.

– Je te l'ai jamais dit mais... ma mère, je n'ai aucune image d'elle. Même pas un dessin. Rien.

– Ton père et ta grande sœur Odette non plus ?

– Je ne crois pas. Je ne sais même pas à quoi elle ressemblait...

Son visage est aussi changeant qu'un ciel de printemps et un sourire qui l'illumine vient soudain chasser les nuages de la mélancolie.

– J'ai une idée, mon vieux ! Si on allait voir Zéphyr ? On récupérera nos vélos sur le chemin du retour.

– Et les poissons ?

– Il est encore tôt, tu sais, il attendra bien, le cuistot du Lion d'or.

– L'hôtel, oui, mais pas mon père, il m'attend à l'atelier...

Depuis que j'ai arrêté l'école, mon père compte en effet sur moi pour l'aider au garage et il est assez pointilleux sur les horaires. Félix trépigne comme un enfant contrarié.

– S'il te plaît ! On en a pour un quart d'heure. Juste pour lui montrer le dessin.

*

De ce côté, la pente est plus raide, la végétation encore plus dense.

Nous dérapons sans arrêt sur le sol boueux et, pour éviter de se retrouver en bas, il faut s'agripper aux branches des aulnes qui se balancent à notre portée.

Félix, plus agile, caracole devant moi et se retourne à intervalles réguliers, fier de son avance et de sa force.

– Alors, mauviette ! Tu crois que c'est comme ça que tu vas aller voir Laszlo à Paris ? Va falloir me faire travailler ces jambes !

Bon prince, il me tend sa main pour m'éviter de m'étaler de tout mon long et finalement c'est en riant que nous parcourons les quelques mètres qui nous séparent de la lisière. La route est là, devant nous, métamorphosée. Nos rires se brisent comme du verre et je crois que notre enfance prend fin à ce moment précis.

2

La déclaration de guerre, il y a une dizaine de mois, n'a pas changé grand-chose à nos vies. Les combats de l'armée française sont lointains, abstraits, inoffensifs. Nous n'en souffrons pas, ou si peu. À peine si nous remarquons ici ou là l'absence des pères de famille mobilisés.

De grandes vacances, voilà ce qu'était la guerre pour nous.

Blottis derrière notre ligne Maginot que chacun s'accordait à déclarer inviolable, nous écoutions les bulletins d'information de Radio Paris qui se succédaient avec la régularité d'un métronome pour scander, avec une emphase toute théâtrale, les prouesses de notre invincible armée contre l'envahisseur germanique.

Mais ce temps-là est terminé, car en ce matin ensoleillé de juin 1940, elle est bien là, la guerre, devant nous. Nous l'avons oubliée et elle se venge, nous offrant sa caricature grimaçante : Pas de soldats victorieux, mais un long cortège de vagabonds hagards vêtus de haillons poussiéreux ; pas de chars d'assaut, mais de misérables charrettes chargées de valises, de meubles, de matelas, de cages pleines de poules caquetantes, de toutes les pauvres richesses qu'on a pu amasser en vitesse avant de prendre la fuite : certaines sont tirées par des chevaux boiteux et fourbus dont on devine les côtes sous la peau, d'autres par des hommes effarés qui avancent comme des mécaniques ; pas d'avions mais des brouettes grinçantes poussées par des fantômes, débordant d'habits, de chaussures, de victuailles ; pas de voitures blindées mais des landaus boiteux débordant de vaisselle et de vêtements, des bicyclettes aux pneus crevés, des voitures en panne en travers de la route, toutes portes ouvertes, et même un corbillard abandonné. Et encore plus loin des ânes pliant sous la charge, des mulets sur l'échine desquels se balancent des clapiers à lapins, et même une vache famélique dont une femme tire désespérément le pis.

Nous avons devant nous l'image même de la débâcle, le miroir grossissant de notre défaite.

Pour accompagner cette désastreuse odyssée, c'est un concert sans fin de pleurs d'enfants, de gémissements de voyageurs épuisés, de râles et d'insultes au sujet d'une bouteille d'eau : la moindre miche de pain est un trésor qu'on s'arrache à grands cris.

La tragédie dissout les hiérarchies. Le riche côtoie le pauvre, le bourgeois l'ouvrier, la demoiselle le vieillard, chaque pas arrache à la route une poussière jaunâtre qui se perd en volutes dans l'azur pur du ciel.

Le peuple hébreu fuyant Pharaon dans les sables d'Égypte n'avait pas plus misérable allure.

– C'est les gens du Nord qui fuient les villes pour échapper aux Allemands, déclare Félix.

– Comment tu sais ?

– C'est mon père qui me l'a dit. Les Allemands vont prendre Paris dans quelques jours. Peut-être qu'ils y sont déjà !

– Comment il a appris ça ?

– Il le sait, c'est tout.

– Et notre armée ? Rappelle-toi... les journaux. Nos soldats...

Un sourire ironique déforme les lèvres de mon camarade.

– Faut pas croire les journaux. Regarde ce qu'il en reste, de nos soldats. Ils ont belle allure, hein ! On a de quoi être fiers de notre armée.

Son doigt montre deux hommes qui avancent lentement sur la route. Le plus faible traîne une jambe enveloppée dans un linge souillé de sang, l'autre le soutient maladroitement. Sous un emplâtre de poussière et de boue on devine les uniformes français, bleu horizon. Une barbe sale et désordonnée couvre leurs joues, leurs lèvres sont sèches, fendues, et lorsque ces deux hommes s'arrêtent à notre hauteur on ne peut lire dans leur regard qu'une indifférence épuisée.

– Hé, les gars ! Combien de temps jusqu'à Valberg ?

En quelques pas, nous descendons le talus pour les rejoindre. Ce sont bien des soldats. Ils portent des galons que nous sommes incapables de reconnaître.

– Par la route, une demi-heure, répond Félix. Il y a des raccourcis mais il faut connaître… Et avoir de bonnes jambes.

– Il y a encore un médecin, par chez vous ?

– Devant la halle, lance Félix. Demandez M. Durande.

– Mais vous ne serez sûrement pas les seuls, dis-je.

– Pour sûr, qu'il y aura foule, répond le soldat en ricanant.

Le blessé pose sur la gourde fixée à ma ceinture un regard lourd de convoitise. Je la décroche et la lui tends. Il la porte fébrilement à ses lèvres. Plus loin, tandis que nous tâchons de nous frayer un chemin dans le flot humain qui grossit à vue d'œil, nous tombons en arrêt devant un cheval qui gît en travers de la route, les pattes repliées. On jurerait qu'il dort, si ne tourbillonnait pas autour de sa tête un essaim de mouches. Le regard de mon camarade s'emplit aussitôt de terreur et je comprends pourquoi : aujourd'hui, un cheval vivant représente un véritable trésor, un cadeau du ciel, au même titre qu'une automobile au réservoir bien rempli ou une bicyclette en état de marche.

– Retourne aux bécanes, ordonne Félix, on risque de se les faire voler. Si ça se trouve, c'est déjà fait !

– Et toi ?

– Moi, je vais au champ de Zéphyr. Pas envie que ces pouilleux me la bouffent.

*

La déferlante s'est déjà abattue sur la ville : une vague de fond qui emporte tout : elle s'écoule maintenant dans les rues, envahit la moindre arrière-cour, la mairie grande ouverte, la poste, l'école : les commerces dévalisés en quelques minutes ont fermé boutique et partout on voit des hommes, des femmes et des enfants de tous âges quémander du pain, de l'eau, du lait, des médicaments, un moyen de locomotion, de quoi se laver, téléphoner, poster une lettre, ou simplement quelques mots de réconfort.

Des bagarres éclatent autour des puits et des fontaines.

Si un filet d'eau est un trésor, un lit est un miracle et l'on s'étriperait pour un matelas.

L'hôtel où je me rends pour tenter de vendre notre butin déborde de partout, du grenier à la cave. Les plus chanceux s'entassent à huit dans une chambre tandis que les autres, faute de lits, se sont allongés sur les bancs du hall ou les tables du restaurant. À bout de forces, incapables d'aller plus loin, des familles entières ont fini par se coucher à même le sol, puisant un peu de réconfort sur les dalles fraîches du carrelage. Seule la table de billard a été épargnée, on y a aligné une demi-douzaine de nourrissons que des femmes changent à la chaîne, comme à l'usine.

En me voyant débarquer, la propriétaire trouve la force d'éclater de rire.

– Des poissons et des écrevisses ! Aujourd'hui ? Tu as le sens de l'humour, toi ! Et demain tu m'apportes quoi ? Des truffes et des ortolans ?

*

Le salon de coiffure de ma mère est fermé. L'ambiance n'est pas aux bigoudis ni à la mise en plis. Je la rejoins au garage où pullulent déjà les voyageurs les plus fortunés qui espèrent dégoter de quoi faire réparer leur véhicule abandonné sur la route.

Chacun ayant une bonne raison de se déclarer prioritaire, les billets discrètement exhibés constituent le plus solide des arguments.

– Je dois absolument mettre mes affaires en sécurité, dit un homme qui se donne des airs importants. Je peux payer, votre prix sera le mien. Seulement, je dois être à Lausanne demain soir.

– Impossible ! répond mon père. Je n'ai rien. Ni pièce de rechange, ni véhicule à vous céder.

L'homme se tourne vers les automobiles stationnées dans le garage. Il y a la Citroën du maire, la Voisin du médecin, l'Alfa Romeo 158 du notaire. Son regard est celui d'un affamé devant un banquet interdit.

– Et celles-là ? Il y en a bien une qui roulera jusqu'en Suisse. Ditcs moi combien, mon ami, et votre fortune est faite.

– Elles ne m'appartiennent pas.

– Pas grave, plus rien n'appartient à personne en ce moment ! On peut s'arranger… Tout peut s'arranger avec ça.

Il froisse quelques billets dans sa main.

– Si elles sont ici, c'est justement qu'elles ne roulent pas.

– Réparez-les, elles rouleront. Vous êtes garagiste ou non ?

– Je manque de tout, je vous dis. Aucun moyen.

– Vous avez bien une dépanneuse, là. Elle roule ? Dites-moi combien.

– Oubliez, je vous dis.

– Et ça, c'est quoi ?

– Un corbillard !

– Très bien, un corbillard ! La mort inspire le respect, on aura la paix.

– Réfléchissez un peu, pensez à l'état des routes, vous ne feriez pas deux kilomètres sans être bloqué. Reposez-vous,

vous prendrez votre décision dans quelques heures. Et faites plutôt un brin de toilette, ma femme apporte justement de l'eau et de quoi vous débarbouiller.

Ma mère distribue en effet des bassines pleines d'eau, du linge, ce qu'elle a de pain, de quoi soigner quelques blessures.

– Te voilà, toi, me lance-t-elle. C'est bien le moment d'aller à la pêche ! Ne reste pas dans nos pattes, aide-nous, plutôt. Va remplir des cruches à la fontaine. Ils ont besoin de boire et de se laver.

Au lieu de résister, l'homme imposant s'assoit sur un gros bidon d'huile et éclate simplement en sanglots.

C'est ainsi que je me mets à courir des uns aux autres pour aider ma mère dans la tâche qu'elle s'est fixée. Il en arrive sans cesse, plus seulement des automobilistes en difficulté, mais des familles entières épuisées, en quête d'un simple abri pour passer la nuit. Plus nous distribuons, plus nombreuses sont les mains qui se tendent.

Il y a surtout des gens du Nord et de l'Est, des Belges, tous chassés par la terreur de l'ogre allemand, de rares Parisiens également qui colportent les rumeurs les plus folles sur la capitale menacée, peut-être déjà prise. Quelques soldats français orphelins de leur régiment, un dérisoire fusil en bandoulière, errent au hasard des rues, aussi désemparés que des enfants perdus dans une gare. À qui s'adresser ? Qui appeler ? Où est l'armée ? Existe-t-il encore une armée française, d'ailleurs ? Faut-il la rejoindre ? Ne risquent-ils pas d'être considérés comme des déserteurs ? Bref, ils ne savent plus rien, tout leur échappe.

Quant au gouvernement, c'est pareil, on ignore où il est.

– À Tours, je vous dis ! affirme l'un.

– Pas du tout, rétorque l'autre, le gouvernement va embarquer pour les colonies !

– Vous racontez n'importe quoi ! intervient un troisième, ils sont déjà à Bordeaux !

Certains, rendus à moitié fous par l'exil, parlent de villages saccagés, de villes incendiées, de populations massacrées, d'autres racontent leur triste épopée.

– Nous avons été mitraillés par l'aviation allemande, près d'Amiens. Les stukas[1]... *Tac tac tac !* Comme à la fête foraine, le tir aux pigeons...

L'homme éclate de rire puis son regard se fige brusquement.

– Sauf que les pigeons, c'était nous. Le pire c'étaient leurs sirènes, quand ils descendaient en piqué, les sirènes de l'enfer.

– Ne perdons pas espoir... L'Angleterre n'est pas battue... Elle ne nous abandonnera pas !

– L'Angleterre ? Dans trois semaines elle aura le cou tordu, comme un poulet.

La nuit tombe et avec elle la fraîcheur. Justement ma mère, maintenant livide de fatigue, apporte des couvertures dont les naufragés se saisissent aussitôt.

– Il faut tous vous reposer, dit-elle. Croyez-moi, on y verra plus clair dans les jours prochains.

1. Avions de chasse allemands.

3

Les jours suivants, ni ma mère ni personne n'y voit plus clair : au contraire tout s'assombrit encore davantage. Les gens du Nord arrivés en premier continuent leur route, ou rebroussent chemin, cédant ainsi leur place à une autre vague. Les informations colportées par ces nouveaux naufragés ou par les militaires hagards sont confuses, mais toutes plus alarmantes les unes que les autres. Pour certains, l'armée française totalement pulvérisée n'existe plus, les plus pessimistes certifient que la Wehrmacht a défilé sur le Champ-de-Mars.

Le plus ironiquement tragique, c'est le spectacle de ces soldats dépenaillés, tous les jours plus nombreux, Ulysses minables broyés par un quelconque Cyclope. Comme aimantés, ils s'agglutinent autour du monument aux morts érigé en 1918, se mettent en un garde-à-vous de carnaval en entonnant *La Marseillaise*, et sous cette indestructible boussole de granit qui fend l'air de sa baïonnette, leur misère serre encore plus le cœur.

Gravé sur ce monument figure le nom de mon grand-père : Henri Eygletière. Cet homme de granit figé pour l'éternité, c'est lui. La guerre, pour moi, c'est celle qu'il a faite : Verdun, la Somme, les assauts, la mort dans un écrin de velours fermé par la croix de guerre, tous ces récits que mon père m'a transmis. Ce que nous vivons ne ressemble en rien à la guerre. C'est autre chose. Une chose que nous ne comprenons pas. Qui n'existe pas.

Mon père s'accroche à sa radio comme la bernique au rocher. Chaque soir, au milieu d'une bonne dizaine de réfugiés que nous continuons à héberger, il allume le gros poste, tourne la molette, déplace l'aiguille derrière son cadran avec la même précision que pour régler un carburateur ou un jeu de soupapes. La voix de Radio-Tour-Eiffel surgit du néant pour assener la même rengaine : notre armée inflige de lourds dégâts aux troupes ennemies déjà à bout de souffle. Certes on a pu remarquer un certain flottement, de regrettables retards dans l'organisation de l'état-major, quelques rares habitants ont pu céder à une déraisonnable panique, mais maintenant c'est terminé, on peut dormir sur nos deux oreilles, nos fiers soldats descendent les avions ennemis comme des alouettes à l'automne. Dormez tranquilles ! Ouf.

– *Et maintenant, chers auditeurs, pour donner du courage à nos soldats, la célèbre chanson du grand Charles Trenet,* Y a d'la joie.

Tout va bien, dans le fond, en ce 8 juin 1940.

Moins de deux semaines plus tard, la croix gammée flotte sur la tour Eiffel, le maréchal Pétain installé au pouvoir a signé l'armistice.

Nous sommes vaincus.

Radio-Tour-Eiffel reste muette.

*

Les malheurs ont ceci de bon qu'ils offrent des sortes de points de repère, des bornes dans le temps, des drapeaux plantés sur la mémoire.

Ainsi, je sais que c'est le lendemain du discours du maréchal Pétain signant l'humiliante défaite que la belle Hispano fait son apparition au garage de mon père et dans notre vie. Son moteur répand une fumée grise et puante, le pot d'échappement racle le sol, toutes sortes de bruits suspects jaillissent de ses entrailles et ses flancs sont constellés d'impacts de balles : mais elle roule et cette improbable arrivée d'une automobile en état de marche suffit à nous sidérer comme un souvenir du passé.

L'homme sort en premier. Même si ses habits sont défraîchis, froissés et tachés, on voit qu'ils sont de bonne facture.

– Bonjour, nous avons quitté Paris juste avant...

Un vague geste de la main termine sa phrase, puis il désigne son Hispano du regard.

– Elle n'ira pas plus loin. Vous êtes le seul garagiste ouvert à des kilomètres à la ronde.

Mon père tente maladroitement de dissimuler son embarras. Au fil des jours, il a appris à refuser, à répondre de façon catégorique aux demandes impossibles, à se fâcher même. Mais il y a dans la discrétion distinguée de cet homme surgi de nulle part quelque chose qui l'intimide.

Ou est-ce la superbe Hispano-Suiza qui le séduit ? Il ne peut s'empêcher d'en caresser les courbes du regard. L'homme s'en aperçoit et murmure :

– La J12 de 1935. Le moteur est poussé à 11,3 litres pour 250 chevaux.

Il ponctue son petit discours technique d'un modeste sourire auquel répond mon père. Qui est cet homme ? Un artiste, peut-être ? Un acteur ? Un député ?

La portière avant s'ouvre et une femme apparaît à son tour.

– Je m'excuse mais moi non plus je n'irai pas plus loin... est-ce que vous auriez un peu d'eau ?

Elle tient ses mains posées sur son ventre tout rond de femme enceinte.

Une petite voix flûtée vient de l'arrière de la voiture.

– Tu devrais rester assise, maman. Tu n'es pas raisonnable.

D'abord, je ne vois que ses délicates chaussures couvertes de poussière, puis ses chevilles, ses genoux dont l'un est éraflé. Et enfin la voilà tout entière.

Elle doit avoir mon âge. 15 ans. Ses cheveux ondulés et retenus par un bandeau rouge tombent sur ses épaules. Sa peau laiteuse porte des taches de rousseur. Son regard bleu a quelque chose de transparent, d'un peu absent. Ses paupières battent avec une lenteur énigmatique.

La femme ferme les yeux et vacille brusquement, son mari se précipite juste à temps pour l'empêcher de tomber.

– Nous n'avons ni mangé ni dormi depuis deux jours, murmure-t-il.

Il a l'air de s'excuser. Des larmes flottent dans ses yeux.

– Mais certainement ! s'exclame ma mère. Où avons-nous la tête ? On va vous préparer quelque chose... Il faut aussi vous trouver un lit.

Mes parents hésitent cependant.

– Il y a la grange, propose mon père.

– Elle est déjà bien occupée, déclare ma mère. Vous n'y serez pas au calme et vous aurez trop chaud. Et dans votre situation...

Je parviens enfin à m'arracher au regard fixe de la jeune fille sortie de la voiture.

– Pourquoi pas ma chambre ? dis-je. Elle est fraîche et calme, il suffira d'y installer un matelas supplémentaire. Ou bien le vieux lit.

– Et vous ? demande la fille.

Je hausse les épaules.

– Moi, ça m'est égal, je peux dormir n'importe où ! Même sur la banquette d'une voiture, ça ne me dérange pas.

Je me retrouve seul dans le garage bercé par le bruit de pas et des meubles que l'on change de place dans ma chambre, à l'étage.

Il fait chaud. J'étouffe. La journée me semble un interminable océan à traverser. De la sueur coule de mon front, comme si j'avais de la fièvre. J'ai l'impression que des heures se sont écoulées depuis l'arrivée de ces gens. Mais les clés qui se balancent encore doucement sur le contact de l'Hispano me prouvent le contraire.

C'est un superbe véhicule aux courbes élégantes, aux lignes effilées et harmonieuses, et dont la couleur crème apparaît sous mes doigts quand je les passe dans la poussière qui couvre la carrosserie. Jamais nous n'en voyons de tel au garage. La rafale de mitrailleuse sur le flanc gauche a laissé en oblique des trous si larges que je peux y glisser le pouce. Le réservoir aussi a été touché. J'ouvre la portière arrière et me glisse à l'intérieur. Les banquettes couleur crème, larges et rebondies, exhalent une grisante odeur de cuir. Une impression de solidité se dégage de cet intérieur raffiné. Des partitions de musique sont dispersées entre les sièges avant et la banquette arrière : une boîte dont la forme rappelle celle d'un violon est dissimulée sous le siège du conducteur.

Je ne me souviens déjà plus de la couleur étrange de ses yeux, ni du grain de sa voix. Et ses cheveux, étaient-ils bruns ou roux ? Finalement, peut-être qu'elle est plus âgée que moi. Un peu. Elle m'a vouvoyé. Personne ne m'a jamais vouvoyé. Mon cœur s'écorche en battant contre mes côtes.

Un visage apparaît soudainement dans l'encadrement de la fenêtre.

– Alors, mon vieux ballot, qu'est-ce que tu deviens ? Il est joli, ton nouveau jouet ! C'est quoi ?

Je mets quelques secondes à reconnaître Félix.

– Une Hispano-Suiza.

Admiratif, il siffle entre ses dents. Puis il regarde la plaque d'immatriculation.

– Mazette, on ne se refuse rien ! Des Parisiens... Ils doivent être sacrément riches ! C'est quoi, ça ?

Il montre les partitions tombées en désordre au pied de la banquette.

– Des morceaux de musique, je crois. C'est le monsieur qui en joue. Un artiste, sûrement ! Tu verrais comme il est élégant.

Il sourit et dit rêveusement, comme pris par de doux souvenirs :

– Les musiciens du bal de la Saint-Jean ont les mêmes, chaque année. Il y a écrit quoi, là, au milieu ?

– Il y a écrit, attends voir... *La Truite*, de Franz Schubert. Enfin je sais pas comment ça se prononce.

Il éclate de rire.

– Un Allemand ?

– Sûrement.

– Il a bien raison, en tout cas, ce Schubert ! Si on allait à la rivière ? Pour sa truite c'est trop tard, mais pas pour les écrevisses. Justement, la Saint-Jean approche, on pourra facilement les revendre. T'en dis quoi, vieux ballot ?

Plus personne n'a besoin de moi au garage, et j'ai envie de me secouer.

– On y va, dis-je.

*

Les rues et les places ont retrouvé un visage plus paisible. Les moins bien lotis parmi les voyageurs ont déjà quitté la ville, les plus fatalistes ont repris la route du nord, les autres sont partis chercher leur salut vers le sud dans l'espoir de passer en zone libre avant même que celle-ci existe réellement. L'armistice du 22 juin a en effet établi le principe d'une ligne de démarcation qui promet de couper la France en deux, mais personne ne sait vraiment où elle passera, cette ligne, ni quand cette frontière intérieure deviendra infranchissable. Mieux vaut donc fuir avant le verrouillage de cette porte de prison.

Pour l'instant, nous circulons encore librement sur la route qui mène à notre repaire.

La vague de population y a laissé, en se retirant, toutes sortes de vestiges : carcasses de voitures abandonnées dont on a déjà démonté tout ce qui peut l'être, charrettes démembrées, vélos tordus, landaus fracassés, vieilles chaussures, tas d'habits, et même un improbable drapeau français déchiqueté mais planté bien droit sur le bas-côté et qui, dans la circonstance, a quelque chose de comique.

La rivière offre toujours son inaltérable fraîcheur. Un collier glacé se serre autour de nos chevilles. Pour dénicher les écrevisses, il suffit de soulever les pierres une à une, et en moins d'une heure à patauger dans le ruisseau nos filets sont pleins.

Nous nous asseyons dos contre un arbre.

– Qu'est-ce que tu as ? me demande Félix.

– Rien.

– Tu as l'air... Je sais pas... Je te connais, va... tu as ton front plissé. C'est que quelque chose te trotte... ici.

Le bout de son index vient frapper contre mon front. Il sourit. Sa paupière molle sur son œil gauche me tord le cœur.

– Pète un coup, mon vieux, ça ira mieux !

Il éclate de rire et je ne peux m'empêcher de sourire.

– T'es vraiment con ! Je te rappelle qu'on s'est fait écraser comme des merdes et que les Allemands vont débarquer d'un jour à l'autre. Il n'y a que toi pour...

Son sourire ironique et provocateur me coupe la parole. J'ai soudain envie d'être seul, loin de tout le monde.

– Pour ? insiste-t-il.

– Pour te marrer comme ça...

– Tu sais ce qu'il dit, mon père ?

– Non.

– Que cette claque va nous faire du bien, qu'il fallait ça pour que la France se relève, un bon coup de pied au cul. On était tombé bien bas. Dans quelque temps, on y verra plus clair.

– Tu crois ?

– Mais oui. Il s'y connaît, tu sais, il a fait l'autre guerre. Il a été blessé à Verdun, c'est pour ça qu'il boite. Il dit qu'on peut compter sur le Maréchal, il ne nous laissera jamais tomber, lui. Il est mille fois plus malin que les Allemands, le Maréchal. On peut lui faire confiance...

Il s'allonge sur le sol, un brin d'herbe entre les lèvres, et rabat sa casquette sur son visage comme celui qui veut faire une sieste.

– Peut-être.

– Mais oui ! L'important, de toute façon, tu sais ce que c'est ? Non, hein, tu sais pas ! C'est qu'on est ici chez nous et que personne ne peut venir nous embêter.

Un oiseau se met à chanter sur une branche et les notes résonnent longtemps dans cette chapelle de verdure.

– Tu as sûrement raison, dis-je.

– Ici, tout le monde nous fiche la paix, continue-t-il. Mais toi, tu réfléchis trop ! Ta caboche, elle est trop pleine.

– La ligne, tu crois qu'elle passera où ?

– Ah ! Cette fichue ligne ! Tout le monde en parle...

– Je me demande, c'est tout.

– Je ne sais pas. Pas loin, apparemment. Là ! Ou là ! Ou encore là ? Son doigt passe d'un arbre à l'autre puis :

– Il paraît que c'est pour ça que les avions allemands survolent la région depuis quelques jours. Mais on s'en fiche, mon vieux, pas vrai ? Qu'est-ce que ça peut nous faire ?

L'avenir me semble soudain obscur et énigmatique, comme si cette ligne avait le pouvoir de trancher nos vies en deux. Des larmes envahissent le bord de mes paupières, acides, douloureuses. L'Hispano s'impose à mon esprit. De quel côté repartira-t-elle ?

Je prends mon souffle.

– Ça fait qu'elle peut nous empêcher d'assister aux exploits de notre goal favori à la fin de l'année.

Félix bascule sa casquette en arrière et se redresse.

– Mais c'est vrai, ça, dis donc ! Laszlo... on a tant rêvé de le voir.

À nos pieds, les écrevisses prisonnières tendent leurs petites pinces grises à travers les mailles du filet. Félix se saisit d'un galet et le projette le plus loin possible, on l'entend ricocher de rocher en rocher.

– On trouvera bien un moyen, mon vieux. J'ai plein d'idées, tu sais. On dirait pas comme ça, mais j'ai plein de choses dans la tête. Pas les mêmes que toi, évidemment, mais je suis un malin moi aussi. Comme le Maréchal ! Seulement, à l'école, j'y arrivais pas. Ah, toi ! C'était autre chose, tu faisais tout comme il faut, tu avais droit à tous les compliments. Attends, on va...

Il sort son canif de sa poche et l'ouvre avec cérémonie. Puis il me regarde mystérieusement.

– Le pacte du sang, tu sais ce que c'est ? Regarde.

La lame mord la chair de son pouce, du sang y perle aussitôt. Puis il me tend son canif.

– À ton tour.

La douleur est brève mais fulgurante et je dois me mordre les lèvres pour ne pas laisser échapper un gémissement.

– C'est bien, tu es courageux. Maintenant...

Il me serre la main pour presser mon pouce contre le sien, si fort que j'en ai mal au poignet et que je dois me retenir pour ne pas me débattre. Enfin il me libère.

– Nos sangs sont mêlés, à présent. Personne ne doit connaître cet endroit. Tu jures ?

Ma tête hoche d'elle-même de bas en haut. Il y a quelque chose d'un peu menaçant, dans cette cérémonie pourtant fraternelle.

– Si un jour on a des problèmes, c'est ici qu'on viendra se réfugier et qu'on se rejoindra.

– Quels problèmes ? À quoi tu penses ?

Il hausse les épaules.

– À rien... je ne sais pas. J'ai pas lu tous ces livres comme toi, je ne sais pas bien expliquer, mais je connais la vie. On peut toujours avoir des ennuis, un jour. Il faudra venir ici. Dans notre refuge.

D'un mouvement du menton il désigne la cabane que nous avons bâtie, sous des feuillages.

Il essuie la lame de son canif dans l'herbe qui se teinte de rouge, puis, prenant un ton solennel, il reprend :

– Faut qu'on se souvienne de cette journée. Qu'on ne l'oublie jamais. Je sais pas bien lire mais les lettres, je les connais...

Pendant quelques secondes, Félix s'applique à creuser l'écorce de l'arbre avec la lame de son couteau puis recule de quelques pas, comme on fait pour contempler son œuvre.

– Regarde. *F + P*.

Je souris.

– « Félix + Philippe », précise-t-il.

– J'avais compris. C'est bien.

– Tu vois, vieux ballot, si un jour on est séparés, il suffira de revenir ici pour se souvenir.

– Pourquoi on serait séparés ?

Il rabat la lame de son canif, sombre soudain.

– Toutes sortes de choses peuvent nous séparer. La vie, parfois, elle est mauvaise.

Puis il s'adosse à l'arbre qu'il vient de graver et, sombrement, murmure :

– Je crois que Zéphyr va mourir. Elle respire de plus en plus mal.

– Il doit bien y avoir quelqu'un pour la soigner. Au moins pour essayer.

– Le vétérinaire est prisonnier en Allemagne. De toute façon, mon père dit qu'elle est vieille et que ça ne sert à rien de faire venir quelqu'un, qu'elle a fait son temps et qu'il n'y a pas de quoi chialer. Il a toujours été comme ça, avec moi, mon père. À chaque fois que quelque chose compte pour moi il...

Sa voix se noue dans sa gorge. Sa paupière molle palpite légèrement.

Il donne un coup de pied dans le filet d'écrevisses.

– Peut-être qu'il a raison, après tout ! C'est vrai que c'est une vieille rosse. Des fois elle ne tient même plus sur ses cannes. N'empêche qu'il a toujours été vache avec moi, mon père. Tu peux pas comprendre, toi.

– Pourquoi je ne peux pas comprendre ?

– Parce que chez toi ce n'est pas pareil... Oh je sais bien, vous n'avez pas beaucoup d'argent non plus, mais tu as ta mère et ton père et ils s'occupent bien de toi. Tu comptes pour lui.

Je souris, ne sachant que répondre. Tout ce qu'il dit est vrai.

– Tu sais, des fois, quand je suis en colère et que je repense à des trucs, j'ai presque envie de le...

Il n'ose pas terminer sa phrase.

– Arrête de parler comme ça, idiot !

– Mais un jour je lui prouverai des choses. Je sais pas comment, mais un jour il verra qui je suis vraiment. Tout le monde verra. Et pour Zéphyr...

Il se force à rire.

– J'aurai toujours ton dessin.

Il replace sa mèche sur le dessus de son crâne et sourit. Un pauvre et doux sourire d'enfant triste qui tente de balayer les tourments coulant dans ses veines.

– Et puis la Saint-Jean approche, dit-il.

– Tu crois qu'on fêtera la Saint-Jean cette année ?

– Mais oui, justement cette année. Ce sera encore plus beau. Et moi je sais avec qui tu sauteras par-dessus le feu, cette fois...

Sa voix se fait taquine.

– Avec... Avec... Allons, fais un petit effort...

– Avec Jacqueline ?

– Exact. Depuis le temps que vous vous connaissez, et jamais tu n'as sauté les feux de la Saint-Jean avec elle ? Tu sais que ça en devient presque insultant ! Philippe par-ci, Philippe par-là... elle n'attend que ça ! Et toi aussi, je suis sûr ! C'est que c'est un joli brin de fille, Jacqueline, non ? Pas la peine de rougir comme ça ! Ah, faut tout t'apprendre, vieux ballot.

4

Un de ces soirs brûlants d'avant la Saint-Jean, revenant des quelques courses que ma mère m'a demandé de faire (les commerces commencent à manquer d'à peu près tout), j'entends, venant de la grange qui fait face à l'atelier, de l'autre côté de la cour pavée, des notes de musique que la lumière violette porte jusqu'à moi.

Irrésistiblement attiré, je m'approche doucement et observe par l'entrebâillement de la porte.

Installée en équilibre sur un empilement de briques, la partition est éclairée par une flèche ensoleillée passant entre les tuiles. Elle se tient bien droite, son instrument calé entre son épaule et son menton : tête de côté sans jamais quitter sa feuille des yeux, elle laisse glisser l'archet sur les cordes. Elle ne fait qu'un avec son instrument, le violon est un prolongement de ses bras. Ses cheveux relevés en chignon montrent un cou long, fin, fragile. S'échappant du violon comme les oiseaux d'une cage, des notes limpides et pures volent vers moi, tandis que des mèches de cheveux échappées du chignon et se balançant au rythme de la musique semblent saluer cette nouvelle liberté. Ces notes, elles ont la fraîcheur et la transparence de l'eau d'un ruisseau. Leur mélodie, fluide et ondoyante, emplit de son cours tout l'espace de la grange, on dirait que la musique est là pour nous laver de tous les chagrins.

Elle n'hésite jamais, ses gestes sont intrépides mais précis et assurés. Ses doigts sautillent sur les cordes, indépendants du reste de sa personne, follement vivants. En quelques secondes je suis magiquement transporté dans un autre monde, un temps suspendu où rien d'autre n'existe que l'eau claire de ces notes. Mon cœur enfermé cogne contre les barreaux de sa cage.

La porte de la grange grince, elle s'arrête brusquement, reste immobile pendant quelques secondes avant de se retourner.

– Ah, c'est vous...

Ma langue pèse des tonnes.

– Je passais juste, et... Je vous laisse.

– Mais non, pourquoi ? Vous avez entendu ? Ce n'était pas très bien, n'est-ce pas ?

Un sourire idiot se colle à mes lèvres. Son regard se perd dans les poutres de la charpente.

– Il faut dire que l'acoustique n'est pas idéale, ajoute-t-elle.

Je danse d'un pied sur l'autre. Je voudrais me volatiliser. Elle range son instrument dans sa boîte et, avec d'infinies précautions, couche l'archet à ses côtés, puis elle recouvre l'ensemble d'un tissu de velours. Ses ongles sont brillants et soigneusement taillés.

– Vous aimez Franz Schubert ?

Maintenant, elle est à quelques mètres de moi. Le soleil a disparu, il fait sombre. Je balbutie :

– C'était très beau. Je n'ai jamais rien entendu de si beau. C'est encore plus beau que... que... que Charles Trenet. Vous connaissez Charles Trenet ?

Elle me regarde fixement sans rien dire et cela dure une petite éternité. Ces quelques jours m'ont appris à percevoir la part d'enfant qui survit en elle. Soudain, elle s'anime, avec vivacité :

– Tout le monde connaît Charles Trenet. Ses chansons sont... entraînantes, c'est vrai.

Elle soupire et ajoute :

– Je prépare le conservatoire de Paris... mais je n'ai aucune chance, présenter Schubert en ce moment ce n'est pas une bonne idée.

– Pourquoi ?

– Parce qu'il est allemand, évidemment ! Et je ne sais pas si vous êtes au courant, mais la patrie de Schubert et de Beethoven fait preuve d'une certaine agressivité envers notre pays.

– Schubert et qui ?

– Beethoven. *L'Hymne à la joie*, je suis persuadée que vous l'avez déjà entendu.

Je rougis jusqu'aux oreilles. Je me sens parfaitement idiot, j'ai l'impression de m'enfoncer dans un bourbier de bêtises.

Pendant que je suis occupé à me liquéfier consciencieusement, elle s'assoit sur une botte de paille. Elle sourit et reprend :

– Moi je m'en fiche, la musique n'a pas de patrie. Ce ne sont ni Schubert ni Beethoven qui nous ont mitraillés, hier. Je vous jouerai du Beethoven demain, si vous voulez. Ou une chanson de Charles Trenet.

– Je connais un endroit qui sonne beaucoup mieux qu'ici. Je vous y emmènerai.

– Dans une église ?

– Une sorte d'église.

– C'est d'accord... si nous ne sommes pas repartis. J'ai l'impression que notre Hispano donne bien du fil à retordre à votre père, vous entendez ?

Des bruits métalliques venant de son atelier parviennent en effet jusqu'à nous.

– Vos parents sont très généreux avec nous, murmure-t-elle.

Elle hésite, puis me tend brusquement la main.

– Moi je m'appelle Esther. Et vous ?

– Philippe.

Elle éclate de rire et moi aussi, c'est la première fois que nous sommes seuls tous les deux, mais nos prénoms, nous les connaissons déjà.

– Comme le Maréchal ! s'exclame-t-elle.

– Mon grand-père est mort à la guerre, en 1918. Il y a son nom sur le monument aux morts. Il admirait beaucoup le Maréchal, c'est pour ça qu'on m'a donné ce prénom.

– Je vois… C'est bien triste de mourir à la guerre. Vous allez au lycée ?

– L'année dernière oui, mais maintenant je travaille avec mon père au garage. Mes parents voulaient que je continue, que je fasse des études. Même mes professeurs, ils auraient voulu : mais moi je préfère la mécanique.

– Le principal c'est de trouver son chemin. Le reste ne compte pas.

Sur cette vérité qui me semble hautement philosophique, je l'accompagne vers la porte restée entrouverte. La nuit violette est là, lourde, épaisse. Soudain enjouée, elle défait son chignon et passe la main dans ses boucles libérées.

– Ils sont impossibles, ces cheveux. Tout secs et cassants. Votre maman a promis de me faire une jolie coupe, demain.

Je voudrais au contraire me perdre dans cette forêt dorée allumée ici ou là d'étincelles rousses.

*

Peu après, je retrouve mon père affairé autour de l'Hispano. Il s'essuie les mains pleines de cambouis.

– Le réservoir et le radiateur ont été percés. Si on les change, ils pourront rouler un bon moment. Demain, tu iras voir le Magicien. Avec un peu de chance, il pourra nous aider.

Le Magicien, c'est un passionné de belles mécaniques auquel mon père fait parfois appel quand il est démuni. Il est capable de faire rouler une Hispano avec les pièces d'un vieux tracteur ou inversement.

– Papa, tout le monde dit que les soldats allemands vont arriver...

– C'est vrai. Mais...

Un sourire narquois, presque enfantin, balaie la fatigue et la lassitude incrustées dans ses traits, et de son doigt encore maculé de cambouis il dessine sur l'aile de l'Hispano un *V*.

– Pétain nous a trahis, il nous a donnés à l'Allemagne et a piétiné la République. Tu as lu son discours dans le journal ?

Je fais oui de la tête.

– Combien de temps est-ce que ça va durer ?

– Personne ne le sait, répond mon père, mais tout le monde n'a pas abandonné. Certains ont eu le temps de fuir en Angleterre. Il paraît qu'un général a lancé un appel depuis Londres. Un appel à continuer la guerre. De Guille, il s'appelle ou... de Graule, un nom comme ça. Presque un inconnu. Depuis, il a été condamné à mort par les hommes de Pétain.

Jamais je ne l'ai entendu parler si solennellement. Un vrombissement sourd nous attire soudain dans la cour. Dans le ciel balafré de traînées violettes, trois points en formation serrée volent à basse altitude. Ces aéronefs de combat dégagent une impression de force brutale. Je les imagine fondre sur leurs proies en crachant la mort.

– Des avions allemands, murmure mon père. Ils montrent qu'ils sont les plus forts. Ils surveillent la gare de triage et la frontière avec la Suisse.

De retour dans l'atelier, il essuie le *V* tracé sur l'Hispano, pose une main sur mon épaule.

– Pour l'instant, nous avons d'autres soucis. Elle nous résiste !

Son regard désigne la belle Hispano.

– Si tu trouves un réservoir et un radiateur demain matin, le soir même ils pourront repartir.

*

Pourquoi mes parents déploient-ils tant d'efforts, tant de patience et de gentillesse pour aider ces inconnus ? Pourquoi eux et pas les autres ? Est-ce le gros ventre de la mère d'Esther qui les pousse à tant de sollicitude ? La politesse distinguée et timide de son mari dont nous apprenons bientôt qu'il est médecin dans un hôpital à Paris ? Le violon d'Esther qui, chaque soir, nous rappelle à la beauté ? Les notes se mêlent au lugubre ronronnement des hélices des stukas allemands qui survolent maintenant la région en rase-mottes.

Le lendemain, à la première heure, j'arrive chez le Magicien avec des consignes bien précises. Il réfléchit quelques secondes.

– Une Hispano J12... Laisse-moi réfléchir... le dernier modèle produit par Hispano-Suiza. Pas facile...

Il observe longuement le schéma tracé par mon père et m'entraîne à sa suite. Il marche lentement en s'aidant d'une canne parmi les épaves auxquelles il a, au fil des années, fini par ressembler. Pas d'Hispano, évidemment, mais des Citroën, des Peugeot, des Panhard, des Delahaye. Il s'arrête devant une vieille Cousin qui rouille consciencieusement.

– Je crois qu'avec un peu d'astuce et quelques soudures, ton père saura adapter des pièces de cette Cousin. Il y a la place, ça pourra tenir quelques centaines de kilomètres. Reviens dans... deux heures.

J'enfourche ma bicyclette et, à peine arrivé au garage, je déclare à mon père :

– Le Magicien n'a rien trouvé.

Je mens sans honte, sans remords. La peur de la voir partir justifie tout.

– Dommage, dit-il. Je vais continuer à chercher... Il faudra plus de temps.

Je fais quelques pas vers la cour où ma mère tient sa promesse : au bruit argentin de ses ciseaux se mêlent les éclats de rire d'Esther. Une audace folle me fait battre le cœur.

5

– Vous ne direz rien à mes parents, n'est-ce pas ? Ils seraient très mécontents s'ils apprenaient que...

– Nous ne faisons rien de mal. Et personne n'en saura rien, tout le monde est très occupé.

Rien de plus vrai. Le père d'Esther, dont on s'arrache les services depuis qu'il est là, s'est rendu auprès d'un voisin qui s'est blessé en tombant d'une échelle. Quant à sa mère, elle est condamnée à rester allongée. Nous ne risquons rien. Libres.

– C'est que je ne suis pas aussi audacieuse que vous. À Paris je mène une vie très réglée, mes parents sont très stricts. Et je n'aime pas mentir. Je déteste les menteurs...

– Vous ne désobéissez jamais ?

Après quelques secondes de réflexion :

– Jamais. Mais je reconnais que l'idée de désobéir est assez excitante.

– Vous ne le regretterez pas, c'est très beau. La musique résonnera beaucoup mieux que dans la grange.

Ses cheveux plus courts la vieillissent légèrement. Je l'aide à s'installer sur le porte-bagage.

– Tenez bien votre violon, surtout.

– Et moi, comment je me tiens ?

– Eh bien... vous attacherez vos mains autour de ma taille. On ne fait donc pas de vélo à Paris ?

Il y a le soleil déclinant, la chaleur encore ronde et vive, les cheveux d'Esther qui folâtrent dans mon cou, son souffle contre ma peau et ses mains qui, dès que nous entamons une descente, serrent très fort ma taille. Il y a aussi nos rires en sursis.

Enfin, nous y voilà.

– Donnez-moi la main, si vous voulez bien, le sol est glissant et avec votre violon...

Sous les frondaisons, il fait sombre. L'eau vive jette vers nous sa fraîcheur rieuse.

– C'est beau, dit-elle simplement. On dirait qu'on est... loin de tout. À l'abri. La nature n'est pas en guerre, elle. Elle nous accueille.

Elle ouvre la boîte de son instrument et passe sur l'archet un petit bloc semblable à de la cire.

– De la colophane, dit-elle. Pour que les crins accrochent bien sur les cordes.

Elle s'interrompt soudain, fronce les sourcils.

– Philippe... Vous savez, vous, pourquoi les hommes se font la guerre sans arrêt ?

J'avoue que la question me cueille à froid.

– C'est idiot de se cogner dessus, continue-t-elle, la vie est si courte et elle serait si belle si tout le monde pouvait s'entendre. Après tout, Français ou Allemands, nous sommes tous pareils... Vous ne croyez pas ? On a tous envie de vivre, d'être heureux, de rire, d'aimer son prochain... Oh regardez ! Vous croyez qu'il pense à la guerre, lui ? Il ne pense qu'à vivre.

Un papillon bleu s'est posé sur l'extrémité de son violon, il bat des ailes, hésite puis reprend son vol saccadé qu'Esther suit des yeux.

– C'est le coin des papillons bleus, dis-je. Parfois il y en a des centaines.

La musique s'élève, des lianes de notes enlacent les troncs des aulnes, embrassent le feuillage, épousent la lumière, répondent aux sanglots de la rivière. Il me semble que tout s'accorde à la mélodie qui naît de l'instrument, le vent, le vol du papillon bleu, le chuchotement des feuilles des arbres, et qu'il y a entre la nature et la musique une mystérieuse correspondance, un pacte aussi indestructible que celui passé avec Félix.

Une ombre frôle mon cœur. Mon mensonge n'a fait que retarder les choses, bientôt l'Hispano repartira et jamais plus je ne la reverrai. Notre rencontre aura été aussi brève que la vie du papillon bleu et je savoure ce moment éphémère comme on savoure un souvenir, car il en est ainsi des moments magiques de notre vie : à peine éclos, déjà appartiennent-ils au passé.

L'harmonie est soudain brisée par ce sourd vrombissement qui en quelques jours nous est devenu familier. Esther se précipite vers moi, frémissante. Derrière les frondaisons, nous ne faisons que deviner l'avion qui sillonne le ciel tel un sombre bourdon.

– Le même avion que celui qui nous a tiré dessus, sur la route, dit-elle. Il a fondu vers nous comme un faucon. Le plus terrible, c'était cette sirène infernale, encore plus affreuse que les bruits de la mitrailleuse. Ce n'était pas de mourir que j'avais peur, je m'en fichais presque, la seule chose que je voulais c'était que mes parents et leur enfant vivent... C'est bizarre parce que je suis très très trouillarde, dans la vie.

Elle ramasse son instrument. Bientôt le silence revient. L'eau se remet à couler, la brise à agiter les feuilles.

– Vous savez, Philippe, sur la route j'ai vu une femme morte, c'était terrible... ça aurait très bien pu être ma maman ou même la vôtre... Vous avez déjà vu un mort, vous ?

– Non, jamais.

– C'est atroce, de voir un mort. Après on n'est plus pareil. C'est comme la fin de l'enfance, la fin d'un paradis.

– Il paraît que la ligne de démarcation va passer tout près, dis-je. C'est pour ça que les avions surveillent tant la région. Vous allez loin ?

– Mon père veut aller en Suisse. Ou peut-être en Amérique. Il ne veut pas revenir à Paris parce qu'il pense que les Allemands vont faire en France la même chose qu'en Allemagne.

J'ai en souvenir quelques photos du chancelier Hitler, dans la tête, le ton haineux de ses discours retransmis à la radio.

– La même chose ?

– Oui, reprend-elle. Avec les Juifs. Il a des amis en Allemagne qui ont dû fuir parce qu'ils sont comme nous et que...

Elle me dévisage longuement, cherchant à déchiffrer quelque chose sur mon visage.

– Comme vous ? Je ne comprends pas...

Elle secoue la tête puis se force à rire.

– Mon père se fait toujours du souci pour toutes sortes de choses ! Il nous aime trop, c'est pour ça. Avec le bébé qui arrive, c'est encore pire. Il n'y a certainement pas autant de danger que ça. Et puis... On ne peut jamais prévoir l'avenir.

Sa voix est enrouée. Son regard devient aussi fixe que la première fois que je l'ai croisé.

– Vous avez déjà été à Paris ? demande-t-elle soudain.

– Non... Je n'ai jamais été plus loin que... Lyon.

– Vous verrez, c'est formidable. On peut même voir des films américains... Charlie Chaplin, vous connaissez ? Charlot ? Non ? Il est incroyablement drôle ! Le préféré de maman c'est Douglas Fairbanks... Je crois qu'elle est un peu amoureuse de lui. Vous connaissez ?

Je ne suis allé au cinéma qu'une seule fois, à Lyon. Je me contente de sourire piteusement.

– Et les musées, les expositions de peinture, on peut en voir tous les jours si on veut... L'année dernière j'ai vu l'exposition sur les impressionnistes... Que c'était beau... Vous devez aimer les impressionnistes, vous qui aimez la nature !

J'ignore tout des impressionnistes et encore davantage pourquoi il faut les exposer. Je me sens ignorant, crasseux de stupidité. Dans ma vareuse serrée à la taille, je ressemble à une vieille saucisse. J'ai soudain honte de mes yeux tout juste bons à repérer les truites et les écrevisses, de mes oreilles qui ne connaissent que le chant des oiseaux, de ma bouche juste bonne à réciter les fables de La Fontaine et les tables de multiplication, de mes mains tachées de cambouis faites pour démonter et remonter les pièces d'un moteur, de mes cheveux aussi épais et secs que du foin.

– Si un jour vous venez à Paris, je vous montrerai... Il y a tant de choses à découvrir qu'on ne s'ennuie jamais. Vous viendrez me voir à Paris ? Oh, promettez que vous viendrez me voir ! Je vous assure, on s'amusera bien ! Quand tout ça sera terminé, bien sûr...

Sa main se pose doucement sur la mienne. Des larmes glissent le long de ses cils.

– Vous promettez ?

– Je promets.

– Enfin... Si tout cela prend fin un jour... Vous avez été si gentils avec nous, si généreux ! Nous n'oublierons jamais.

Elle sourit, frissonne légèrement.

– Il fait froid, dit-elle. Si nous rentrions ?

*

Des cris me réveillent brutalement. La nuit est profonde mais en face les fenêtres de la maison sont toutes éclairées. Je quitte la grange et dans la cour je croise ma mère qui vient de tirer de l'eau au puits.

– Il faut de l'eau bouillante. Pour le bébé, il arrive !

De haut en bas de la maison on va et vient sans discontinuer. Au-dessus d'une bassine, mon père verse sur les mains de celui d'Esther de l'eau bouillante.

– Tu devrais retourner te coucher, dit-il.

Sa voix est sèche et brutale. Le père d'Esther ne m'accorde pas un regard. Ses mâchoires sont tellement cadenassées qu'on voit les muscles se contracter sous la peau. L'inquiétude qui flotte est palpable, presque solide.

– Ne reste pas ici, dit ma mère, la maman d'Esther est épuisée, le bébé se présente de façon... anormale... Il aurait fallu un hôpital... Maintenant c'est trop tard...

Au sommet de l'escalier, Esther se tient toute droite, bras ballants contre le corps. Dans sa chemise de nuit elle est si pâle et si gracile qu'elle a quelque chose d'une apparition.

Ma tête bourdonne, je ne suis plus qu'un bloc de culpabilité pétrifiée. C'est ma faute s'ils n'ont pas pu reprendre la route, mon mensonge a apporté le malheur. Je fais quelques pas en arrière, et je cours.

Je m'enfuis sans penser à rien, tout droit, le plus loin, le plus vite possible, suffoquant de détresse dans le tunnel obscur de la rue. Je voudrais ne jamais m'arrêter, continuer jusqu'à l'épuisement. Il n'est pas si tard, mais aucune lumière ne filtre derrière les volets, sans doute en raison d'une de ces coupures de courant maintenant presque quotidiennes. Une chaleur anormale flotte, menaçante.

Je trouve refuge dans le vieux lavoir. Mes poumons en feu déchirent ma poitrine, la culpabilité me broie la tête. J'abandonne ma main à la fraîcheur de l'eau qui se froisse. L'église m'écrase de son ombre massive. Sa cloche martèle la nuit plusieurs fois. Je m'endors.

*

À mon réveil je reprends la direction du garage, mes pas résonnent contre le pavé des rues vides. À la maison, le silence a repris ses droits. Le velours de la nuit n'est déchiré que par la flamme dansante d'une lampe à huile qui éclaire les fenêtres du rez-de-chaussée.

Je m'approche à pas feutrés.

Esther tient au creux de ses bras un petit être noyé sous une écume de linge blanc. Son profil pur est penché vers la minuscule créature dont une main, fragile comme de la porcelaine, s'agite dans les airs : bientôt parvient à mes oreilles une berceuse qui s'échappe de ses lèvres. Happé par cette gracieuse et tendre mélodie, tout à mon émotion, il me faut quelques secondes pour réaliser que je n'en comprends pas les paroles. Quelle est cette langue étrange ? Les sonorités murmurées sont douces et caressantes.

Esther sent-elle mon regard, ma présence ? Elle s'arrête de chanter et dirige ses yeux dans ma direction. Elle met un temps infini à me reconnaître puis un lent sourire se forme sur son visage.

Ces secondes me semblent durer une éternité, une de ces éternités dans lesquelles peut tenir toute votre âme.

Étranglé par l'émotion, incapable d'articuler le moindre son, je lève la main devant moi et, l'agitant de droite à gauche, lui fais un petit signe d'amitié avant de courir me réfugier dans la grange.

6

Le lendemain, à peine levé, je croise ma mère chargée d'une montagne de draps mouillés.

– Ils sont partis avant le lever du soleil, dit-elle. Tu vas enfin retrouver ta chambre. Juste le temps de la remettre en ordre !

Je me précipite dans le garage. La belle Hispano est toujours là.

– Je leur ai laissé la Citroën de M. Vincelotte, m'informe mon père. Après tout... il est prisonnier quelque part en Allemagne, ils en avaient plus besoin que lui. Ils ne pouvaient plus attendre... Peut-être qu'ils ont encore une chance de passer...

Son regard flotte sur l'Hispano.

– Heureusement qu'on n'a pas trouvé les pièces pour la faire repartir, celle-là. Les avions ont mitraillé les routes, il y a deux jours. Un vrai carnage.

Pendant quelques secondes, je ne trouve absolument rien à dire.

– Le bébé, c'est...

– Un garçon ! Esther a insisté pour qu'il porte ton prénom... Mais Philippe, tu vois, en ce moment... Alors ils ont choisi ton deuxième prénom. Adrien.

– Tu crois qu'on les reverra ?

Mon père garde le silence, sa main se lève devant lui.

– Je ne sais pas. Personne ne sait.

L'image du papillon bleu posé sur le violon d'Esther traverse mon esprit troublé. Comme lui, elle s'est posée fugitivement dans ma vie pour s'envoler à tout jamais.

Félix apparaît à ce moment-là. Il salue mon père puis s'exclame :

– C'est la Saint-Jean, ce soir, tu as oublié ? À quoi tu penses ?

La tradition veut en effet que, chaque année, nous passions de maison en maison pour rassembler toutes les bûches qui constitueront le traditionnel brasier de cette nuit de fête.

– Papa... Je peux ? Tu n'as pas besoin de moi au garage ?

– On ne trouve plus d'essence nulle part. Plus personne ne roule. Profitez de cette fête, les garçons. Comme si ce devait être la dernière.

Je m'accroche à la mine réjouie de Félix, je me laisse entraîner par sa joie entière de s'amuser autour du feu.

– Jacqueline a choisi sa plus belle robe pour toi ! s'exclame-t-il.

*

C'est une fête brûlante, une joie tapageuse et presque douloureuse, une de ces réjouissances de foudre et d'orage au cours desquelles on oublie tout.

Jamais la pyramide de bûches n'a été aussi haute. Jamais la flamme n'a été aussi vivante et folle, aussi ondoyante, moqueuse presque dans sa façon de danser au rythme du petit orchestre d'accordéons. La flamme ardente et invincible salue chacun de nos sauts en crachant des milliers de flammèches qui montent vers les étoiles.

Cette année, et pour la première fois, les jeunes ne sont plus les seuls à défier la flamme. Les plus anciens nous imitent, audacieux et infatigables, jeunes à nouveau, ils se jettent eux aussi à corps perdu dans le feu et sentent sur leur peau la brûlure de son baiser.

Dans ces noces vertigineuses de fête, d'oubli et d'angoisse, la nuit semble ne jamais devoir mourir et le feu ne jamais devoir s'éteindre. Jacqueline apparaît soudain à mes côtés. Comme elle ressemble à Félix ! La flamme oblique caresse son visage. Elle approche sa bouche de mon oreille.

– Tu sautes le feu avec moi ? L'année dernière, tu m'avais promis !

Ses lèvres sont épaisses, franches, gorgées de vie comme des fruits mûrs, ses cheveux lâchés et mouillés pendent le long de son visage. Pour toute réponse, je lui tends la main.

– Tu sais ce que ça veut dire quand on saute le feu de la Saint-Jean ? « Qui saute le feu, toujours sera amoureux ! »

Elle éclate de rire. Le même rire que celui de son frère. Animé de la même ardeur brûlante.

Nous prenons notre élan, nos pieds quittent le sol. Nous volons pendant quelques secondes et roulons ensemble, dans l'herbe, de l'autre côté du brasier. Nos mains sont restées soudées par l'épreuve du feu. Sur le dos, haletants, nous fixons à présent le ciel.

Loin de nous, l'accordéon a entamé une chanson que chacun reprend en chœur.

Comment ne pas perdre la tête
Serrée par des bras audacieux ?
Car l'on croit toujours aux doux mots d'amour
Quand ils sont dits avec les yeux

– Félix m'a montré le dessin que tu as fait de sa jument. Il est magnifique...

Elle se tourne sur le côté, pose sa tête sur sa main et de l'autre cueille un brin d'herbe qu'elle fait danser dans sa bouche.

– Je voudrais que tu me promettes quelque chose, continue-t-elle, quelque chose d'important.

Son visage est devenu grave, soudain.

Elle qui l'aimait tant
Elle le trouvait le plus beau de Saint-Jean
Elle restait grisée
Sans volonté sous ses baisers

– Si un jour je ne suis plus là, tu veilleras sur Félix ?

– Pourquoi tu ne serais plus là ?

Elle hausse les épaules de façon provocante et sa bouche se fait boudeuse.

– Je ne sais pas, moi. Il peut arriver n'importe quoi ! Un jour on est ici et un autre jour ailleurs. Félix, tu vois, il n'est pas comme toi ni comme moi. On se ressemble d'apparence, mais pas dans la tête. Il est plus fragile… Toi tu as la tête solide, et moi aussi, mais pas lui. Les colères qu'il faisait à l'école, tu te souviens ? Il se mettait toujours dans des situations impossibles. C'est pas qu'il était méchant, c'est qu'il n'y arrivait pas, il ne trouvait pas son chemin. Tiens, regarde-le, là-bas. Il s'amuse comme un enfant.

La silhouette de Félix se découpe en effet dans la nuit, dansant follement autour du feu, inépuisable elle bondit, virevolte et parfois mon ami se baisse pour jeter une bûche dans le brasier qui redouble d'ardeur et souffle une gerbe d'étincelles vers le ciel.

– Tous les autres garçons avaient quelque chose de bien, reprend Jacqueline, lui il n'avait que ses poings, alors il s'en servait. Forcément, il faisait peur, il n'avait aucun copain. Pour se venger les autres se moquaient de sa paupière, tu te souviens ?

– Oui, je me souviens, ça le rendait fou.

– Des fois, il dit que c'est à cause de cette paupière que personne ne l'aime. Qu'elle lui a été donnée pour le punir de la mort de notre mère, pour qu'il n'oublie jamais. Tu es son seul ami. C'est pour ça que je te demande ça…

– Mais il y a ton père, et votre grande sœur, Odette.

– Papa, tu sais, il ne s'est jamais vraiment occupé de nous. La scierie ne marche pas bien... Lui aussi, il a mauvais caractère. Des fois, il ne dit rien pendant plusieurs jours... On voit qu'il a de mauvaises idées en tête... surtout depuis qu'Odette travaille à l'hôtel. Elle y dort presque toutes les nuits, maintenant. Elle a toujours eu l'idée de quitter la scierie le plus vite possible, c'est pas vraiment une sœur. Des fois, j'ai l'impression qu'elle nous déteste, Félix et moi, et même papa, qu'elle a honte de nous.

Pendant quelques secondes ses yeux scrutent le ciel. La chaleur du feu est moins vive.

– Tu connais le nom des étoiles ? demande-t-elle.

– Un peu.

– En fait, je savais. Félix m'a dit que tu les connaissais.

– Là, tu vois, c'est Orion.

– Et cette étoile si grosse, si brillante ?

– C'est Vénus. On ne la voit si brillante qu'en été...

– Je t'aime bien, tu sais. Tu n'es pas comme les autres garçons. Et... qu'est-ce que...

Autour de nous tout s'est brutalement arrêté. Plus de sauts. Plus de danse. Plus de cris. Les accordéons sont muets, les sourires figés, la liesse morte. Seul le feu crépite tragiquement et jette ses dernières flammèches dans le silence de cette fête agonisante.

Des hommes en noir allongent leurs grandes ombres sur la route. Le cuir de leur manteau et de leurs bottes brille sous la lune.

L'un d'eux, dressé sur un blindé léger et muni d'un mégaphone, déclare :

– Nous ne vous voulons aucun mal, restez calmes, nous ne sommes pas vos ennemis.

Puis, après un interminable silence :

– Le haut commandement allemand ne tolérera aucun acte d'hostilité envers les troupes d'occupation. Toute agression, tout sabotage sera puni de mort. Dès demain, toutes les pendules seront avancées d'une heure, toutes les armes à feu et fusils de chasse seront déposés dans les mairies, le mark vaut désormais 20 francs.

Son visage émacié sourit.

– Vous pouvez continuer votre charmante petite fête.

7

Ma mère, dans la cuisine, noue son foulard autour de ses cheveux : elle ne cache plus son impatience.

– Dépêche-toi ! Tu vas nous mettre en retard, il ne va rien rester !

À peine réveillé, les paupières encore collées comme si on les avait enduites de miel, j'entame le long duel quotidien avec mon bol. Le jour d'octobre a autant de mal que moi à ouvrir l'œil. Derrière les vitres encore sombres, des feuilles mortes volent dans les airs.

– C'est si mauvais ? reprend-elle.

Elle sourit et reconnaît, compatissante :

– Oui, tu as raison, la chicorée c'est absolument dégoûtant… Rien ne vaut un bon café…

– Si ! Un chocolat crémeux !

Ce mot nous laisse tous les deux rêveurs. *Cho-co-lat.* Ses sonorités épaisses et capiteuses ont à présent quelque chose de mystérieux, d'exotique, de précieux.

Elle étale sur la table les feuilles de dix coupons dont nous avons maintenant besoin pour obtenir certains produits de première nécessité.

– Toi tu vas chez le boucher, ensuite tu files à la crémerie, en arrivant tôt tu trouveras peut-être un demi-camembert.

– Un camembert ! dis-je avec ravissement. Je ne me souviens même plus de quel goût ça a.

– Et ne te laisse pas doubler ou il ne restera plus rien. Pendant ce temps je fais la queue chez le marchand de légumes et ensuite à l'épicerie. Il paraît qu'ils vont recevoir du café.

– On dit aussi qu'ils ont débloqué du charbon ! intervient mon père. Presque personne ne le sait, on a une chance d'en obtenir.

– Ensuite, dit ma mère, j'irai ouvrir le salon. Tu viendras prendre les provisions pour les apporter ici. Jacqueline t'aidera si c'est trop lourd.

Au début de l'automne, ma mère s'est en effet résolue à rouvrir le salon de coiffure et, à sa grande surprise, les clients ne se sont pas fait attendre. La sœur de Félix s'est proposé de venir l'aider, à la fois par désœuvrement, pour gagner un peu d'argent et aussi pour être près de moi. J'aime sa présence rassurante, sa façon d'être entièrement là, sans s'économiser, chaleureuse, et je puise dans son amour de la vie, dans son regard fier et indépendant, dans l'odeur de sa peau, une confiance en l'avenir que je ne parviens à ressentir qu'auprès d'elle.

*

Coupons de rationnement en main, col de veste remonté et poings dans mes poches, je remonte la rue principale en direction de la halle. Le ciel est gris et terne, la belle lumière d'été a fui comme une voleuse.

L'approvisionnement est devenu la grande affaire de nos premières semaines d'automne. Nous avons quitté les épinards d'été à 2,50 francs, nous retrouvons ceux d'automne à 10 francs. Les coupons de rationnement décident pour nous des calories dont nous aurons besoin. 1200 pour chacun de mes parents, 1800 pour moi. En quelques semaines, manger est devenu un problème d'arithmétique.

Trois ennemis quotidiens accompagnent notre journée : le repas du matin, celui du midi et celui du soir. Et encore je ne compte pas le rutabaga, la terreur de nos assiettes, l'Attila de notre estomac, le Gengis Khan de nos palais.

Une colonne de soldats allemands apparaît au coin d'une rue : je me colle à la façade pour les regarder passer. Ils marchent d'un seul pas, levant la jambe très haut, tête sur le côté, menton en l'air. Leurs bottes claquent sur le pavé en un bruit sec et bref. Aucune faute de rythme. Aucun écart. Un vrai ballet mécanique dont l'harmonie cinglante frappe à chaque fois comme un coup de fouet. Une fois passée, l'hydre à cent têtes casquées laisse derrière elle une impression de puissance écrasante, une odeur de cuir fauve, et il faut plusieurs minutes pour s'en libérer et respirer à nouveau.

Le bruit de bottes meurt doucement dans les rues et le silence revient petit à petit. Sans m'en apercevoir, je me suis appuyé sur une de ces affiches qui fleurissent régulièrement sur nos murs. Elle a été à moitié arrachée. Ce qu'il en reste montre un soldat allemand portant un bébé et sous son bras protecteur une femme éplorée qui lui jette un regard reconnaissant.

POPULATIONS ABANDONNÉES,
N'AYEZ PAS PEUR DU SOLDAT ALLEMAND !

Un vrai chevalier servant qui protège la veuve et l'orphelin. Comme une grosse larve, la peur a mis des semaines pour creuser en nous ses discrètes galeries, épaisse et charnue elle se répand dans tous les interstices de nos vies. Les premières semaines, tout le monde a été surpris par la courtoisie, la discrétion et la serviabilité de l'occupant. Les soldats portaient volontiers les sacs des femmes, donnaient des bonbons aux enfants et, sourire aux lèvres, faisaient l'effort de s'exprimer en un français maladroit. Rien à voir avec les chevaliers de l'apocalypse qui étaient annoncés.

L'étau a commencé à se refermer avec l'été. Chaque parade militaire, chaque menace hurlée par un haut-parleur fixé sur un blindé, chaque rafale de mitrailleuse tirée dans la nuit a donné un tour supplémentaire à l'écrou de la terreur, et maintenant les mâchoires de l'étau écrasent nos têtes, nos ventres, nos bouches.

Nous avons faim, nous avons peur. Quand nous n'avons ni peur ni faim, c'est que nous dormons.

Ce matin, des femmes de tous âges et quelques enfants, teint gris et mine sombre, patientent déjà devant les commerces en piétinant d'un pied sur l'autre. Jour de chance : j'échange mes fameux coupons contre quelques morceaux de viande, et plus loin, à la crémerie, 150 grammes de beurre.

De quoi ne pas trop souffrir de la faim pendant deux ou trois jours.

L'immense drapeau à croix gammée flotte paisiblement au fronton de l'ancienne mairie métamorphosée en Kommandantur. Le bâtiment est surveillé de jour comme de nuit par deux sentinelles armées jusqu'aux dents. Des blindés et des motocyclettes équipées de side-car stationnent devant en permanence. Des hommes en uniforme s'y croisent du matin au soir, de simples soldats de la Wehrmacht, des membres de la SS reconnaissables à leur uniforme noir, mais aussi des Français en quête d'une autorisation spéciale. Que d'honneurs et d'attentions pour une bourgade comme Valberg ! La ligne de démarcation qui passe à quelques kilomètres au sud et son importante gare de triage en font un point stratégique de la plus haute importance. Zone nord, zone sud, Allemagne-Suisse, et nous au centre du carré.

Je reconnais soudain, posée contre le mur de la Kommandantur, la bicyclette de Félix. Il apparaît peu après, remonte son pantalon, salue un soldat, puis descend tranquillement les marches du perron. Tandis qu'il prend son vélo en main, il m'aperçoit à son tour.

Pendant tout l'été nous avons été forcés, nous les jeunes, de participer aux moissons afin de compenser l'absence des hommes toujours prisonniers en Allemagne, et cela fait maintenant plusieurs semaines que je ne l'ai pas croisé. Je le trouve changé. Son visage, surtout. Aux quelques poils drus et sombres qui ont remplacé le léger duvet sur son menton, je devine qu'il se rase. Ses épaules se sont élargies. Presque un homme. Un journal dépasse de sa poche.

– Eh bien alors, mon vieux Philippe, qu'est-ce que tu fous ? s'exclame-t-il. On ne te voit plus nulle part ! Toujours au garage avec ton père ? Il ne doit plus y avoir beaucoup d'ouvrage.

Il a raison. Il faut une autorisation spéciale pour avoir le droit de se déplacer en voiture et l'essence est maintenant aussi rare que le beurre. Plus personne ne songe à entretenir son automobile.

– Bonjour, mon vieux. Oui, au garage avec mon père. Maintenant il répare des vélos. Heureusement qu'il y a le salon de ma mère, sinon...

Nous marchons ensemble le long de la rue. Les files d'attente se dispersent déjà devant des vitrines où apparaissent des petites pancartes : « Plus d'œufs, plus de beurre, plus de fromage. Revenez demain. »

Félix ricane.

– Des coquins, tous ceux-là. Tu crois pas, vieux ballot ?

– Comment ça ?

– Je suis sûr qu'il leur reste toutes sortes de bonnes choses mais qu'ils les gardent pour ceux qui peuvent payer.

– C'est interdit. C'est gravement puni !

Il éclate d'un rire forcé. Sa paupière morte tremblote un peu.

– C'est comme ça que ça se passe, ballot. J'en connais qui n'ont pas de scrupules ! Je ne critique pas, moi, je ne suis pas juge. Chacun se débrouille comme il peut. Moi aussi je me débrouille !

Un camion allemand passe avec fracas.

– Je me suis souvent dit qu'il fallait que je vienne te saluer, reprend Félix, mais avec le travail qu'il y a à la scierie... Tu n'imagines même pas, ça marche du tonnerre ! Les Allemands ont besoin d'énormément de bois de charpente pour leurs postes de surveillance et... ils paient bien !

Il me jauge du regard pendant plusieurs secondes. J'essaie de retrouver sur son visage les familières expressions enfantines mais elles ont été congédiées par un air fier, bravache, un peu agressif. Seule la pauvre paupière inerte relie ce visage à celui d'autrefois.

– Et ton père, il est... d'accord ?

Félix hausse les épaules et passe la main dans ses cheveux.

– Évidemment qu'il est d'accord ! C'est pas un crime de travailler, tout le monde veut travailler. Allemands, Français, Chinois ! Qu'est-ce que ça fait ?

– Je ne sais pas. C'est seulement que...

– Je ne l'ai jamais vu si confiant, tu vois. Il se lève tôt, toute la journée il travaille.

– Et toi, là-dedans ?

Son regard se tourne vers le bâtiment de la Kommandantur.

– Moi, justement, je l'aide. Je suis un peu son associé maintenant. Je vais discuter pour les formalités ou pour récupérer des *Ausweis*. Mon père, tu le connais, il n'a jamais aimé discuter.

– C'est quoi, un *Ausweis* ?

– Un laissez-passer... Par exemple, si tu as besoin de circuler après le couvre-feu, si tu veux passer la ligne de démarcation, si tu as besoin d'essence... Tu vois, j'apprends même un peu d'allemand. Ils m'aiment bien là-dedans.

– Et les prisonniers ? Les menaces ? Les morts ? Tu as déjà oublié ?

Les traits de son visage se contractent brusquement. J'ai l'impression qu'il pourrait m'envoyer son poing sur le nez.

– Tu crois que tu sais tout ? Mon père dit que tout ça c'est de la faute des Anglais. C'est eux qui nous ont entraînés dans la guerre. Ah ! c'est facile pour eux, ils sont sur leur île, bien peinards.

– Les Anglais ?

– Oui... Et pas seulement les Anglais... Les communistes et les Juifs aussi... Blum, les congés payés... Même les Américains. Ceux-là, il les déteste encore plus.

Je pense aux espoirs que mon père place en Roosevelt, à l'impatience avec laquelle il attend sa décision d'entrer en guerre.

Dans la bouche de Félix roulent bientôt ces phrases qu'on entend partout, dans les files d'attente, le salon de ma mère, le garage de mon père, des phrases vides de sens que personne ne comprend mais qu'on se refile comme un virus.

Stupéfait, je ne peux que répéter :

– Les congés payés... les Juifs... mais ça n'a aucun rapport !

Il balbutie :

– Oui... Tout ça... Enfin... les mauvais Français... C'est eux qui ont empoisonné notre pays. Les Allemands ne sont pas nos ennemis... Ils vont nous aider à redevenir fiers d'être français. La nouvelle Europe, mon vieux !

Son regard est un peu vide. Sa paupière fripée tremblote. Il sort le journal de sa poche et reprend :

– Tout ça, c'est écrit là-dedans !

– *La Gerbe* ? Tu lis *La Gerbe*, toi ? Depuis quand tu lis ?

C'est un de ces journaux qui ont poussé trop vite sur le fumier de la défaite. Ils sont autorisés par la censure car consacrés à la promotion des idées de l'occupant nazi. La une du jour en dit long : « Les bons Français aident les Allemands à faire le ménage ! »

Je ne peux m'empêcher de sourire amèrement.

– T'y connais quoi, toi, en ménage ? Tu peux me dire ?

Félix hausse les épaules.

– Tu te crois toujours le plus fort, mais tu n'es pas le seul à savoir des choses. Il n'y a pas que l'école, tu sais. Mon père, il m'explique bien. Il a changé, avec moi. Plein de choses me paraissent claires maintenant. Les Allemands, tu sais, faut pas croire, ils sont comme nous... Ma jument, tu te souviens ? Personne ne voulait rien faire pour elle... Tout le monde se moquait de moi. Ce que j'en ai entendu, avec ce cheval ! Pas un Français pour m'aider ! À la scierie il y a un soldat allemand, Otto, il s'appelle. Il est vétérinaire chez lui. Il lui a donné des choses... Je sais pas quoi... Des sortes de médicaments qu'ils ont, chez eux.

La lueur espiègle que je connais depuis toujours est revenue dans son regard. Il s'assure que personne ne nous observe et ouvre la besace qu'il porte en bandoulière.

– Regarde, chuchote-t-il.

– Du chocolat ?

– Oui, mais pas seulement... Du jambon aussi et...

– Du café ! Mais où est-ce que tu as trouvé ça ? Il n'y en a nulle part, les magasins sont vides... ou fermés !

– Et c'est pas tout, prends ça aussi. Du thé. Du thé anglais en plus ! Ils adorent le thé anglais, à la Kommandantur, murmure Félix. Il faut juste savoir se débrouiller, je te dis, vieux ballot... Les Allemands, tu crois qu'ils se laissent mourir de faim ? Ils ont tout ce qu'ils veulent... Tu verrais les réserves qu'il y a là-bas dans leur bastringue ! Une vraie taverne d'Ali Baba, je te dis. Et quand on sait s'y prendre, avec eux, ils sont pas si méchants. Pourquoi tu souris ?

– On dit une « caverne » d'Ali Baba, pas une « taverne ».

Il pose sa main sur mon épaule.

– Faut toujours que tu fasses des leçons, vieux ballot. Tu ne changeras jamais ! Regarde un peu, ça va te clouer le bec.

Il déplie avec cérémonie une feuille de journal, je reconnais les brins couleur fauve du tabac dont l'odeur mielleuse envahit immédiatement mes narines.

– C'est pour mon père… Tu vois, le genre de service que je lui rends… Il me fait confiance, maintenant. Il m'a dit qu'une nouvelle vie allait commencer pour nous.

Il brise la plaque de chocolat en deux et m'en tend la moitié. Je recule instinctivement comme Ève devant le serpent lui proposant la pomme.

– Allez, vas-y, prends, je peux en avoir plein. Même du café. Ça te fera pas de mal, t'es blanc comme un cul ! Personne n'en saura rien, je te dis.

Affreusement tenté, l'eau déjà à la bouche, je ne résiste pas, tout en me faisant le serment que ce sera la seule et unique fois.

Il me montre son pouce sur lequel la cicatrice a laissé une petite trace blanche.

– Tu te souviens ? Frères de sang.

8

Les cheveux ne connaissent ni guerre ni paix, ni nationalité, ni religion, ni saison, et leur admirable obstination muette à simplement pousser, envers et contre tout, a fait du salon de coiffure de ma mère situé sur la place centrale de la ville un haut lieu de la vie sociale.

Pour tout il faut une autorisation, sauf pour aller chez le coiffeur. Tout est rationné sauf la mise en plis, le brushing, la teinture, les bigoudis. Se faire couper les cheveux ? Quelle innocente et nécessaire occupation !

Des officiers allemands s'y pressent dès l'ouverture, puis ce sont des femmes qui reviennent de courses avant de laisser la place, l'après-midi, aux enfants et à quelques hommes.

Aussitôt la porte poussée, une odeur de shampoing et de produits de teinture m'emplit les narines, familière, rassurante. L'eau bouillante versée sur les têtes couvre les miroirs de buée. Ma mère m'interroge du regard, puis, voyant mes sacs à moitié remplis, pousse un soupir de soulagement. Aussitôt la discussion est lancée.

– Ce matin j'ai payé 15 francs une livre de beurre, dit une dame.

– Et moi, ajoute une autre, 6,50 francs un kilo de sucre. Et encore, parce que je me suis levée tôt.

– Vous êtes bien heureuse d'en avoir trouvé ! Il n'y avait déjà plus rien quand je suis arrivée.

– 250 grammes de sucre par semaine pour toute une famille, intervient une dame couverte de bigoudis, qu'est-ce qu'on peut faire avec ça ? Vous pouvez me dire ?

– Pendant ce temps-là, il y en a qui se portent bien ! Je ne veux pas être mauvaise langue et je ne fais pas de politique mais...

Jacqueline me sourit. Tandis que ses mains vigoureuses s'emparent de la chevelure pleine de mousse de la femme du notaire, elle me lance :

– Je termine et j'arrive, je t'aiderai à porter les sacs jusque chez toi, c'est sur mon chemin.

Ma mère approuve d'un geste de la tête.

Jacqueline soulève une cruche pleine d'eau chaude et la verse délicatement sur les cheveux de la cliente. Un nuage de vapeur noie ses joues roses et son regard. Son sourire laisse apparaître des dents larges, solides, très blanches. Ses lèvres rouge vif semblent avoir été mordues par le froid. Ses seins déjà lourds tendent la toile de sa blouse. Un bouton est sur le point de se défaire.

Une femme pousse la porte. Elle est vêtue d'une robe qui s'arrête juste sous les genoux et aussitôt ses jambes aimantent l'attention des clientes.

– Mais... Mais... Vous avez des bas ? Il n'y en a plus nulle part ! La soie est réservée aux parachutes !

La femme fait tournoyer sa robe en éclatant de rire.

– Pas du tout, les amies. Du thé. Il m'en restait juste un petit paquet, juste de quoi m'en badigeonner les jambes. On y croirait, n'est-ce pas ?

Quelques minutes après, Jacqueline et moi marchons le long de la rue principale. Il fait plus clair à présent mais les rues sont redevenues désertes : je lui raconte la discussion que j'ai eue avec Félix.

– Il ne faut pas le juger, dit-elle. Ni lui ni mon père. Ils saisissent leur chance, c'est tout. Comme tout le monde. S'ils refusaient de travailler avec les Allemands, ça changerait quoi ? Rien du tout. Est-ce que c'est un crime d'avoir un peu de chance ? Depuis que les Allemands sont là, on dirait que...

Elle hésite. Un camion chargé d'une dizaine de soldats allemands passe en trombe et nous force à nous plaquer contre la façade d'une maison. Nous sommes si proches que nos bras se touchent. Des images fugaces de la Saint-Jean me traversent l'esprit. La douceur de sa main me fait du bien.

– Depuis l'arrivée des Allemands, on dirait que mon père a changé. Il s'est rapproché de Félix. On dirait qu'ils se comprennent mieux, tous les deux, qu'ils s'apprécient.

– Mais quand même, ce qu'il dit sur les Juifs, la démocratie...

– Ces mots n'ont aucun sens, pour Félix. Il ne fait que répéter ce qu'il entend à la scierie. Tu sais bien qu'il ne comprend rien à tout ça, qu'il a la tête et le cœur cabossés.

Tandis que nous arrivons au garage, son regard se fait soudain pétillant. Une étincelle de malice brille dans son sourire.

– Parlons de choses vraiment importantes... T'as pas remarqué quelque chose ? Tu sais, quand la femme est arrivée dans le salon.

– Celle avec les faux bas ? Le résultat était...

– Vraiment pas terrible, dit-elle, je suis d'accord... Parce qu'il manquait la couture. Ah ! s'il y avait la marque de la couture, derrière, le long de la jambe, là bravo ! Mais pour ça, il faudrait une main de peintre...

*

Au garage, mon père n'est pas dans son atelier. Personne pour me remarquer. C'est le bon moment, il faut que j'en profite. Je prends dans le sac à provisions une malheureuse carotte, une pauvre et unique pomme de terre et je dérobe également un morceau de pain rassis que ma mère a mis de côté, la veille. Je me sens aussi coupable que si je réduisais le monde entier à la famine, mais je me dirige à pas de loup dans la grange.

Ils sont toujours là.

– Alors, les copains, comment est-ce que vous allez ?

Ils sont énormes, mes lapins. Quand je les ai attrapés à la fin de l'été en revenant de la pêche, j'étais fermement décidé à en faire de merveilleux repas. J'imaginais déjà la joie de mes parents à la vue d'un bon civet à la place des fatidiques rutabagas. Dans l'idée, c'était facile. Le problème c'est que plus le temps passait et moins cette idée se transformait en civet. À chaque fois je remettais leur exécution à la semaine suivante. Celui-ci n'était pas encore assez gros, celui-là était vraiment trop mignon, cet autre-là déjà trop gras pour passer à la casserole et le dernier, à peine né, vraiment trop petit.

J'avais beau me sermonner quelques heures avant de passer à l'action, me jurer de rester inflexible : *Cette fois, c'est la bonne, on a trop faim, c'est idiot à la fin, ce ne sont que des lapins et tout le monde adore le lapin, il n'y en a qu'un pour être aussi andouille !*, rien n'y faisait. Dès que je croisais leur regard, dès que je voyais leur petit nez remuer, mon courage fondait. J'avais l'impression que ces maudites bestioles avaient parfaitement deviné ce qui se passait dans mon crâne. De futurs civets, à force d'affection mes trois lapins étaient devenus douze infernales bouches à nourrir, de vrais aspirateurs à carottes et quignons de pain. Ce n'est pas compliqué : plus nous maigrissions et plus ils engraissaient.

– À demain, les copains !

*

La belle Hispano est toujours là. Désœuvré, je m'applique souvent à l'entretenir comme on entretient un souvenir. Je me livre régulièrement à une vérification des éléments du moteur comme si elle était destinée à reprendre la route le lendemain.

À l'intérieur, l'odeur de cuir ne veut pas mourir. Je me mets au volant, imaginant Esther assise sur le siège, à côté de moi. Son visage s'est un peu évanoui au fil des semaines et je dois maintenant faire un effort pour que ses traits se cristallisent dans mon esprit. La banquette arrière est aussi large qu'un petit lit et je m'y glisse pour continuer mes voyages express en amnésie. Où ont-ils trouvé refuge ? Sont-ils repartis vers Paris ? Et le bébé, a-t-il survécu ? Les Allemands vont-ils s'en prendre à eux ? La mélodie qui m'a tant charmé s'est également évaporée, elle a été bue par l'été comme l'eau par le sable. Parfois je l'ai juste sur le bout de l'oreille, il me semble que les notes flottent encore, toutes proches, voletant dans l'air, mais comme des papillons bleus elles s'échappent dès que je cherche à les toucher.

Ce jour-là, je découvre sous le siège avant un angle de papier. C'est une de ces feuilles d'ordonnance que les médecins utilisent pour prescrire des médicaments. « Docteur Samuel Stein, chef de service à l'hôpital de la Salpêtrière, Paris 5e, tél. : Aus 32-07 ».

Soudain, retour à la réalité, la voix de ma mère.

– Philippe, viens ! Vite, je t'en prie ! C'est une catastrophe !

Que se passe-t-il ? Est-ce que mon larcin aurait été découvert ?

Je la trouve dans le salon, totalement effondrée, cheveux en bataille, au bord des larmes.

– Je t'en prie, fais quelque chose !

Je me retiens de sourire.

– Et... Tu as fait ça toute seule ?

– Oui, comme une grande ! Je n'avais pas de thé alors j'ai utilisé une vieille tisane qui traînait. Mais aide-moi au lieu de te marrer. Si tu m'aides je te ferai... des crêpes !

– Des crêpes ? Et avec quoi ?

– Avec de la farine, des œufs, du bon beurre et du bon sucre.

– On n'a ni farine, ni beurre, ni œuf ni sucre.

– J'ai pas dit quand. Après la guerre. Mais AIDE-MOI, nom de Dieu !

Je ne sais pas comment elle s'y est prise, mais la décoction bizarre qu'elle a répandue sur ses jambes forme des amas, d'épaisses plaques grumeleuses. Ses genoux sont presque noirs, ses tibias roses, ses cuisses ressemblent à un échiquier et ses orteils à un clavier de piano. Elle a raison : une catastrophe.

– Le pire c'est que ça colle comme pas possible ! gémit-elle encore. On dirait de la glu. Et en plus ça me gratte, ça me brûle ! Je ne peux pas me montrer comme ça ! Tu es habile de tes mains, toi, tu dessines sans arrêt, tu dois bien pouvoir faire quelque chose. Va chercher tes pinceaux, arrange-moi ça !

– Bon, on va reprendre de zéro, dis-je.

Un quart d'heure plus tard, le malheur est réparé. De jolis bas couvrent à nouveau les jambes de ma mère. Elle défile devant moi.

– C'est superbe, non ? On dirait vraiment que j'ai des bas... j'ai hâte que ton père voie ça.

Son rire clair jaillit de sa gorge. Des semaines qu'une telle insouciance n'a pas habité son cœur.

– Où est-ce que tu as eu ce thé ?

– Félix me l'a donné. Mais ce n'est pas terminé. Maintenant, la couture !

– La couture ? Quelle couture ?

– Laisse-moi faire, je te jure que tu vas avoir les plus belles jambes de toute la ville. Mais ne gigote pas, hein !

À présent elle admire mon œuvre dans le miroir. Ravie du résultat, elle ne peut s'empêcher de glousser de satisfaction.

– C'est merveilleux ! Peintre en jambes !

Puis soudain, elle s'immobilise.

– C'est incroyable, ça fait au moins un quart d'heure que je n'y ai pas pensé !

– À quoi ?

– À mon estomac vide qui gargouille et aux rutabagas qui nous attendent. D'ailleurs, l'heure tourne et ton père ne va sûrement pas tarder.

Mon père s'absente de plus en plus souvent. À quoi occupe-t-il ses journées ? Où va-t-il ? Il ne partage rien de ses absences et son silence décourage les questions.

Je suis ma mère dans la cuisine où elle étale sur la table les rutabagas qu'elle a obtenus contre ses coupons d'alimentation : et tout en nouant autour de sa taille un tablier de cuisine, elle continue :

– Tu sais pas ce qui me ferait envie ? Mais vraiment très très envie ? Un lapin ! Un bon gros lapin, tu vois ?

– Je vois. Je vois très bien, même.

– Si j'avais un lapin, du vin blanc, du beurre, des oignons, du thym, des champignons, je te ferais un lapin chasseur du tonnerre.

Elle saisit un rutabaga entre le pouce et l'index, le lève au-dessus de la table et l'observe avec attention.

– C'est moche un rutabaga, tu trouves pas ?

– Oui, dis-je. C'est moche, c'est con, c'est dégoûtant.

– Et en plus ça fait péter !

Brusquement sérieuse, elle demande :

– Les cartes de rationnement, tu ne les as pas perdues, au moins ? Ce serait un vrai drame.

Elle sort d'un tiroir un grand portefeuille de cuir.

– Oui, maman, je les ai gardées... dans ma veste. Je vais les chercher.

– Tu les remettras ici, dit-elle en montrant la large pochette de cuir.

Le cœur battant, fouetté par une brutale décharge d'adrénaline, je détale sans attendre vers la grange. Les cartes, je m'en souviens à présent, je les ai laissées près du clapier, tout près, si près que... Essoufflé, je m'immobilise devant mes apprentis civets.

– Oh, merde ! Oh, merde de merde de merde !

Ce n'est pas un drame, mais une apocalypse, pas une bêtise mais la connerie du siècle. Je sens le sol se dérober sous moi. J'ai l'impression de tomber dans un trou. Mes lapins, eux, remuent oreilles, nez et queue. De minuscules morceaux de cartes de rationnement sont restés accrochés à leur moustache. Le reste a disparu. À eux douze, ils ont grignoté un mois de viande, de saccharine, de crème, de beurre, de pain !

– Salauds ! Salauds de lapins !

Ils me regardent avec leurs petits yeux rouges. Ils ont l'air satisfait de la vie.

– À table ! crie ma mère.

Comment avouer ma distraction aux si funestes conséquences, moi l'affameur de la famille ?

Mon père, l'air maussade, ne parvient à tirer de sa cigarette qu'une fumée épaisse et âcre. Songeant à la mielleuse odeur de tabac qui s'échappait de la besace de Félix, je demande :

– C'est quoi ?

– Fleur de betterave avec un mélange de cassis, de menthe, de verveine et de topinambour, commente mon père avec un demi-sourire.

– C'est vraiment dégoûtant ! s'exclame ma mère.

– C'est vrai, admet mon père, mais au moins pendant ce temps-là on ne pense pas au...

Ma mère dépose la marmite au centre de la table. Un reste du repas de midi rapidement réchauffé.

– Au rutabaga ! soupire mon père.

Ma mère virevolte soudain gaiement devant nous.

– Tu manges du rutabaga, mon pauvre chéri, et tu fumes du topinambour... mais regarde un peu les jambes de ta femme ! Tout ça grâce au talent de ton fils. Il a des mains en or !

Le regard de mon père se fait rêveur et caressant : je le devine transporté loin, ailleurs, dans un monde plus doux, par la magie des jambes fuselées de ma mère qui dansent follement devant lui.

– Tu vas en faire, des jalouses ! murmure-t-il. Elles vont toutes vouloir les mêmes.

Tandis que ma mère sautille, infatigable, je m'éclipse discrètement vers ma chambre. La voilà, la solution !

J'ai la nuit pour réparer ma bévue. Après tout, ce que j'ai réussi avec les jambes de ma mère, je devrais pouvoir le faire avec les cartes de ravitaillement. Ces coupons produits en série sont grossièrement imprimés, l'écriture facile à imiter. Il me suffit de m'appliquer.

C'est ainsi que commence ma carrière de faussaire.

9

Mon père a raison : elle en fait, des jalouses. Les jambes de ma mère ne mettent que quelques jours à devenir célèbres.

– Vos bas sont superbes ! Mais où les avez-vous trouvés ? Même à Paris on n'en déniche pas de si fins. Cette couture, quel chic ! Ne me dites pas que vous, madame Eygletière, vous vous fournissez au hum hum ?

– Pas du tout ! Figurez-vous que mon fils... Et *blablabla*... Quel artiste, et *blablabla*, un geste d'une assurance incroyable et *blablabla*. S'il peut vous venir en aide, à vous aussi ? Mais bien sûr.

Le soleil à peine levé ma mère surgit dans ma chambre, tire les rideaux.

– Lève-toi ! Il y a la queue !

La nouvelle se répandant comme une traînée de poudre, il y a bientôt la mercière, la marchande de légumes, la propriétaire du Lion d'or où nous vendions nos poissons et écrevisses.

– Tu n'es pas seulement un bon pêcheur, dit cette dernière. Je n'ai jamais eu d'aussi jolies jambes ! Je reviendrai.

C'est bientôt tout un régiment de voisines qui déferle au salon, des employées, des commerçantes, des jeunes, des vieilles, des riches, des pauvres : et ma réputation circulant comme un torrent débordant de son lit, voilà que les femmes les mieux installées se laissent tenter à leur tour : l'épouse du médecin, celle du notaire, du maréchal-ferrant, la sœur du boucher et la bru du fleuriste, la nièce de la mercière et la cousine du cantonnier.

Cette responsabilité, aussi inattendue qu'importante (car avec les jambes des dames c'est aussi leur moral que j'embellis), me fait oublier ma brève carrière de faussaire en cartes d'alimentation. Un premier essai couronné de succès m'avait encouragé à continuer : rien de plus facile maintenant que j'avais le coup ! Mais je me suis vite aperçu que les utiliser régulièrement attirerait immanquablement les soupçons sur notre famille. Et les autorités ne sont pas tendres avec ceux qui osent défier la faim et la loi allemande.

Le défilé commence dans l'arrière-salle du salon de coiffure. C'est là, dans des effluves de savon et bercé par le chant des ciseaux de ma mère, que je fais connaissance avec les jambes des femmes les plus connues de la ville. Il y en a des longues, des courtes, des fines et fuselées, des épaisses et larges, des musclées et dures comme de l'acier sur lesquelles le pinceau glisse comme sur une patinoire, des grasses et molles dans lesquelles il s'enfonce au contraire comme dans un rutabaga trop cuit.

Il y a des peaux blanches comme de l'ivoire, des sombres comme du cuivre, des douces comme de la soie et d'autres aussi poilues que la jument de Félix. Au fur et à mesure des semaines j'apprends à varier la dilution de ma teinture, j'abandonne le thé trop rare pour une décoction d'écorce de bouleau. « Pêche de vigne », « aube d'été », « terre de Sienne », « brume d'automne », mon choix s'étend pour satisfaire les goûts et les caprices de la clientèle.

Au moment de remonter leur robe au-dessus du genou, les débutantes se mettent à rougir.

– *Hi hi*, je n'ose pas… C'est que d'ordinaire je ne montre mes jambes qu'à mon mari.

– Je suis un professionnel, vous savez. Une jambe ou une assiette, pour moi c'est pareil.

D'autres, plus audacieuses, n'hésitent pas à carrément me montrer le haut de leurs cuisses.

– Je me marie après-demain, dessinez-moi des bas résille et une jarretière !

– C'est que ça va être long. Il y en a pour au moins... deux heures.

– Je ne discute pas le prix, moi.

La future mariée entrouvre discrètement son cabas dans lequel je découvre un gros gigot enveloppé dans un exemplaire du journal *La Gerbe*. L'encre encore fraîche s'est imprimée sur le gras du gigot, si bien que le soir nous pouvons, mes parents et moi, en déchiffrer le titre principal : « Pourquoi et comment les fils d'Israël ont causé notre perte ».

Notre rire se brise aussitôt comme du cristal. Mon père marmonne, écœuré :

– S'en prendre aux Juifs ! Ça n'a pas traîné !

Depuis l'automne 1940, une loi impose aux Juifs de se signaler aux autorités. Et sur la vitrine de plusieurs commerces, des fleurs vénéneuses n'ont pas tardé à pousser : « Commerce juif ». Une autre disposition interdit maintenant à ceux qui sont passés de l'autre côté de la ligne de démarcation de rentrer chez eux, en zone occupée. Désormais, les Juifs sont des citoyens de second ordre. Et notre gigot a un drôle de goût.

– Et comme ils sont absents, on leur prend leur logement et tout ce qu'ils possèdent ! Et ça ne va pas s'arrêter là ! Les loups sont entrés chez nous. Ils ne lâcheront plus leurs proies.

Maintenant, nous nous sentons tous les trois humiliés par cet agneau aussi féroce qu'une bête sauvage qui, insolent, occupe le centre de la table. Ma mère éclate brusquement en sanglots.

– Mme Barbane, celle qui était secrétaire du docteur Benoît, eh bien ce matin, elle m'a dit... m'a dit... Pendant que je la coiffais... Que les Juifs, c'étaient des gens pas comme nous, que les Allemands avaient bien raison, qu'il fallait les chasser, qu'ils avaient compris, eux. J'ai cru qu'elle plaisantait, qu'elle se croyait drôle, mais pas du tout... Elle était rouge de haine ! Et pendant ce temps-là, les autres, elles faisaient oui de la tête en prenant leur air dégoûté... Et le pire... Le pire, c'est que je n'ai rien dit. Je me sentais minable et lâche mais j'avais peur. J'étais chez moi, et j'avais peur !

– Tu n'as rien fait, alors ? demande mon père.

Ma mère hausse les épaules.

– Si. J'ai triplé le produit à teinture. Elle sera chauve après-demain !

Mon père se lève brusquement.

– Ils oublient tous que c'est un Juif qui nous a donné les congés payés, la semaine de 40 heures, les conventions collectives.

Il disparaît dans son atelier. Je me lève pour le suivre.

– Laisse-le, murmure ma mère. Il est en colère.

*

Ce jour-là, mon ouvrage en jambes terminé, je suis en train de rassembler mes pinceaux et mes produits lorsque je reconnais la voix de Jacqueline.

– Et moi alors ?

Elle me fait face, mains sur les hanches. Ma mère est déjà partie, nous sommes seuls dans le salon. Nous baignons dans une chaleur moite.

– Je ne mérite pas de jolis bas ?

Son sourire, ses lèvres larges et rouges, ses dents larges, très blanches, ses pommettes hautes, tout ça a quelque chose d'insolent et de conquérant. Elle soulève sa blouse.

– Je n'ai pas d'assez jolies jambes pour tes pinceaux, c'est ça ?

Son genou est rond comme une boule de billard, charnu. Ma gêne l'amuse. Elle éclate de rire. Puis, menton en avant, sur un ton de défi, elle me demande :

– J'ai l'impression que ma jambe te fait davantage d'effet qu'une assiette en faïence, non ?

Le grain de sa peau laiteuse est sous mes doigts d'une douceur envoûtante : son odeur se mêle à celle, acide, des produits qui imprègnent le salon. Une ivresse me monte à la tête.

– Tu es belle.

Mon regard se porte vers la petite fenêtre. La nuit tombe.

– On ne ratera pas le couvre-feu, dit-elle. On a deux heures.

Son mollet calé dans ma main droite, je fais glisser le pinceau sur sa jambe. La peau est blanche, délicate, satinée. Seules une lampe à huile et les braises d'un petit poêle luttent contre l'obscurité.

– Je t'aime bien, tu sais, murmure-t-elle. Je sais bien que toi, c'est pas pareil...

– Ne bouge pas comme ça, tu vas tout faire rater.

– C'est que tu me chatouilles.

– Pourquoi tu dis que c'est pas pareil ?

– Tu vois, quand on aime bien quelqu'un on est différent... On tourne autour... On lui fait des niches... On le taquine... On cherche à le faire enrager... des fois on lui fait même des misères.

Sans quitter mon pinceau des yeux, je demande :

– Comment tu sais ?

– Ma sœur Odette, elle travaille à l'hôtel... Il y a un jeune soldat... Il est beau comme un épi de blé ! Otto il s'appelle. C'est lui qui a sauvé la jument de Félix. Tu le verrais sur sa motocyclette ! Il vient la voir à l'hôtel pour un oui ou pour un non. Il est drôle ! Et la façon qu'il a de la regarder ! Il la dévore des yeux. Et elle le fait bisquer, elle le fait attendre... mais en fait elle l'aime, elle aussi.

– Elle aime un soldat allemand ?

– Et alors, qu'est-ce que ça fait ? Tu crois que les amoureux qu'elle a eus avant ont été gentils avec elle ? Tous des brutes. Lui, il est peut-être allemand mais il la respecte. Et puis est-ce qu'on choisit qui on aime ?

Sa voix devient un peu triste.

– Toi, tu ne m'aimes pas de cette façon-là. Je n'ai pas été beaucoup à l'école mais je comprends les choses. Tu m'aimes d'amitié. C'est normal, on se connaît depuis qu'on est tout petits... mais ce n'est pas grave... peut-être qu'un jour les choses seront différentes.

Je lui souris. Le visage d'Esther flotte pendant quelques secondes devant mes yeux, les notes de violon naissent et meurent aussitôt.

– Tu te trompes, bien sûr que je t'aime.

– Pas comme je voudrais.

– Regarde, j'ai terminé mon ouvrage.

Elle tournoie comme une danseuse au milieu du salon et les miroirs se faisant face renvoient son image gracieuse à l'infini. Essoufflée, souriante, radieuse, elle s'écrie :

– L'important c'est que j'ai de bien belles jambes !

– On n'a plus qu'à passer un coup de balai et à fermer le magasin.

Soudain, on entend frapper contre la vitrine.

– C'est Félix, dit-elle.

Elle ne semble pas surprise.

– Tu l'attendais ?

Elle ne répond pas et entrouvre la porte de la boutique. J'ai la vague impression d'un piège qui se referme.

– Alors, mon vieux, comment ça va ?

– T'es pas fou de te balader dehors à cette heure ? Le couvre-feu ! On a juste le temps de rentrer. Tu sais pas qu'il y en a qui se font embarquer ?

– Fais pas ton ballot. Le couvre-feu, j'en fais mon affaire. Je saurai à qui parler !

Son assurance a quelque chose d'arrogant. On dirait qu'il joue un rôle.

Une cravate et sous son nez une petite moustache naissante le vieillissent étrangement. Il porte des godillots tout neufs. Il sort de sa besace un paquet de café.

– Prends ça. Tu vois que ça va mieux... Bon, ne perdons pas de temps.

Il se tourne vers sa sœur :

– Tu lui en as parlé ?

Elle fait non de la tête. Il aperçoit ses jambes et sourit.

– C'est vrai que tu as trouvé la bonne place, toi. Sous les jupes ! T'es un malin, vieux ballot !

– De quoi est-ce que tu veux me parler ?

– De ça.

Son doigt montre le tas de cheveux rassemblés au cours de la journée.

– Ce ne sont que des cheveux, dis-je.

– Justement, vieux ballot, tu comprends rien. Ils valent de l'or, ces cheveux. Je t'explique : Les Allemands, ils en font toutes sortes de choses. Des matelas, des édredons, des habits. Ils expédient tout ça chez eux... je sais pas trop où...

Il se baisse pour saisir une poignée de cheveux qu'il lance devant mon visage.

– De l'or, je te dis ! Ils en font même des perruques.

– Des perruques ?

– Oui, des perruques en vrais cheveux pour les femmes riches, à Berlin. Je me charge de tout, t'as juste à me préparer un sac par semaine avec le plus de cheveux possible et à me le déposer là où tu sais... On chargera les sacs sur le dos de Zéphyr. On aura vite les poches pleines !

Comme il me voit hésitant, ou plutôt incrédule, il reprend :

– T'as envie d'aller voir Laszlo ou non ?

Il guette la réponse dans mon regard. J'avais cru notre beau rêve englouti par le monde des adultes et voilà qu'il ressuscite.

– Il fait trop froid pour les poissons, reprend Félix, avec quoi on va payer notre voyage ? Avec cette combine, on ira en train à Paris. Et en première classe, encore. Comme des seigneurs ! Pacte de sang, n'oublie pas.

– Mais c'est pas... légal !

Il éclate de rire.

– Toi alors, t'es vraiment dans un autre monde... Ça t'a servi à quoi d'être si fort à l'école, même que t'as ton certif ? Et la défaite, elle t'a rien appris ? « Illégal », qu'est-ce que ça signifie en ce moment ? La seule chose qui est légale, c'est de ne pas crever de faim.

Je me sens parfaitement idiot. Félix a raison : ça ne veut rien dire, « légal ». Recenser les familles juives est légal, prendre leurs biens est légal, les forcer à mettre un panneau infamant sur leur commerce est légal. Dénoncer son voisin qu'on soupçonne d'être un Juif caché est non seulement légal mais vivement encouragé. Le sens de ce mot, « légal », se dilue dans l'acide de la tyrannie.

– Alors c'est d'accord, hein ? Dès que tu es prêt tu me fais signe.

Il s'apprête à quitter le salon mais se ravise bientôt et tire de sa poche un petit paquet entouré d'une ficelle.

– J'allais oublier... le plus important, dit-il en souriant. Ouvre.

Un paquet de ces vignettes de footballeurs dont nous aimions faire la collection.

– Je peux en avoir plein... Le fils du lieutenant aussi aime ça. Il en a des albums entiers. Tu vois, les Allemands aiment aussi le football et ils sont arrangeants, si on sait les prendre.

Puis je le vois disparaître dans la nuit.

*

Le même soir, tout habillé dans mon lit à cause du froid, impossible de trouver le sommeil. La proposition de Félix au salon tourne et retourne dans ma tête.

Transformer de simples cheveux en café, chocolat, viande, vraies chaussures avec des semelles de cuir, peut-être même en charbon, il y a quelque chose de terriblement excitant dans cette aventure, quelque chose qui me donne prise sur les événements, me remplit d'orgueil et de convoitise. À qui ferais-je du mal ? À personne ! Adieu, ignobles topinambours et infâmes rutabagas, hors de ma vue, saccharine, margarine et autre chicorée ! Mes lapins vont pouvoir continuer à tranquillement remuer leur queue blanche et leur petit nez en grignotant des carottes.

Les cloches de l'église, lointaine, se mettent à sonner. Chaque tintement crucifie la nuit.

Mécaniquement, je compte... 3... 6... 8... 11... 12. Minuit. Jamais je ne trouverai le sommeil.

L'image des jambes de Jaqueline prend soudain toute la place, son genou rond éclaire ma nuit et l'odeur de fleurs fanées qui s'en échappe me coupe le souffle, comme si elle était là, tout près, avec ses lèvres charnues et ses dents larges. Je sens sa peau sous mes doigts et elle est tellement délicieuse, cette sensation, tellement douce et consolante, qu'elle abolit le temps et la distance. Des sanglots me serrent la gorge et je suffoque presque quand un bruit sec et brutal me fait me dresser sur mon lit.

Il y a quelqu'un en bas, dans l'atelier de mon père. Un voleur ? Je me lève. Je n'ai pas peur, mes pas me conduisent mécaniquement vers l'escalier dans lequel je m'engage discrètement. Le froid est vif, cinglant comme une lame.

Une silhouette s'affaire dans l'obscurité, parmi les automobiles. Un homme que je ne vois que de dos, vêtu d'une pelisse au col de fourrure relevé.

Je reconnais la silhouette massive, un peu voûtée, de mon père. Il enveloppe quelque chose sur son établi, impossible de voir quoi. Ses gestes sont brefs, mesurés, sa respiration courte : parfois il s'immobilise, tend l'oreille comme un voleur qui a peur d'être repéré.

Puis il se dirige vers la porte et disparaît dans la nuit. Il ressemble à un Indien.

10

Au vieux lavoir, quelques jours plus tard. Félix, penché sur la carte, ânonne avec difficulté les noms des villes que nous avions entourées : Dijon, Langres, Chaumont, Sens...

– 380 kilomètres ! dis-je.

Félix réfléchit longuement, doigt sur les lèvres, exactement comme à l'école quand il séchait sur un problème posé par le maître.

– Si on fait 60 kilomètres par jour, ça fait... ça fait...

– Six ou sept jours, dis-je.

– Tu es certain ?

– Oui. Mais alors, on n'y va plus en train ? La première classe comme des seigneurs, tu disais, l'autre jour. On va bientôt avoir les poches pleines, avec ta combine des cheveux.

– Non, vieux ballot, à vélo, comme on avait prévu depuis le début. Ce sera une plus grande aventure ! Le pognon on le gardera pour Paname.

Il se frotte les mains et tape des pieds par terre, puis il s'amuse à lancer au milieu du lavoir une pierre dont le poids ne suffit pas à briser la glace.

– Au moins 5 centimètres de glace, dit-il, t'as déjà vu ça, toi ?

L'été nous avait apporté la peur, l'automne la faim, et maintenant, en ce mois de novembre, le froid entre dans cette sarabande infernale.

– Paris... T'as déjà été à Paris ?

– Tu sais bien que je ne suis jamais sorti de mon trou, vieux ballot. Mais on aura de l'argent, et à Paris c'est comme ailleurs, avec de l'argent, tout devient simple. Mais pour ça, tu te souviens ? Tu es toujours d'accord ?

– Oui, dis-je, demain minuit.

– Il n'y aura pas de lune, personne ne nous verra. Je t'attendrai avec la jument.

– Et si…

– Tout ira bien, je te dis. Après 23 heures il n'y a plus de patrouille car ils sont tous occupés à surveiller la ligne. Le reste, ils s'en foutent. J'ai vérifié auprès d'Otto, tu sais, l'amoureux de ma sœur. Tu vas au salon, tu charges les sacs de cheveux sur ton vélo, et on se retrouve à la cabane. Ensuite j'en fais mon affaire.

Il se lisse le début de moustache qui couronne sa lèvre et regarde l'heure à sa montre.

– Encore un quart d'heure.

Puis il me met son poignet sous le nez.

– T'as vu ? Elle est belle, hein ? Il y a même les secondes et la date, ici. Regarde comme elle se remonte facilement. Et le bruit des aiguilles, écoute un peu cette musique.

– Tu l'as eue où ?

– C'est mon père qui me l'a donnée. Il l'a reçue d'un Allemand, je sais plus ce qu'il lui a rendu comme service. C'est que c'est un homme important, à présent.

Il déplie le journal, toujours *La Gerbe*, je vois ses yeux suivre les lettres et ses lèvres remuer sans produire aucun son. Puis ses sourcils se froncent.

– Et puis flûte, c'est trop long ! s'exclame-t-il en me tendant le journal. Lis-moi, toi. Eh ben vas-y, quoi ! Il va pas te brûler.

De guerre lasse, je me saisis du journal. Il date de plusieurs semaines, un exemplaire du mois d'octobre.

– Ils parlent d'une loi… une loi de Laval…

– C'est qui ? Je ne connais que le Maréchal.

– C'est le chef du gouvernement. Ou plutôt c'était. Pétain vient de le remplacer.

– Et qu'est-ce qu'il a décidé, ce Laval ?

– Que les Juifs n'auraient plus le droit d'exercer certaines professions… Ils n'ont pas tardé à l'appliquer, leur sale loi.

– C'est tout ?

– Non… À Varsovie, les Allemands ont créé un ghetto pour les Juifs.

– Encore eux ! On ne parle que des Juifs, là-dedans ! C'est quoi un ghetto ?

– Je ne sais pas… attends, je lis… Un quartier dans la ville où les Juifs sont enfermés.

– C'est où, Varsovie ?

– En Pologne.

Pendant quelques secondes, son œil libre se couvre d'une sorte de vapeur rêveuse.

– Rien d'autre ?

– Attends… Il y a tellement de choses là-dedans… L'Italie a envahi la Grèce. Et le maréchal Pétain a fait un discours. Il a dit : « J'entre aujourd'hui dans la voie de la collaboration. »

– Qu'est-ce que ça veut dire ?

– Ça veut dire qu'il ne considère plus les Allemands comme des ennemis. Et qu'il fera ce qu'ils veulent. Tu parles d'une information ! On s'en était aperçu !

Je replie le journal. Félix relève le col de sa veste, grelottant.

– Allez, ça suffit. On y va. Je te jure, tu vas voir, c'est beau. On fait des connaissances, en plus. C'est comme au théâtre.

– Tu as déjà été au théâtre, toi ?

– Non, jamais. Mais là c'est pareil quand même.

Chaque semaine a lieu, à l'occasion de la relève des sentinelles de la ligne, une parade militaire. Mes parents m'ont défendu d'y assister mais Félix, lui, ne manque aucun de ces spectacles de feu et d'acier qui rassemblent soldats, officiers allemands et une partie de la population.

– Dépêche-toi, on va manquer le début !

Des torches flamboyantes encadrent toute la place. Les flammes projettent leur danse indisciplinée sur les pavés, les murs des maisons. Devant la Kommandantur des dizaines de soldats alignés au garde-à-vous, arme à l'épaule, attendent docilement ordres et consignes, immobiles comme des statues de cire. La lueur des torchères caresse les visages, fait briller casques et bottes.

Un cri fuse, bref et brutal, et aussitôt des centaines de bottes s'animent, martèlent le pavé, produisant un grondement assourdissant qui résonne dans nos poitrines.

Le silence revient ; pendant plusieurs minutes, on entendrait une mouche voler.

– C'est beau, hein ? murmura Félix.

– C'est un peu effrayant, surtout.

Dans son œil droit écarquillé dansent les torches enflammées qui se consument dans la nuit. Le feu, le tambour, les claquements de bottes, dans cette atmosphère le visage de mon ami, avec cet œil clos, prend l'allure de celui d'une créature mythologique.

– Tu comprends rien, dit-il, c'est beau parce que c'est effrayant. Attends, c'est pas fini. Regarde, le commandant arrive. Je sais plus comment ils l'appellent, l'Obersturm... quelque chose. C'est lui qui fait la pluie et le beau temps ici. Tu veux quelque chose ? C'est à lui qu'il faut t'adresser.

Un homme sévèrement sanglé dans un manteau de cuir noir descend les marches de l'ancienne mairie. Frappant régulièrement sa petite cravache contre ses bottes, il passe devant ses hommes. *Clac. Clac. Clac.* Enfin, il tend la main devant lui et hurle :

– *Heil Hitler !*

Une seule voix jaillit de dizaines de poitrines et frappe l'air comme une onde électrique.

– *Heil Hitler !*

Le régiment se met alors en mouvement pour décrire entre les torchères obliquement plantées un ballet réglé à la perfection. Les colonnes de soldats répondant aux ordres s'immobilisent pour ensuite tourner à droite, à gauche, sans fin, comme des automates dont on cherche à tester le mécanisme. Parfois le régiment se sépare en deux rangs distincts pour accomplir des figures et ensuite se réunir à l'autre bout de la place, comme deux ruisseaux qui se retrouvent. Les ordres toujours cinglants du chef se mêlent au claquement des bottes contre le pavé et aux coups frappés sur un invisible tambour. Parfois, une torchère mourante participe à cette beauté sinistre en jetant vers le ciel une dernière brassée de flammèches qui meurent dans la nuit.

Aucun faux pas, aucune hésitation, ils avancent inexorablement au pas de l'oie, comme de sinistres robots aux visages figés, aux yeux morts, sans âme, sans caprice.

Je tire Félix par la manche.

– Allez, viens, on en a assez vu.

– Non, encore un peu, regarde comme c'est...

Il ne termine pas sa phrase. Les mots lui manquent. Il y a derrière la beauté géométrique, écrasante de perfection de ces cérémonies nocturnes quelque chose de religieux, de funèbre et de sauvagement médiéval qui l'hypnotise. Les uniformes, les bottes, les hommes au garde-à-vous, les immenses croix gammées déployées sur les murs de la mairie, les ordres hurlés, tout cela admirablement mis en scène taille son chemin parmi les ronces de ses peurs, de ses faiblesses, de ses doutes, de ses chagrins.

Je lis cette sombre alchimie dans le regard des curieux qui nous ont rejoints, attirés par cette fête funèbre comme la mouche par le miel. Ces démonstrations de force vont fouiller profondément dans les âmes meurtries par la vie.

Dans mon esprit, il n'y a contre mon ami à la paupière morte ni colère, ni mépris, juste une sorte de peine bizarre, car je mesure soudain, à la fascination amoureuse que je lis dans ses yeux, à quel point son cœur a saigné pendant toutes ces années.

Maintenant les torchères sont mortes, les cris ont cessé, il ne reste plus, flottant dans les rues de la ville, que l'odeur de la fumée.

– Tu vois, me dit-il, les Allemands, ils respectent leurs chefs. C'est pour ça qu'ils sont les plus forts. Les Français, le respect de l'autorité, ils ne connaissent plus.

– C'est ton père qui te met ces conneries dans la tête ?

Il ne répond pas. Bien sûr que c'est son père, ou les gars qui traînent dans la scierie.

– À demain alors, me dit-il. Là où tu sais.

Il me montre son pouce entaillé, et son sourire enfantin, naïf, me fait oublier l'absurde moustache qui le vieillit.

– Pacte de sang.

11

Je fends la nuit, sans bruit. Mon vélo docile est aveugle, je l'ai huilé pour qu'il soit muet, je l'ai peint en noir pour qu'il devienne invisible, et maintenant c'est un morceau de nuit que j'enfourche le soir pour me faufiler entre les plaques de verglas qui émaillent les rues, avec mon sac de cheveux fixé sur le porte-bagage. Au fil des semaines de chevauchée nocturne, j'ai de moins en moins peur, pourtant le danger est de plus en plus menaçant. Au début Félix avait raison, pas de patrouilles, mais maintenant elles bourgeonnent partout. Tout ça parce que vers Noël un train bourré de marchandises en direction de l'Italie a déraillé, un attentat terroriste, selon la Kommandantur. Pendant plusieurs jours la ville a été comme morte, plus personne n'osait sortir. Volets fermés, portes closes. Un blindé léger sillonnait la ville, comme un gros bourdon qui faisait planer une menace diffuse.

Terroristes... À partir de quand est-ce qu'on est un terroriste ? Tout est une question de vocabulaire. Et de chiffres aussi : cinquante prisonniers de guerre sacrifiés contre un Allemand. Les frisés aiment l'arithmétique. Si ça ne suffit pas, ils iront piocher dans la population. Le réservoir de la vengeance est immense. La foudre peut s'abattre n'importe où, n'importe quand, sur n'importe qui. Et si on l'oublie, quelques affiches collées aux murs nous le rappellent. À force de passer devant, on les connaît presque par cœur :

LE 2 JANVIER 1941, UN HOMME A ÉTÉ ARRÊTÉ POUR AVOIR CRACHÉ DEVANT UN SOLDAT ALLEMAND.

LE 12 JANVIER 1941, DEUX HOMMES ONT ÉTÉ ARRÊTÉS POUR AVOIR CHERCHÉ À FRANCHIR LA LIGNE DE DÉMARCATION. L'UN D'EUX, AYANT TENTÉ DE FUIR, A ÉTÉ ABATTU. SON COMPLICE A ÉTÉ ARRÊTÉ ET DÉPLACÉ EN ALLEMAGNE.
LE 22 JANVIER 1941 : SUITE À DÉNONCIATION, UN COMMERÇANT A ÉTÉ ARRÊTÉ PUIS DÉPLACÉ POUR AVOIR NÉGLIGÉ DE S'ÊTRE DÉCLARÉ COMME JUIF. SON COMMERCE SERA ARYANISÉ.

Pendant environ un quart d'heure, le temps de quitter la ville, je suis vulnérable. Armes, tracts, viande, cheveux, peu importe, tout trafic est sévèrement réprimé. L'adrénaline me fait oublier le froid, le danger, la fatigue. Je ne sens plus mon corps. Est-ce que mon père ressent la même chose quand il sort, lui aussi, en pleine nuit ? Je guette les bruits, je me précipite à la fenêtre pour le voir traverser la cour et disparaître dans les ténèbres et le brouillard. Où va-t-il ? Pourquoi ? Secret d'Indien. Un Sioux, un Comanche, un Cherokee, peu importe. Un Peau-Rouge.

Je pédale pendant une demi-heure, non pas sur la route principale que nous prenions pour aller pêcher, mais sur un petit chemin à peine tracé à travers les herbes où je suis quasiment indétectable. Chaque coup de pédale éloigne progressivement la peur et je me sens invincible.

Enfin, voilà, j'entends la rivière qui coule dans sa gangue de glace, je fais rouler les sacs de cheveux qui dévalent la pente devant moi. Félix est au poste, en bas, avec Zéphyr dont il flatte l'encolure. Tout ça est si facile, si simple. Des naseaux de la jument s'échappent des nuages blancs. Nous économisons nos mots.

– Tout va bien ?

– Oui. Sauf que j'ai mal au cul.

Je l'aide à fixer quelques sacs sur les flancs de l'animal et à transporter les autres dans notre cabane. Il les écoulera petit à petit en fonction des demandes.

– Tiens, pour toi.

J'empoche quelques billets, des œufs, du lard. Félix porte dans ses bras un jambon tout entier avec autant de précautions que s'il s'agissait d'un nouveau-né.

– On va le goûter, dit-il. Il a l'air délicieux.

Il déploie son canif, celui qu'il utilisait lors de nos séances de pêche, l'affûte sur un rocher avant de détacher du jambon des tranches longues comme mon avant-bras.

– Il vient d'Italie. Le soldat à qui j'ai vendu le dernier sac revenait de Rome.

Dans la nuit, je ne vois que sa silhouette. Ses cheveux gominés brillent un peu. Ses mains me paraissent larges. Des fois, j'ai l'impression qu'elles seraient capables de n'importe quoi, de frapper, d'étrangler, et ça me fait peur, d'autres fois j'ai l'impression qu'il donnerait sa vie pour moi.

– Philippe, reprend-il, t'aimerais pas aller en Italie ?

– Pourquoi l'Italie ?

– Il paraît qu'il fait toujours beau, là-bas. Et qu'il y a de jolies filles. On doit bien s'amuser. C'est Otto qui me l'a dit. Tu sais, le soldat qui a sauvé Zéphyr.

– Oui, je me souviens, l'amoureux d'Odette. Rome ? L'Italie ? Si un jour ils chassent Mussolini, peut-être...

Sa main dessine un geste de dépit mélancolique.

– Ici tout est gris et triste, continue-t-il. Le paysage, le temps, les gens. Sauf toi, vieux ballot. Toi, c'est pas pareil, tu es mon frère de sang. Ce qu'on s'est marrés tous les deux quand on était petits, tu te souviens ?

Malgré notre trafic nocturne, malgré nos souvenirs et notre pacte fraternel, une distance s'est établie entre nous. Ses relations douteuses avec l'entourage de son père à la scierie, les idées de l'Ordre nouveau qu'il répète comme un perroquet et ses visites régulières à la Kommandantur m'éloignent de lui, me font peur, éveillent ma méfiance. J'ai parfois l'impression qu'en échange d'un compliment il pourrait nous dénoncer s'il venait à savoir que nous écoutons la radio. Il me faut faire un effort, ce soir, pour trouver la force de lui rappeler notre beau projet d'enfance.

– C'est pas fini, dis-je, on va continuer à se marrer, notre voyage à Paris approche. Tu te souviens ? Laszlo ? On ira, hein ?

Sa lèvre se soulève en un rictus un peu douloureux et il déclare d'une voix presque brutale :

– Tu sais bien qu'on n'ira jamais, vieux ballot.

– Mais pourquoi ?

– Parce que c'est la guerre et que tout a changé. Laszlo a quitté le club du Red Star, il développe des affaires avec les Allemands.

– Laszlo ? Il collabore ?

– Il ne collabore pas, il fait du commerce.

– C'est un peu pareil, non ?

– Ça c'est ta façon de penser, à toi et ton père.

Au lieu de la colère qui devrait m'emporter, je ressens pour mon camarade une peine indicible. Je lui souris. Il lisse sa moustache, porte la main à sa paupière morte.

– Mais alors, dis-je, les cheveux, tout ce trafic, tout cet argent que tu empoches ?

– Au début c'était pour notre voyage, alors c'était amusant. Maintenant, c'est juste parce que ça nous rapporte de quoi becqueter.

Frappant le jambon du plat de la main, il ajoute :

– Bouffer comme il faut, c'est l'essentiel en ce moment.

Ma gorge se serre. Impossible de prononcer un mot. La voix d'Esther chantonnant la petite berceuse envahit ma tête. C'est elle qui me donne la force de demander à Félix :

– Et toi, avoue que ça arrange bien tes relations avec les Allemands. Et celles de ton père. Vous avez plutôt intérêt à ce qu'ils vous aient à la bonne. Vous avez de nouveaux amis, on dirait...

Il me donne un coup de coude.

– Tu comprendras jamais rien, vieux ballot, parce que tu prends tout trop au sérieux. Je vais te montrer quelque chose d'instructif. Viens, suis-moi. Mais sans faire de bruit.

Je mets mes pas dans les siens. Nous suivons le cours du torrent qui brille dans la nuit. Les pierres sont couvertes de givre, nous dérapons. La végétation cristallisée par le froid se brise sous nos pieds comme des tiges de cristal. Je pense à nos journées de printemps puis au jour où Esther a joué du violon au bord de la rivière. Est-ce qu'il reste quelque chose de sa présence, ici ? Est-ce que la petite mélodie flotte toujours entre ces arbres ? Est-ce que cette musique peut nous sauver ?

– Te casse pas la gueule.

– C'est encore long ?

– Non, attention où tu mets les pieds. C'est glissant.

Mes semelles de bois patinent sur des pavés brillants de givre amoncelé, vestiges de l'ancienne carrière abandonnée depuis au moins cinquante ans. Félix s'arrête enfin.

– Un jour je m'ennuyais, j'ai voulu voir ce qu'il y avait derrière le tas de pavés.

– Et tu as trouvé quoi ?

– Une sorte de passage, comme un petit tunnel, si tu veux. C'était sûrement le chemin par lequel les carriers évacuaient leur production, autrefois. Seulement il a dû y avoir un éboulis ou quelque chose comme ça. Maintenant le sentier est entièrement recouvert. Tu vas voir.

Soudain, je comprends.

– Mais on va vers...

– Justement, c'est ça qui est bien. L'aventure, tu vois. Comme quand on était minots.

Le terrain descend, semble s'enfoncer dans la terre. Bientôt il fait moins froid. Félix allume sa torche. La voûte qui nous protège est faite de roche, de terre et de végétation agglutinées en une masse compacte pétrifiée depuis des dizaines d'années. Lentement, le terrain remonte : l'issue du tunnel souffle du froid. La torche de Félix s'éteint.

– On va se retrouver à l'air libre dans une minute, chuchote-t-il.

Il met son doigt en travers de ses lèvres. Nous nous allongeons à plat ventre, dans l'herbe. Tout droit, à quelques dizaines de mètres de nous, un long serpent hérissé de pointes barbelées traverse le champ. En oblique, à gauche, le point de passage matérialisé par des sacs de sable disposés en chicane, une barrière, trois soldats en faction et un blindé surmonté d'une mitrailleuse. Un projecteur pivote sur lui-même pour balayer la nuit. Deux bergers allemands occupent une niche.

Je chuchote :

– C'est ici qu'on vérifie les *Ausweis* ?

– Oui. Il faut être bien avec la Kommandantur pour en avoir. Comme mon père. Lui, il va où il veut.

Son doigt me montre un point, sur la droite, non loin d'un bosquet qui forme une masse sombre dans la nuit.

– À mon avis, c'est ici que les mecs ont le plus de chance de passer. Tu vois, les projecteurs ne sont pas assez mobiles, ils ne couvrent pas jusqu'ici. Il y a juste à ramper de là aux barbelés. Une bonne pince coupante et en une minute tu es en zone libre.

– Et les chiens ?

– Il y a toujours moyen, avec les chiens.

Nous restons à observer pendant plusieurs minutes. Les hommes en uniforme font les cent pas devant leur guérite, crachant à intervalles réguliers des panaches blancs. Parfois leurs voix arrivent jusqu'à nous. De quoi parlent-ils ? De leur famille laissée là-bas ? De la fille qu'ils aiment ?

D'un mouvement de tête, Félix me fait signe de battre en retraite et, une fois de l'autre côté du tunnel, reprend :

– Les mecs qui ont essayé de passer l'autre jour et qui ont été descendus, tu te souviens ?

– Oui.

– S'ils avaient connu ce tunnel, ils ne se seraient pas fait serrer.

– Pourquoi tu me dis tout ça ?

L'œil cyclopéen de sa torche qu'il dirige vers mon visage embrase mes yeux. J'ai juste le temps de me protéger avec mon bras.

– Pourquoi ? Parce qu'on sait jamais, Philippe, ça peut servir, un jour.

Son œil libre me fixe intensément. J'y lis une violence dont lui-même n'a pas conscience.

– Je croyais que tu étais avec les boches et Pétain. Comme ton père. Il ne peut rien vous arriver. Vous avez des protecteurs.

Il hausse les épaules.

– Je ne suis avec personne. On n'a pas eu la même vie, tous les deux, c'est ça que tu ne comprends pas. Mon père, c'est pas ton père. Il m'a jamais soigné, j'ai jamais rien eu de lui. Mais depuis que la scierie envoie tout son bois en Allemagne, il a repris confiance. Et c'est comme si j'existais à nouveau pour lui.

– Et ça change quoi ? T'as pas entendu parler des patriotes exécutés, peut-être ? Et les lois contre les Juifs, ça te dit rien ? On devrait tous se tenir prêts à se battre quand l'heure arrivera, à chasser ces salauds, au lieu de... Et c'est pas tout, il paraît qu'ils sont en train de construire d'immenses camps là-bas. Ah, mais je suis bête, ça vous arrange bien, ça aussi, c'est sûrement à ça qu'il sert, le bois de ton père ! Le pognon, ça fait avaler beaucoup de choses…

Félix fait un pas vers moi, s'approche tout près, sa mâchoire serrée ne laisse passer que des paroles étouffées.

– Arrête de me faire des leçons, arrête de toujours dire ce que je dois faire ou penser. C'est pas tout noir ou tout blanc comme dans ta tête. C'est plus comme avant, quand je t'admirais parce que tu comprenais tout à l'école… Arrête ou sinon…

– Sinon quoi ?

– Sinon je te casse la gueule.

12

Dans mes vieux gants je ne sens plus mes mains, mon cœur brûlé frappe dans sa cage, le froid répand sa langue mortelle dans mes poumons tandis que la menace de Félix tourne sans fin dans ma tête.

J'atteins les faubourgs sous les hurlements de la sirène d'alerte. Un bombardement. Je scrute le ciel. Je guette le vrombissement des hélices qui précèdent les premières détonations et nous pousse dans les abris de la défense passive. Mes yeux fouillent l'horizon. Au loin, à l'est, le mur sombre des premiers sommets du Jura.

Je fonce à toute allure, dans deux minutes les rues grouilleront de soldats, maisons et bâtiments vomiront leurs habitants à peine habillés, pantoufles aux pieds, qui iront se tasser dans les abris.

J'ai juste le temps de ranger mon vélo et à peine celui de gicler dans ma chambre, j'entends ma mère hurler :

– Dépêche-toi ! Tu n'entends pas ? Il n'y aura plus de place.

Cette fois-ci ils sont tout proches, les hélices brassent l'air paisiblement. Les bombardiers avancent lentement, gros bourdons placides aux ailes déployées, aux entrailles mortelles.

– La RAF ! crie mon père, ils vont toucher la gare pour bloquer des convois qui partent vers l'Allemagne, demain.

Nous sortons. Dans les rues, la foule converge en colonnes vers les abris, sous la férule de soldats allemands et de gendarmes français qui portent des brassards de la défense passive : le monde s'écarte devant des blindés et des camions bâchés qui tracent vers la gare.

Une première explosion de la défense antiaérienne fait vibrer le ciel.

Nous voilà rassemblés avec une bonne cinquantaine de personnes dans les caves du théâtre municipal. Les femmes ne sont ni peignées ni maquillées, des enfants pleurnichent contre leurs oursons en peluche, un vieillard hébété regarde devant lui sans comprendre. Une femme, un foulard autour de son crâne pelé, jette des regards furieux à ma mère. Je reconnais quelques commerçants, mon ancien instituteur, M. Cripure, qui me fait un signe de la tête. Un prêtre, mains jointes, marmonne une prière. Je suis assis sur le sol avec mon père. Des explosions sourdes nous parviennent régulièrement. Bombes ? DCA ? Le sol tremble sous nos pieds, la voûte de la cave vibre et laisse tomber un peu de poussière. Je grelotte, je serre les mâchoires, le sang revient comme des lames dans mes doigts.

– Salauds d'Anglais, grogne un homme.

Les langues se libèrent, un vrai torrent.

– C'est leur manière d'aimer la France, approuve une femme.

Maintenant, on sait qui sont nos vrais alliés.

– À cause d'eux, nos prisonniers ne reçoivent pas leurs colis. Mais ils s'en fichent, ces salauds.

– Moi, je n'ai jamais rien eu contre les Allemands, continue un commerçant que je reconnais pour lui avoir refilé quelques faux coupons. Après tout, ils ont gagné la guerre. Ils font bien ce qu'ils veulent. Honneur au vainqueur.

Mon père serre les poings, verrouille ses mâchoires. Il n'est pas le seul. Mais parler, c'est s'exposer à une dénonciation. Il me regarde gravement, se penche vers moi. Je me souviendrai de son sourire pâle.

– Les Allemands ont besoin de ravitaillement, murmure-t-il. Ils manquent de tout, là-bas. Couper les voies, c'est les affaiblir. Plus un seul train pour l'Allemagne. Ce sont également les trains qui emmènent ceux qu'ils appellent « les terroristes ».

– Ils les emmènent où ?

– Personne ne sait. Des sortes de camps.

– Comment ils savent qu'il faut bombarder ?

– Ils savent. C'est tout.

Son regard s'arrête sur mes doigts encore rouges, sur mon nez qui coule, et plus bas il reprend :

– Qu'est-ce que tu fichais, dehors, à cette heure ?

Soudain les conversations s'arrêtent, on tambourine à la porte.

– Plus de place ! hurle le responsable de l'abri.

Une voix plaintive de femme, derrière la porte.

– Je vous en prie. Je suis seule avec mon fils. Je ne peux pas rester dans la rue.

– Il fallait être à l'heure, répond une femme.

Sourire satisfait.

Nous baissons la tête. Nous avons honte. Nous avons honte de notre honte. Nous nous détestons de fermer notre gueule.

– Alors seulement mon garçon, reprend la voix plaintive, il ne prend pas beaucoup de place, mon garçon. Il a 8 ans, il est tout petit.

Échange de regards dans l'abri. Le responsable ne sait pas quoi faire.

Finalement, il s'en remet au prêtre qui décide :

– Bon, juste le garçon, alors. Mais uniquement par charité chrétienne.

– Oh merci ! merci !

La porte s'ouvre. Je reconnais la mercière dont la vitrine porte le panneau « Commerce juif ». Le garçon est vêtu élégamment, petit costume, petite cravate et casquette vissée sur la tête. On dirait un petit monsieur. Il essaie de sourire.

– Ah non ! hurle un homme. Certainement pas. Pas de place pour les hum hum ici !

Le garçon continue à sourire, comme si cet effort pouvait changer les choses. Avec sa casquette et sa petite cravate, c'est à chialer.

Finalement, avec un temps de retard, sa mère comprend. Les mots lancés comme des pierres lui arrivent en pleine gueule. Des paroles brèves s'échappent de sa bouche, en une langue douce et caressante adressée à son fils qui lève la tête vers sa mère. Ses paupières aux longs cils battent lentement sur ses yeux. La main de sa mère se pose sur sa petite casquette. Ses yeux se noient de larmes.

La porte claque. On se félicite.

– Maintenant il faudrait les protéger !

Un homme qui se donne des allures de dandy, cheveux gominés et pochette de soie, et qui porte comme un étendard le journal *Je suis partout*, intervient :

– Les Allemands ont peut-être quelques défauts, mais ils savent faire le ménage. Moi qui suis bien informé, je peux vous dire que les entreprises juives n'en ont plus pour longtemps. Et ce sera enfin justice.

À présent la haine déferle, puissante comme un torrent au printemps.

Ma mère se tait. Mon père se tait. Mon instituteur se tait.

Moi aussi, je me tais. Quelques autres également. Nous sommes les plus nombreux mais nous nous taisons. Mes combines et trafics avec Félix me semblent minables. À cette seconde, je déteste mon ami.

– Le problème, c'est qu'ils se cachent. Comme des rats ! C'est pour ça qu'ils sont forts !

– Si les Anglais gagnent la guerre, la république démocratique sera rétablie en France, nous reverrons les Juifs et les francs-maçons diriger notre pays !

– Dieu nous en garde, chuchote le prêtre en se signant.

Ces quelques secondes durent une éternité, chaque mot est un coup de marteau qui fait oublier les grondements des bombes. Je sens ma main disparaître dans celle de mon père. Il s'est levé en même temps que ma mère. Mon instituteur nous emboîte le pas.

– Ouvrez-nous, ordonne-t-il froidement.

– Il faut attendre la sirène, déclare le responsable de l'abri.

– J'ai envie de dégueuler, répond mon père, ça pue trop ici.

*

Dehors nous retrouvons le froid, les rues sont désertes, une odeur de poudre soufrée et des nappes de fumée ont remplacé la foule. Une lumière jaunâtre flotte. Vers l'est le ciel est embrasé. La défense antiaérienne tente d'atteindre les bombardiers qui lâchent placidement leurs bombes. Le sol vibre à chaque fois que l'une d'elles atteint sa cible. Une colonne de fumée s'élève du côté de la gare, puis bientôt d'immenses flammes qui lèchent le ciel.

Je pense à la femme avec son petit garçon. Ils sont déjà loin.

J'imagine leur solitude. Mon cœur saigne.

– Maman, la dame, elle parlait en quelle langue ? On aurait dit un peu de l'allemand.

– C'était du yiddish, la langue des Juifs d'Europe de l'Est. La famille qu'on a hébergée, en juin, tu te souviens, ils parlaient parfois cette langue entre eux.

Je me rappelle la petite berceuse chantée par Esther dont les paroles envoûtantes s'envolaient dans la nuit.

Le calme revient. Le ciel est vide. Je guette les avions, ces avions amis qui sèment la mort et la destruction depuis le ciel.

– Ils ne repasseront pas, dit mon père.

Comme pour confirmer ces mots, la sirène retentit à nouveau. Fin de l'alerte. Les gens sortent des caves, soulagés, envahissent les rues, les yeux scrutent le ciel.

– Regarde, dit mon père en pointant son doigt vers la gare.

Les flammes rouges allumées par les bombes et les lueurs blêmes de l'aube composent un tableau démoniaque. Des camions de secours fendent la foule.

La voie ferrée et les aiguillages qui conduisent vers l'Allemagne n'ont pas été les seuls à avoir été touchés.

– Des immeubles entiers se sont écroulés comme des dominos, confirme un homme qui porte un brassard de la défense passive.

– Rentrons, dit ma mère. J'ai froid. J'ai peur !

– Ils ont besoin d'aide, là-bas, dit mon père. Plus on sera nombreux et plus on trouvera de survivants.

Son regard m'interroge. Ma mère a déjà compris :

– Faites attention à vous.

Les flammes sont mortes, de l'incendie ne restent qu'une immense nappe de fumée et une odeur âcre. Nos mains s'écorchent sur les gravats, rencontrent des poutres de charpente que nous évacuons en formant une chaîne. Un cordon de soldats flanqués de bergers allemands entoure la zone. Personne ne parle. Personne ne pense. Le froid ne mord plus notre peau.

Nos gestes sont mécaniques, nos souffles, de plus en plus courts. De brefs appels nous électrisent.

– Ici, quelqu'un !

En un même élan muet, nous nous précipitons pour aider à dégager les corps de leur carcan de pierre. Les visages sont déformés par la souffrance et la terreur ou au contraire empreints de calme et de sérénité. Morts ? Vivants ? Un camion de la Croix-Rouge les emmène aussitôt.

Je sens le regard de mon père sur chacun de mes gestes. Chaque corps que nous sortons des décombres, chaque visage aux yeux fermés emporte avec lui un morceau de celui que j'étais. La mort n'est plus une idée abstraite, lointaine, impossible à se figurer. Elle est là, devant moi. La voix d'Esther cogne à mes tempes : « Quand on a vu un mort, on n'est plus le même. »

Je suis déjà un autre. Un Indien.

Les heures passent, nous ne sommes plus qu'une poignée à fouiller.

Nous ressemblons à des fantômes au milieu d'un désert de fumée et de poussière, nous ne sommes plus nous-mêmes que fumée et poussière.

– Viens, me dit mon père, maintenant il faut y aller. On ne trouvera plus personne.

Une dernière pierre bascule, une forme brune apparaît. Un simple morceau de tissu. Une casquette. Mon cerveau explose morceau par morceau. Je revois le petit garçon, son regard implorant, son sourire plein d'espoir, j'entends la voix de sa mère.

– Pas encore, papa, pas encore ! Je t'en prie, il faut...

Mes mains fouillent toutes seules, de plus en plus vite, s'égratignent sur les pierres, grattent la terre gelée, mes ongles se brisent, mes phalanges saignent, je m'éparpille en sanglots. Le monde vacille.

*

Le lendemain matin, emmitouflée dans des couvertures, ma mère est en train de rapiécer un vieux pantalon. Je m'assois à côté d'elle.

– La famille d'Esther, tu te souviens ?

– Oui.

– Ils fuyaient parce que...

Elle pose son ouvrage.

– Oui, parce que le père d'Esther avait compris ce qui attendait les Juifs.

– Il est médecin ?

– Il l'était. En France il n'a sans doute déjà plus le droit d'exercer. J'espère qu'ils ont réussi à passer en Suisse. C'est leur seule chance.

Je pense à l'ordonnance trouvée dans l'Hispano, qui porte une adresse, un numéro de téléphone.

13

Dans leurs voix, j'ai entendu vibrer la haine, dans leurs yeux j'ai vu briller le mépris, dans le sol j'ai cherché la mort et elle m'a baptisé. Dans l'abri mon âme a été écorchée mais mon esprit, affranchi. La détresse m'y est apparue en pleine lumière, et mes yeux en sont brûlés. Maintenant, je suis un autre, du côté de ceux qui sont en danger, qui ont peur, ceux qu'on dénonce et qui ne dorment qu'en tremblant. Je suis du côté d'Esther, du petit garçon à la casquette, de tous ceux que l'on refuse dans les abris et qui doivent partir en pleurant. Je suis un Indien.

Avant je pouvais attendre, oublier, laisser faire. Fermer les yeux. Faire confiance au temps et compter sur l'avenir. Maintenant je dois savoir. Vite. Alors, je résiste au sommeil pour guetter mon père, près de la fenêtre. Les cloches s'animent douze fois. Minuit. Presque aussitôt, une forme froisse les ténèbres et traverse la cour.

Il frôle les murs, je frôle les murs. Je mets mes pas dans ses pas. La nuit s'accroche à ses épaules, ses jambes, il a su l'apprivoiser, s'en faire une alliée, une cape. Sous son bras est calé un épais colis. Ses foulées sont rapides mais silencieuses, comme si ses semelles étaient de vent. Je le laisse prendre un peu d'avance. Avant chaque intersection il s'immobilise, se plaque contre le mur et glisse un regard de l'autre côté de l'angle. Puis il traverse rapidement.

Il regarde parfois vers le ciel, tend une main à plat pour recueillir les quelques flocons qui tombent. Il semble alors hésiter. Si par malheur la neige recouvre le sol, ses traces le trahiront. Je suis dans sa tête.

Nous atteignons ainsi les faubourgs désolés puis bientôt les confins de la ville. Les constructions sont basses, souvent en ruine. Certains murs sont criblés d'impacts de balles. L'ancienne piscine, abandonnée depuis des lustres, apparaît enfin. Un cube de briques dont les vitres ont éclaté. Les portes ont été arrachées. À la belle saison la végétation envahit les lieux, des amoureux se retrouvent parmi les herbes folles. Je pense à l'été qui reviendra, à Odette et Otto qui y cacheront peut-être leur amour.

Mon père disparaît. Je m'engage à sa suite.

À l'intérieur, j'avance au hasard, mes yeux fouillent les ténèbres en quête d'un point de repère, mais je me heurte à l'opacité de la nuit. Mes pieds écrasent les morceaux de carrelage brisé qui jonchent le sol. Je me guide en écartant les bras de façon à toucher les parois de l'étroit couloir, le plafond est si bas qu'en levant une main je peux l'atteindre. J'ai de plus en plus de mal à respirer. Je suis Thésée dans son labyrinthe. De l'escalier, certaines marches manquent, je glisse, dérape, je suis aussi discret qu'un hippopotame dans une nurserie. De nouveau une plateforme. J'ai beau fouiller mes rares souvenirs, je suis totalement incapable de me situer dans cette fichue piscine. Aucune fenêtre vers l'extérieur. Mes pieds écrasent une matière qui s'effrite mollement, quelque chose comme du bois pourri. Une bête frôle mes jambes au ras du sol et me fait sursauter. Un rat ? L'étau d'angoisse écrase ma poitrine. J'ai envie de hurler. Je traverse ensuite une série de pièces plus larges, peut-être les vestiaires collectifs, peut-être les douches. Le sol est instable, à chaque pas il menace de céder sous mon poids.

Enfin la sensation d'oppression disparaît brutalement. Je tâtonne autour de moi, à l'aveuglette. Plus de murs ni de plafond. L'air est plus léger. Je peux avancer tout droit, plus vite, mon trajet est uniquement contrarié par des piliers que je dois contourner.

Je trébuche contre une marche et je bascule en avant, cherche à m'agripper quelque part mais c'est le vide que rencontrent mes mains, alors mes bras battent l'air à toute allure, en quête d'un point d'appui. Il me reste suffisamment de sang-froid pour comprendre que je vais m'écraser au fond d'un bassin et de neurones pour espérer qu'il s'agit du petit bain.

Une main s'agrippe à mon épaule, me tire en arrière, me fait basculer au sol, à genoux. Le bord d'un carreau brisé entaille ma main. Je suis tordu comme un ressort et je gémis.

Un visage s'approche de moi, si près que je sens son souffle chaud.

– Tu viens t'entraîner pour les Jeux olympiques ? Je vais te le montrer, le plongeoir !

En plus d'un humour en béton armé, l'homme possède une poigne de fer qui me broie l'épaule. L'idée de résister ne m'effleure même pas et je me laisse conduire docilement jusqu'à une petite pièce. La flamme vacillante d'une lampe-tempête découvre un groupe d'hommes assis sur des caisses disposées en cercle, bonnet sur la tête. Une carte est déployée sur le sol. Leurs visages sont cachés par des foulards.

– Les mecs, déclare fièrement celui qui me massacre l'épaule, regardez le fouille-merde que j'ai trouvé.

– Mais c'est un gosse ! remarque un des hommes.

– Oui. Et c'est le mien ! lance un autre en se levant.

*

Alors voilà, mon père, c'est Javel. Il y a aussi Jasmin, Miromesnil, Monge, Picpus et sûrement quelques autres. Pas des amis, des camarades. Pas une bande, un réseau : le *Métropolitain.*

Des Indiens.

– Personne ne connaît personne, m'explique mon père. Question de sécurité. On ne se reconnaîtrait pas dans la rue. Même sous la torture, ils ne peuvent rien te tirer.

Leur rôle ? Renseigner d'autres réseaux sur les positions allemandes dans la région, les départs de convois, le nombre de prisonniers et leur destination.

– Des plans aussi, des photos, des documents. Quelqu'un les transmet à Londres.

– Le bombardement de la gare...

– Oui, c'est nous qui avons apporté les informations nécessaires. Le plan des voies, les heures de départ.

Je repense aux corps meurtris qui apparaissaient sous les gravats comme aux beaux jours les truites sous les pierres de la rivière. Mon père perçoit mon trouble.

– À cause de nous il y a des morts, des blessés, du malheur et des chagrins. Nous le savons. Nous sommes responsables de ces malheurs et les Allemands savent très bien exploiter cette responsabilité. Tu as vu les affiches après le bombardement ?

Dès le lendemain, des dizaines de placards accusant les Indiens d'être responsables des morts causés par les bombes ont en effet fleuri sur les murs comme des fleurs de ruines.

Mon père m'explique :

– Nous devons accepter ces sacrifices car ne rien faire serait encore plus terrible. Les exécutions, les arrestations, les Juifs qui n'ont plus aucun droit, qui seront bientôt traqués comme des bêtes, exactement comme en Allemagne... Souviens-toi de ce qui s'est passé dans l'abri... Nous devons lutter contre la tyrannie nazie et nous sommes de plus en plus nombreux. Une armée de l'ombre est en train de naître. N'oublie jamais que ceux qui vivent sont ceux qui luttent.

Il perçoit mon regard admiratif, sourit, toussote un peu.

– Ce n'est pas de moi. C'est de Victor Hugo.

Le conciliabule prend fin. Poignées de main. Mots chuchotés. Les yeux brillants partagent la certitude d'être dans le vrai, le juste, à la bonne place.

Les hommes se séparent sans un mot, je rentre avec mon père dans la nuit. Je me colle avec lui le long des murs. J'apprends le langage de ses mains, de son corps.

Javel a raison. Victor Hugo a raison. Désormais, il y a mon père visage pâle le jour et l'Indien Javel la nuit. J'aime le premier, j'admire le second et c'est à lui que je voudrais ressembler. Je découpe la photographie de Victor Hugo dans mon livre de collège et la fixe près de mon lit. Mon imagination est une torche rougeoyante qui ne me laisse jamais en paix. Je veux en savoir plus, alors les jours suivants, à la nuit tombée, je rejoins Javel dans le garage pour le mitrailler de questions. Où et comment le *Métropolitain* obtient-il ses informations ? Comment les fait-il passer en zone libre ? Et ma mère, est-elle au courant ? Est-ce qu'elle aussi fait partie du réseau ?

Mais Javel est redevenu taciturne. Il a peur. Je suis son talon d'Achille. Le maillon faible.

– Tu en sais déjà trop. Mille fois trop. Jamais tu n'aurais dû me suivre. Oublie ce que tu as vu, ce que tu as entendu. Nous ne sommes pas dans un roman et nous ne sommes pas des héros. Ce n'est pas une aventure mais un combat. Un combat qui peut nous coûter la vie à tous. Alors tiens ta langue.

Il me fait signe de le suivre, glisse une main derrière la calandre d'une Citroën et déclenche un mécanisme qui ouvre aussitôt une trappe. Un objet enveloppé dans un chiffon blanc tombe sur le sol avec un bruit mat.

– Si jamais un jour il y a du grabuge… Tu devras faire disparaître cette chose.

Un revolver noir, massif et trapu. Le canon est court, le barillet, épais : le bois qui habille la crosse atténue à peine la densité brutale du métal. C'est la première fois que je vois une arme véritable. Qui peut tuer. Il suffit pour cela d'appuyer sur la virgule noire de la gâchette.

– En cas de coup dur, les frisés perquisitionneront ici. Il ne faut pas qu'ils le trouvent.

Il remet l'arme en place, sans dire un mot. Puis reprend brièvement :

– Avec le bombardement, ils vont être plus méfiants. Les patrouilles vont se multiplier. Maintenant ça va être une autre musique, crois-moi.

14

– On le fera après, dit Jacqueline. On a le temps. Pour l'instant...

D'un vigoureux mouvement du bras, elle remonte le mécanisme du phono. J'aime l'insouciance de Jacqueline, son appétit de découvrir, de vivre, d'aimer. La regarder ouvre une parenthèse dans la guerre et la peur. Tout lui est surprise et étonnement. Tandis que la galette noire tourne sur le phono, son corps plastique frétille déjà d'impatience.

– Écoute ça, je suis certaine que t'as jamais entendu un truc pareil. C'est une autre musique.

Je reconnais d'abord le murmure discret d'une trompette, puis, venant s'y enlacer comme une liane à un tronc, les notes d'un piano qui lui donnent une lointaine réplique. Chaque note est un coup de poing, chaque coup de cymbale un orage d'été, chaque solo de trompette un éclair dans la nuit.

Jacqueline s'est allongée sur son lit et écoute religieusement. Seul son pied marque la mesure en battant régulièrement.

– Épatant, hein ?

– Oui, épatant.

– Et attends, t'as pas tout entendu, la voix maintenant...

La voix rauque se fraie un chemin entre les instruments, puis elle feule, grogne, jappe, gémit, supplie, c'est un orchestre à elle toute seule, c'est une voix de chat écorché qui crie sa détresse, quelques mesures après celle d'un pinson qui salue le printemps.

– Tu aimes ?

J'aime, je n'aime pas, impossible de savoir, j'ai simplement des fourmis dans les jambes.

Elle éclate de rire, s'assoit sur son lit.

– C'est du jazz. Count Basie, il s'appelle.

– C'est cette musique qui est interdite ? J'ai lu ça sur des affiches.

– Oui. Une musique de nègres dégénérés, ils appellent ça. Qu'ils sont cons !

Nos rires s'emmêlent comme les instruments de l'orchestre.

– Où tu as eu le disque ?

– C'est Otto qui me l'a donné. Il en a plein. Il vient au salon le matin avant de prendre son service pour se faire coiffer et tailler la barbe. Des fois il me paie, des fois il me donne un disque, ça dépend.

– Un soldat allemand, écouter du jazz ?

– Il s'en fout, il est comme toi et moi. Pas du même côté, c'est tout. En Allemagne, ils avaient plein de disques de jazz, c'était très à la mode avant l'arrivée de...

Sa voix baisse d'un ton pour continuer.

– De leur Führer, là, Hitler. Maintenant il paraît qu'il y a même des SS qui écoutent du jazz en cachette. Seulement il ne faut pas que ça se sache. Tout le monde aime danser. Même toi.

Son visage tourné sur le côté se fait mélancolique, sa bouche boudeuse. Nulle autre qu'elle sait passer de l'insouciance à la mélancolie avec une telle grâce. Elle ressemble à la musique qui sort du phono.

– Parce que quand on danse on oublie tout, murmure-t-elle.

De quoi parle-t-elle ? De son passé de petite fille qui n'a jamais connu sa mère ? De l'enfant qui a grandi sans autre guide qu'une grande sœur lointaine et un père absent ?

Elle s'approche de moi, tout près, si près que sa poitrine ronde touche presque mon buste. J'en ai le vertige. Mon cœur court tout seul, s'envole, ricoche contre les murs.

– Écouter Radio Londres aussi c'est interdit, continue Jacqueline. C'est interdit mais beaucoup de gens le font quand même...

Son regard guette mes réactions. Je garde le silence, me concentre sur un point précis du parquet pour rester impassible. Oui, chaque soir à partir de 22 h 30 j'écoute Radio Londres avec mon père. Mais les Indiens sont muets.

Maintenant, la musique s'est arrêtée. Son œil pétille brusquement.

– J'en ai pas l'air mais je sais plein de choses. Je suis le genre de fille à qui on se confie facilement. Otto, quand il vient au salon...

– Au salon ? À quelle heure ?

– Très tôt le matin. Et il n'est pas le seul. Il y a même des officiers qui viennent juste à l'ouverture, sur le chemin de la Kommandantur. Des fois ils sont jeunes, on dirait qu'ils ont notre âge. Ils ont de beaux cheveux blonds, très doux, et la peau toute fine. Il y en a un qui m'a montré les photos de sa mère. Des fois ils pleurent, ça leur fait du bien.

– Pourquoi ils te disent tout ça, à toi ?

– Parce que je suis le genre de fille dont on ne se méfie pas et à qui on croit pouvoir tout dire. Je suis un peu transparente, les gens ont l'impression que j'oublierai. Mais ils se trompent. J'ai bonne mémoire, tout est enregistré... ici.

– Et ça dure...

– Un quart d'heure environ. Le temps de leur couper les cheveux.

– Et leurs affaires, tu les mets...

– Dans la petite pièce, derrière le salon... Comme pour les autres clients.

D'un mouvement lent et las, elle soulève ses épaules. Du pavillon du phono ne sort plus qu'un léger grésillement. Elle se lève pour ranger la galette noire dans sa pochette puis se tourne brusquement vers moi, son sourire ressemble à une fleur vénéneuse.

– On le fait ? C'est le bon moment, non ? Après ce sera trop tard. Regarde, la lumière baisse.

Après tout, c'est pour ça que nous sommes là. Pour le portrait que je lui ai promis.

– La première fois c'est... intimidant. Où est-ce que je dois me mettre ?

– Sur ton lit, là, c'est bien.

Rougissante, elle murmure :

– Dans quelle position ? Sur le dos ? Le ventre ?

– Sur le côté... Lève un bras au-dessus de ta tête... Un peu plus haut. Comme ça, oui.

– Tu veux que... je lève un peu ma robe... Pour voir mes bas... Comme ça, au-dessus des genoux... C'est bien, comme ça ?

Mon fusain court sur la feuille. Les grands yeux, le front bombé, la bouche charnue, insolente et boudeuse, les dents larges, solides, très blanches. Son bras droit levé laisse deviner sous la chemise une petite touffe de poils qui garnit l'aisselle.

– Pourquoi tu ne veux plus transporter les cheveux ? T'as peur ?

– Il fait trop froid.

– Je t'ai bien observé, murmure-t-elle, quand tu dessines, tu es incapable de mentir. Tes mouvements changent immédiatement. Et là, tu mens. Quand on aime quelqu'un on ne lui ment pas. Sauf pour le protéger.

Je continue à dessiner mécaniquement, sans décrocher un mot. Je sens la piqûre de son regard acéré.

– C'est à cause de Félix ! s'écrie-t-elle. Vous vous êtes disputés ! Je suis certaine que c'est ça...

Le visage dur et fermé de Félix, cette nuit près de la rivière, revient à ma mémoire. Je vois ses poings serrés, j'entends encore sa voix sourde, à la fois menaçante et démunie, ma peur de lui.

– On ne pense plus pareil, lui et moi. Il a de nouveaux amis. Oh, je sais ce que tu vas me dire, des amis qui abusent de sa naïveté pour se remplir les poches... Tu vas me dire qu'il ne se rend pas compte, qu'il est juste ébloui par sa nouvelle vie. Il y en a plein, des mecs comme lui, dans la contrée, pour qui la guerre est un nouveau départ. Mais c'est trop facile, à la fin. Il aurait tous les droits parce que...

– C'est justement maintenant qu'il a besoin de nous ! De son seul ami et de sa sœur.

– De toi peut-être, mais de moi, non. Les Allemands et les collabos qui tournent autour de la scierie lui sont bien plus utiles. Nous ne sommes plus dans le même camp. Avant le bombardement, je n'avais jamais vu de mort, je ne me rendais pas compte, mais ce soir-là j'ai vu la mort en face. C'était affreux, tu sais, tous ces gens qui avaient cessé de respirer, de sourire, dont la bouche ne prononcerait plus un mot. Dans les gravats j'ai retrouvé la casquette d'un petit Juif à qui on avait refusé une place dans l'abri. Félix et ton père sont du côté de ces salauds. Eux aussi ils auraient refusé.

– Il est mort ? Le petit garçon... il est mort ?

– D'abord j'ai cru qu'il avait été enseveli sous les décombres, tout ça parce que dans l'abri personne n'avait osé ouvrir sa gueule. Parce qu'on s'était tous comportés comme des lâches, des merdeux. Mais le lendemain, j'ai retrouvé sa mère à sa boutique. Ils n'étaient pas encore dans l'immeuble quand il a explosé. Le garçon avait simplement perdu sa casquette en fuyant. Mais maintenant je sais dans quel camp je suis, et qui je dois défendre.

Je m'arrête de dessiner, lève les yeux vers Jacqueline. Je me force à sourire.

– C'est terminé. C'est bien toi, non ?

Je lui tends la feuille de papier que ses yeux parcourent lentement. Une lueur de jubilation y pétille brusquement.

– C'est très beau. Tu me connais bien.

– Pourquoi tu dis ça ?

– Parce que dans ton dessin, je suis triste et heureuse à la fois.

Elle me regarde longtemps. Sa main glisse derrière ma tête et je sens sa joue contre la mienne, ses lèvres palpitent près de mon oreille.

– Je ferais n'importe quoi pour toi, murmure-t-elle. J'irais n'importe où.

15

Après le dîner du soir, mon père et moi nous bricolons les véhicules qui, orphelins de conducteurs ou condamnés à l'immobilité par les interdictions de circuler et la pénurie de carburant, rouillent consciencieusement. Seule la Voisin du médecin et la Torpédo du pharmacien, équipées toutes deux d'un gazogène, prennent encore la route, leur propriétaire bénéficiant d'une autorisation spéciale.

Je guette le moment précis où le clin d'œil de mon père nous fera basculer dans le monde de Javel, où nous partagerons la seule complicité illicite qu'il m'accorde.

– L'heure de la messe de minuit a sonné.

La cave dissimulée sous l'atelier nous tient lieu d'église, la table sur laquelle repose le gros poste de radio, d'autel. Quant au prêtre, c'est Javel lui-même qui manipule la mollette du poste. Le Saint-Esprit ? Ces voix qui naissent en Angleterre, qui prennent le ciel pour venir jusqu'à nous. Difficiles à capter en raison des brouilleurs allemands de plus en plus efficaces, elles se fraient un chemin obstiné au milieu d'une jungle de grésillements.

Les dieux sont encore plus lointains, sans visage, ils s'appellent Churchill, Staline, de Gaulle ou Roosevelt.

Deux heures durant, une voix monocorde enchaîne les messages énigmatiques, répétés chacun deux fois. Nous ne sommes plus seuls, de l'autre côté de ces ondes, un autre Indien s'adresse à nous. Une voix sans corps, qui parle à des corps sans voix, de corps qui sortiront au cœur de la nuit.

Javel et moi n'échangeons pas un seul mot. Un de ces messages lui est destiné, j'en suis certain. Alors je guette ses réactions. Je scrute son visage pendant qu'il écoute attentivement : *« Aimez-vous le vieux kirsch ? Je répète : Aimez-vous le vieux kirsch ? On gave les oies sans les étouffer, je répète : On gave les oies sans les étouffer. La poule n'a qu'un poussin… le charcutier de Machonville est un rigolo… Léo a perdu sa bicyclette… »*

Je connais le langage de son visage, le plus discret rictus des lèvres ou le plus léger tressaillement des narines m'indiquera qu'il a mordu à l'hameçon, qu'il se fera un manteau avec un bout de la nuit.

Certains soirs, papa Javel bouillonne d'espoir.

– À Amsterdam, le parti communiste a organisé une grève générale contre la déportation des Juifs au camp de Buchenwald. Ils étaient 120 000 !

Bientôt l'URSS entrera en guerre contre le Reich, il en est certain, c'est une question de semaines, de jours peut-être.

– Et Roosevelt entrera dans la danse derrière lui ! Il y aura deux fronts, tout changera. L'espoir viendra des Soviétiques et des Américains.

Les jours et les semaines passent, mars arrive et avec lui le printemps, mais à l'Est rien ne s'allume et, malgré le retour de la douceur et de la lumière, nos ténèbres s'épaississent. Le calendrier est aussi inexorable que le retour des saisons, les bourgeons éclatent, les lois répressives également. La presse annonce fièrement la création d'un « Commissariat général aux affaires juives » chargé d'appliquer de nouvelles dispositions moins clémentes contre ces parasites qui sucent le sang des Français. Le camp de Drancy, non loin de Paris, ouvre ses portes à des milliers de prisonniers, les travailleurs français sont invités à partir travailler en Allemagne. Travailler à Berlin ? Une chance, une bénédiction, c'est assurer à sa famille une vie bien meilleure et participer à la paix européenne.

– Ils nous prennent vraiment pour des cons, dit mon père, les dents serrées.

J'ai peur qu'on vienne le chercher, qu'on l'envoie dans une usine à Berlin, qu'on ne le revoie plus jamais.

– Ils ne m'auront pas.

Non, ils ne t'auront pas. Javel l'Indien ne se laissera jamais attraper. Il est bien trop malin pour ça. Il partira se cacher dans les montagnes du Jura avec ceux de sa tribu, ceux qui ne s'inclinent jamais, ceux qui disent merde. Il leur fera un bras d'honneur à tous. Et un jour, quand ce sera l'heure, il descendra pour frapper. Mon père est invincible.

Toute sa vie indienne, je dois l'imaginer. Ses heures passées dehors dans son manteau de nuit, je les écris dans ma tête. Je sais que mes questions resteront sans réponse, que son silence me protège.

Chaque jour, j'espère l'entendre dire :

– Ce soir j'ai besoin de toi.

Alors il me nommera Jussieu, Picpus ou La Fourche, ou encore Châtelet. Moi aussi je deviendrai un Indien. Il m'emmènera et moi aussi je me coudrai un long manteau dans le velours des ténèbres. Je m'y envelopperai des pieds à la tête pour me dissoudre dans la nuit et ensemble nous nous volatiliserons.

Mais une fois les voix mortes, il se contente de me dire en m'ébouriffant les cheveux :

– Va te coucher, mon grand, il est tard.

Javel est redevenu mon père pour, en pompier pyromane, éteindre le feu qu'il a lui-même allumé.

– Tu as du travail demain au salon.

C'est vrai que ma forêt de gambettes m'attend.

Je remonte dans ma chambre, déçu, vaguement humilié. Je ne veux plus être protégé. Les pensées tournent en boucle dans ma tête. J'entends le parquet craquer devant ma chambre. C'est mon père qui vérifie que je suis bien couché.

Souvent je pense à Esther. Il y a quelques semaines, fin février, j'ai déplié l'ordonnance dénichée dans la belle Hispano, et trouvé le moyen de téléphoner à l'hôpital de la Salpêtrière, où exerce son père. J'y ai appris que « pour des raisons personnelles » il n'y travaille plus depuis la fin de l'année 1940. Au moins, je sais qu'ils sont revenus à Paris.

Où est-elle ? Joue-t-elle toujours *La Truite*, quelque part ? A-t-elle été obligée de vendre son violon pour aider sa famille ? Il y a moins d'un an, elle était là, dans ma chambre, pleine de vie et d'espoir. Je me demande si elle a laissé un peu d'elle, ici, chez nous, un peu de son âme. Parfois, dans mon demi-sommeil, son visage fragile et son regard inquiet se confondent avec le visage robuste et confiant de Jacqueline.

*

Jacqueline, ce matin-là, s'étonne de me voir débarquer si tôt au salon.

– Tu es tombé du lit ou quoi ?

– Il faisait si bon, j'ai préféré venir directement. Je dois refaire de la teinture et préparer mon matériel.

Je ne mens pas totalement. Juste ce qu'il faut. C'est simplement une question d'interprétation. Elle sourit. Devine ma curiosité.

– Les soldats vont arriver, dit-elle.

Je prépare en effet mon matériel pendant qu'elle accueille les premiers Allemands. Certains, très jeunes, presque aussi juvéniles que des lycéens, se montrent loquaces et amicaux. Les officiers, plus âgés et moins bavards, se contentent de lire le journal tout en se laissant coiffer. Mais tous, sans exception, confient à l'innocente coiffeuse leur manteau, leur mallette ou porte-documents qu'elle dépose dans l'arrière-salle où je ne fais aucun bruit. Il me suffit de quelques secondes pour fouiller les poches. Mes trouvailles sont maigres et se limitent souvent à quelques mouchoirs sales ou des lettres. Ouvrir discrètement les mallettes des officiers demande un peu plus de temps, mais c'est la caverne d'Ali Baba. Je n'ai ensuite que quelques minutes pour inventorier le tout. Je n'y comprends pas grand-chose, à vrai dire. Et dérober toute cette paperasse serait dangereux pour tout le monde. Alors je recopie. À toute allure et aussi fidèlement que possible. Je ne m'autorise à dérober qu'une seule pièce de temps à autre, aussi importante qu'impossible à reproduire, un plan par exemple. Parmi les dizaines d'autres pièces, bien malin qui s'apercevra de sa disparition ! Et puis quel mec, surtout un Allemand champion de l'ordre, serait assez con pour aller se vanter à ses supérieurs d'avoir paumé un document important ?

– Oh pardon ! s'écrie soudain Jacqueline de l'autre côté. La cruche m'a échappé ! Quelle maladroite je fais !

Quelle merveilleuse comédienne ! L'officier trempé jure bruyamment et, même s'il beugle en allemand, on comprend aisément que ce ne sont pas des compliments qui sortent de sa bouche.

Mais il s'adoucit bientôt parce que : 1) Les sanglots de Jacqueline attendriraient un char d'assaut. 2) Il n'a pas le choix car ainsi trempé il ressemble davantage à une serpillière qu'à un officier allemand.

– Je vais faire sécher votre veste, déclare Jacqueline, pendant ce temps je vais vous raser. D'accord ?

– *Bitte schön.*

OK, *bitte schön*. J'ai compris. Jacqueline me donne du temps. Alors je le prends.

Un bon quart d'heure plus tard, elle regarde l'officier se diriger à marche rapide vers la Kommandantur. Le salon est vide. Elle surgit dans l'arrière-salle.

– La moisson a été bonne ? demande-t-elle.

Nous nous regardons. Et éclatons de rire.

– Comment tu as su ?

– Je suis bonne fille mais j'ai toutes sortes d'idées dans la tête. Et je ne dis jamais rien au hasard.

– Quand tu m'as parlé des soldats qui viennent ici, c'était pour...

– Ah, ah ! Qui peut savoir ?

Ses yeux clignotent. Elle fait quelques pas vers moi.

– Je t'ai dit, j'irais n'importe où avec toi. Je tiens toujours mes promesses.

– Alors promets-moi aussi de ne rien dire à Félix. Il ne faut pas qu'il sache. C'est notre secret.

– Promis.

Sa main tire brusquement la mienne, ses lèvres écrasent mes lèvres. Sa bouche a le goût de la vanille.

La porte du salon s'ouvre en tintant.

– *Guten Tag !*

– Au suivant, murmure Jacqueline.

16

Rien ce soir. Les voix ont déserté le ciel. La nuit est vide. Papa Javel éteint le poste qui s'endort dans un long soupir.

– Il y a eu un bombardement à Londres, dit-il, Radio Londres a peut-être été touchée.

Un des plus violents que l'Angleterre ait eu à subir depuis le début des hostilités. La presse proallemande en a fait ses gros titres.

– Au moins huit cents morts, précise mon père.

Découragé, le visage vieilli, il s'appuie contre la belle Hispano. Des fois il a l'impression que les choses s'organisent, que la résistance se cristallise, prend forme, que le chemin mène quelque part, d'autres fois comme ce soir, il en hurlerait de dépit, il se sent piégé dans un tunnel de solitude et d'amertume. Les risques sont vains, les victoires, éphémères et dérisoires, un type coincé quelque part et six mois d'efforts s'envolent en fumée, un bombardement sur Londres et le sol tremble jusqu'aux confins du Jura.

Il a grandi dans la montagne, et c'est aussitôt des images d'ancien montagnard qui traduisent sa détresse et ses doutes :

– Des heures pour gagner 100 mètres dans le brouillard. Une seconde pour dévisser sur 300.

Je n'ai jamais vu mon père pleurer. Une larme glissant sur sa joue d'indomptable Iroquois serait la pire des défaites. Ses yeux doivent rester secs pour l'éternité.

– J'ai quelque chose pour toi, dis-je.

J'étale sur le capot de l'automobile le fruit de mes copies désordonnées. Javel approche la lampe-tempête et regarde avec curiosité. Les mots allemands qui sautent aux yeux ne laissent aucun doute sur la nature des documents. En quelques secondes, il comprend tout.

– Où est-ce que tu as eu tout ça ?

– Au salon. C'est facile, personne ne se méfie. Les mecs n'entendent rien. Ils ont de l'eau et du savon plein les oreilles, et Jacqueline, tu sais comme elle est bavarde.

– Et depuis combien de temps ça dure, ce manège ?

À sa voix blanche et son regard acéré, je comprends qu'il est moyennement satisfait de ma désobéissance. Voire carrément furieux.

– Deux semaines.

– Deux semaines ?

Je fais oui de la tête.

Je ne sais pas trop s'il va s'évanouir, exploser ou rentrer sous terre. Son visage a brusquement pâli. Disons pour résumer qu'un certain malaise s'installe entre nous.

Il lui faut aller chercher très loin des mots qui finissent par sortir de sa bouche en saccades :

– Et t'es fier de toi ?

Là, je ne sais pas trop quoi dire. Quelque chose me dit qu'il serait assez malvenu d'être franc.

– Va dans ta chambre.

Je désigne du menton les paperasses sur le capot de l'automobile. Je fais le fier-à-bras malgré ma trouille au ventre.

– Et… tout ça ? Tu ne regardes même pas ?

Mon menton tremble. Je lis du mépris dans son regard et j'éclate en sanglots.

– Dans ta chambre. On verra demain ce qu'il y a lieu de faire. En attendant, fais ta valise.

– Ma valise ? Mais…

– Fais ta valise.

*

Le lendemain, je m'échappe dès les premières lueurs du matin. Je marche dans les rues, poings dans les poches crevées de mon paletot, au hasard, frôlant les murs où naissent et renaissent des affiches appelant les ouvriers et paysans français à s'engager dans les champs ou les usines en Allemagne. Mes semelles de bois répercutent dans mes jambes la moindre irrégularité des pavés. Quelques files d'attente se sont déjà formées, les sacs vides pendent au bout des bras. Nuques courbées, bouches muettes. Tous de malheureux pantins écrasés. Une insoutenable impression de défaite flotte dans l'air. Le marchand de journaux regarde le ciel et, estimant sans doute qu'aucune pluie n'est à craindre, dispose les exemplaires du jour sur les présentoirs devant sa boutique. Le portrait d'Hitler accompagné d'un de ses ministres fait la une de *Je suis partout*. La une de *L'Œuvre* attire mon attention. Je me saisis d'un exemplaire avec autant de répugnance que si je touchais une crotte de chien.

– Tu aimes le foot ? me demande le commerçant qui continue à s'affairer.

Je confirme de la tête. Laszlo fait les gros titres de ce torchon qui crache sur les Juifs à chaque page.

– Tu le prends ou non ?

Je puise dans ma poche quelques pièces.

– T'es un fan de Laszlo, toi aussi ?

Sans répondre, je me précipite sur la double page consacrée à mon idole. Une photo le représente aux côtés de Xavier Vallat, responsable des basses besognes du Commissariat aux affaires juives. Le titre : « Laszlo, un gardien qui ne se trompe pas de camp ».

– Un sacré mec, ce Laszlo, déclare le marchand de journaux. Il sait ce qu'il veut, lui au moins. Tu crois pas ?

Pris au dépourvu, je fais oui de la tête. Le mec insiste.

– Lis un peu ce qu'il dit, ici... Enfin un mec qui a le courage de ses opinions. Pas un de ces petits dégonflés qui se sont taillés à Londres.

Laszlo, du côté des salauds qui souhaitent la victoire de l'Allemagne, qui applaudissent les nouvelles lois antisémites. L'idole de mon enfance tombe en cendres, emportant avec elle tout un pan du passé. Je pense à Félix, à notre amitié détruite, à tout ce que nous avons vécu et qui désormais appartient au royaume des souvenirs défunts, je voudrais être certain qu'un jour il réalisera son erreur et que ce ne sera pas trop tard.

Montant vers le centre, je passe devant la mercerie de la mère d'Eugène, le petit garçon à la casquette. Je risque un œil. Les étalages ont disparu. Sur la vitrine je peux lire : « Commerce aryanisé ». Où sont-ils ?

Un groupe de soldats descend la rue, bottes frappant le pavé. L'air du printemps porte leur odeur fauve, mélange de cuir et de transpiration. Je baisse la tête. Mon cœur s'emballe. J'ai peur. Une peur viscérale qui quitte sa tanière au creux de mon ventre pour planter ses crocs dans ma gorge. Je comprends mon père. Mon inconscience. La honte me broie la tête. S'il exige mon départ, je m'y plierai.

Devant la Kommandantur pullulent des soldats affairés autour d'engins motorisés. Deux membres de la Gestapo reconnaissables à leur uniforme noir encadrent un homme. Ou ce qu'il en reste. Visage barbouillé de sang, une paupière fermée, bouche éclatée, une plaie rouge sur la tempe, le gars est tellement groggy qu'il ne tiendrait pas debout si les deux autres ne le maintenaient pas fermement pour l'embarquer dans une traction noire. L'espace d'un éclair, je crois voir mon père, et aussitôt mon cœur ne pulse plus que des flammes, mais quand la traction noire passe à ma hauteur, je m'aperçois que le prisonnier est à peine plus âgé que moi. 20 ans à tout casser.

Je respire le plus profondément possible en regardant le ciel.

– Philippe !

Jacqueline court à ma rencontre, ses pieds se tordent sur le pavé, elle s'arrête essoufflée. Si près que nos corps se frôlent. Elle porte sa blouse de travail. Son visage est bouleversé, ses yeux, soulignés de cernes violets. J'ai envie de lui prendre la main, de sentir sa peau contre la mienne, ce serait délicieux de pouvoir l'embrasser, là tout de suite, de tout oublier contre sa bouche. De partir avec elle. Loin. Félix a raison. Il faudrait avoir le courage de se sauver. Il lui faut quelques secondes pour reprendre son souffle, cassée en deux, mains sur les genoux.

– Enfin, tu es là ! Je te cherchais ! Je suis passée chez toi mais tes parents m'ont dit que tu étais parti très tôt. Il est arrivé quelque chose. Ce matin.

Aussitôt, évidemment, je pense aux papiers dérobés, aux risques que nous avons pris.

– Au salon ?

– Non, à la scierie. Félix est parti, comme fou. Mon père et lui se sont disputés et...

Je hausse les épaules.

– Et alors ? Est-ce que c'est mes oignons ? Et puis c'est pas la première fois. Je suis certain que leurs affaires vont les réconcilier.

De sa main, elle essuie une larme qui coule sur sa joue.

– Non, c'est grave je te dis : heureusement il y avait ma grande sœur et Otto pour les séparer. Sinon ils se seraient entretués. C'est Otto qui me l'a raconté au salon.

– Entretués ? Mais pourquoi ?

– Les Allemands de la scierie ont passé à tabac un jeune gars. Un Juif, je crois, qui se cachait dans une cave de la ville et qu'ils ont ramené à la scierie. Félix a essayé de le protéger, de les empêcher de l'envoyer en prison, mais mon père l'a fait taire en lui envoyant une gifle devant tout le monde. Les soldats allemands se marraient, c'était horrible.

– Félix, il a…

– Tu sais comme moi que c'est pas un méchant. Il va faire une bêtise, je le sens !

– Quelle bêtise ?

– Qu'il… qu'il se tue ou… je ne sais pas… Quand il est dans cet état il est capable de tout… Il a déjà essayé une fois, après une dispute avec notre père.

Ses cheveux roulés en boule sur le dessus de sa tête retombent brusquement sur ses épaules, je reçois leur odeur de fleur fanée.

– Je suis sûre que tu sais où le trouver… Il m'a raconté un jour… votre truc de mecs, là, votre… pacte de sang. On fait un pacte de sang à un endroit où on pourra toujours se retrouver en cas de malheur. C'est comme ça, non ?

Elle pleure tout à fait à présent, visage dans les mains, doigts crispés sur sa peau, ses sanglots se confondent avec les bruits de bottes des soldats qui jaillissent de la Kommandantur, noirs comme de gros cafards.

– Oui, dis-je, c'est comme ça.

– Vas-y, oh ! vas-y je t'en prie. Essaie de le trouver, je t'aimerai encore plus fort, après.

*

Il est bien là, de dos, assis sur un rocher, sa nuque épaisse courbée en avant. Il fait glisser son canif sur un bout de bois pour en arracher des copeaux qui jaillissent régulièrement. Puis il en taille l'extrémité avant d'en apprécier la pointe avec le gras du pouce. Ensuite il se lève et lance le morceau de bois devant lui à la manière d'un javelot, avec suffisamment de force pour atteindre la rivière qui l'emporte dans ses tourbillons. Il se rassoit pour viser un rocher situé sur l'autre rive avec de petits cailloux, un jeu qui nous occupait beaucoup autrefois. Il atteint sa cible à chaque fois. Sa main se porte à sa paupière fatiguée à intervalles réguliers.

Soudain il se retourne.

– Ah, c'est toi...

Il joue l'indifférent mais je sais qu'il m'attendait. Son visage est plus tourmenté que jamais, ses traits expriment cette dureté qui est son armure de toujours contre le désespoir. Sa paupière fripée, rouge, ferme lamentablement son œil gauche. Sa pommette droite porte une marque de coup.

– Félix, mon vieux, qu'est-ce qui t'arrive ?

Sa bouche se force à sourire. Il lance le menton en avant d'un air bravache.

– Rien ! Qu'est-ce que tu crois, vieux ballot ? Je venais juste comme ça... Pour revoir la rivière... et me souvenir.

– Te souvenir de quoi ?

– Des moments qu'on a passés ici. Ce qu'on s'est amusés, tu te souviens ?

– Arrête, mon vieux. Je sais tout. Jacqueline m'a raconté.

J'ai d'abord l'impression que, pris au dépourvu, surpris en pleine détresse, il pourrait se jeter sur moi et me frapper. Mais un sourire désarmant de tendresse balaie bientôt ce sentiment et il m'apparaît alors dans toute son éternelle solitude d'orphelin.

Tout en recommençant à piocher des cailloux pour les lancer sur les rochers, il reprend :

– T'étais pas si ballot, mon vieux, c'est toi qui avais raison. J'aurais dû t'écouter, t'as toujours mieux su les choses que moi. Moi je m'emballe, sans réfléchir, et... J'ai compris ça quand ils ont ramené le petit mec à la scierie. Il était en sang, il était seul, il gémissait, il avait tellement peur de mourir qu'il se pissait dessus, et les boches ils se le renvoyaient comme un ballon. Mon père, il jouait avec eux et il voulait que j'entre dans la danse. J'ai pensé à toi, je te jure, à ce que tu aurais fait et alors... T'as vu ce qu'il m'a fait, mon père ?

– Dans deux jours, tu auras une peau de bébé.

Soudain il se passe cette chose terrible, des larmes glissent sous sa paupière molle, comme une rivière qui sort de nulle part. Félix s'écrase contre moi, me serre, tremblotant, totalement désarmé, j'ai l'impression que nous allons rouler sur le sol tous les deux.

– Ma jument ! hurle-t-il soudain, ma jument... Ils l'ont prise... Ils l'ont emmenée ! Ce matin !

– Zéphyr ? Mais... Je croyais qu'Otto l'avait soignée.

– Otto oui, il l'a soignée, mais son chef, je sais plus comment il l'appelle, lui il a vu les choses autrement. Tu sais, les frisés ils ont toujours besoin de transporter des trucs, alors ils réquisitionnent tout ce qu'ils trouvent : des camions, des charrettes, tout ce qui roule, tout ce qui trotte. Et maintenant qu'ils ont tout pris, ils prennent les chevaux. Quand son chef a vu qu'elle était bien solide, ils l'ont emmenée. Cette nuit ! Pendant que je dormais ! J'ai même pas eu le temps de lui dire au revoir ! Ils vont la crever à la tâche !

Il s'essuie le visage avec ses manches, se calme un peu.

– Tu sais où ils l'ont emmenée ?

– Non, j'ai juste vu qu'elle n'était plus là. C'est mon père qui m'a expliqué. Il savait, lui. Un beau salaud !

– Il n'a rien dit ?

– Tu parles qu'il n'a rien dit ! Il est trop content de leur lécher les bottes ! Du moment qu'il peut leur faire plaisir, aux boches... Il n'a rien à leur refuser... Sa scierie c'est la dernière du coin alors c'est lui qui empoche tout... Il dépend des boches et les boches dépendent de lui... Il est comme ça avec eux.

Félix croise étroitement ses deux mains.

– Il s'est foutu de moi quand il a vu la gueule que je tirais. Il m'a dit que j'étais bon qu'à ramasser le crottin. Plus tard, ils sont revenus avec le petit mec en sang, ils se le renvoyaient comme un ballon, lui il trébuchait, roulait dans la poussière, et mon père il riait encore plus fort que les autres. Alors j'ai vu rouge, je lui ai foncé dessus, je l'aurais tué si j'avais pu. Je te jure que je l'aurais tué. Pour Zéphyr et pour le petit gars. J'ai juste eu le temps de lui filer un coup de boule. Son nez pissait le sang, t'aurais vu ! Après, Odette et Otto sont arrivés.

Félix saisit une pierre qu'il envoie dans le feuillage naissant des aulnes.

– Surtout que maintenant il rachète des entreprises, des magasins. Enfin, racheter... Ça lui coûte pas grand-chose.

– Tu veux dire... des magasins qui étaient tenus par des Juifs ?

Félix fait rouler un caillou sous sa semelle.

– Des trucs comme ça... Je sais plus comment ils appellent ça. Pour une bouchée de pain, on les lui donne. C'est les Allemands qui distribuent. Il faut juste prouver qu'il n'y a aucun Juif dans la famille et être bien avec la Kommandantur.

– L'ancienne mercerie, tu sais, dans la rue qui monte, c'est...

– Oui, c'est à lui maintenant. Il va la confier à Odette qui veut la transformer en... en je sais plus quoi. Il n'en peut plus de tout le pognon qu'il a !

Pendant quelques minutes nous ne prononçons plus une seule parole. Le murmure de l'eau emporte les images sinistres auxquelles l'histoire de Félix a donné naissance. Un papillon bleu surgit de nulle part, promène devant nous son vol incertain puis se pose sur le genou de mon camarade. Pendant quelques secondes, le visage d'Esther et les notes de son violon m'envahissent avec une telle force que j'ai envie de partager ce souvenir avec Félix. Mais finalement je me contente de chuchoter :

– Regarde, le papillon bleu est revenu, ça veut dire que les choses peuvent changer, qu'en se battant on peut faire revenir la vie d'avant, que rien n'est perdu.

Mais bientôt le papillon reprend son vol fébrile pour disparaître.

– Le pire, murmure Félix, c'est que ce salaud a peut-être raison. Je suis qu'un bon à rien. J'ai jamais rien appris. Même lire, tu vois, j'ai jamais réussi. Rappelle-toi comme tu m'aidais à le cacher, à l'école. Avant je m'en foutais, mais maintenant... Je sais bien que personne ne voudra jamais de moi. Personne ne m'aimera. Un mec qui sait même pas lire et qui a cette chiffe sur l'œil... Des fois, je te jure, je voudrais mourir.

Je me force à rire.

– Tu racontes n'importe quoi ! C'est toi le vieux ballot aujourd'hui ! Écoute, pour la lecture c'est pas trop tard.

– Tu crois ?

– Mais bien sûr. Je t'aiderai.

– T'es gentil, Philippe. Avec toi ce serait plus facile.

Il se lève lentement, s'approche de l'eau.

– Elle ne change jamais, elle. C'est toujours la même. Quand on était petits on était comme elle. Nous non plus on ne changeait pas.

Je déplie le journal acheté au kiosque.

– Il y en a un qui a bien changé. Regarde : un article sur Laszlo.

Son œil s'arrête sur la photo du gardien de but, souriant à côté de Xavier Vallat, le sinistre commissaire aux Affaires juives.

– Explique-moi, dit Félix.

– Laszlo apporte son soutien aux nouvelles lois contre les Juifs. Un beau salaud, finalement. Il explique que les Juifs dégénérés ne peuvent comprendre la noblesse du sport et qu'il faut les renvoyer aux vestiaires. On les connaît, leurs vestiaires...

– Que de la merde ! s'écrie Félix. De toute façon, tu sais quoi, il n'était pas aussi bon que ça, ce con.

Nous nous sourions, réconciliés, unis par le même sentiment d'avoir retrouvé une part de nous-mêmes.

– Et sinon, tu vas faire quoi maintenant ? Rentrer chez toi ?

– Je vais plutôt me payer des vacances ici quelque temps. Il y a notre cabane, je pêcherai. Je poserai des collets pour attraper des lapins. C'est le printemps, dans pas longtemps il fera chaud. J'ai tout ce qu'il me faut ici. Je peux même surveiller leur ligne, aux boches. On sait jamais, ça peut servir. Pas vrai ?

Son œil libre pétille de jubilation.

– Je t'apporterai des provisions.

Il montre son pouce.

– Pacte de sang, vieux ballot !

*

Mon père et ma mère d'un côté de la table, moi de l'autre.

Elle me semble immense, ce soir, cette table, un océan de bois ciré agité d'une belle tempête. À nous trois nous formons le triangle des Bermudes et prétendre que nous nageons dans l'euphorie collective serait très exagéré. Depuis la veille, j'ai étudié toutes les possibilités qui s'offrent à eux et je parie pour la plus simple et la plus efficace : aller simple pour l'internat du lycée de Dijon, section odeurs de slip et de vieilles chaussettes dans les dortoirs. Objectif : Neutralisation complète et quasi définitive du môme turbulent qui se prend pour un Cheyenne.

Mon père se lève lentement, tourne autour de la table, mains croisées dans le dos ; je vois ses doigts bouger comme des vers de terre. Finalement, c'est ma mère qui plante son piolet dans la glace qui refuse de fondre.

– J'espère que tu te rends compte de la gravité de ton attitude. De ton inconscience. Dans mon salon ! Est-ce que tu comprends au moins dans quelle situation tu me mets ?

Je fais oui de la tête parce que faire dire non serait suicidaire.

– Le danger que tu nous fais courir, à tous ? ajoute mon père.

Re-oui.

– À ton père, à moi, au reste du *Métropolitain*. Des dizaines de vie en jeu.

J'ai le nez bien au fond de mon caca et ça pue déjà assez, pas la peine d'en rajouter.

– Si tu reconnais ton erreur, c'est déjà ça, dit ma mère.

– Disons que c'est un point de départ, constate mon père.

Moi, c'est surtout le point d'arrivée qui m'intéresse et le problème avec les parents, par temps de guerre ou de paix, en été ou en hiver, le matin ou le soir, c'est le nombre de mots qu'il leur faut pour y arriver.

– Avec Jacqueline en plus... Jamais je ne me serais doutée !

– Moi non plus, dit mon père. Une fille si discrète. Effacée, même.

Décidément, il faut se méfier de l'eau qui dort.

– L'embêtant, reprend ma mère... Vraiment, ce qui est le plus embêtant, tu vois, dans toute cette affaire...

Sa mine est grave. Elle échange un bref regard avec mon père, genre « Courage, il faut lui dire la vérité ». Mon ventre se serre. L'option odeurs de slip et de vieilles chaussettes me semble soudain trop optimiste. Je vais gicler à l'autre bout de la France occupée, quelque part chez un grand-oncle du Nord.

Soudain, ma mère éclate en frappant sur la table :

– L'embêtant, nom de Dieu, c'est que c'est une vache de bonne idée que tu as eue !

– Une idée brillante ! s'exalte mon père. Leur faire les poches pendant qu'on leur fait la barbe, les tondre pendant qu'on les rase ! J'ai regardé les documents que tu as subtilisés. Bon, forcément, il y a beaucoup de merdes... mais aussi quelques perles. Des renseignements de la plus haute importance. Une aubaine.

J'avoue, je suis un peu K-O sur place.

– Sans vous contrarier, j'aurais besoin d'une synthèse. Pour résumer, je fais quoi avec ma valise ?

– Tu l'oublies. Au salon tu fais partie du paysage, personne ne se méfie de toi. Te remplacer là-bas serait idiot.

– Donc ?

– Désormais, tu es la source. Tu ratisses large et rapportes ce que tu peux.

Simple, clair, concis : parfait.

– Tu fais ce qu'on te dit quand on te le dit. Tu seras Picpus.

17

C'est ainsi que j'apprends la vie indienne. Mai, juin, maintenant j'ai la peau brûlée, l'âme sauvage et le cœur hors la loi.

Je ne porte ni plumes sur le crâne, ni peintures guerrières sur le visage, ni amulette magique sur le torse, mais j'ai la main sûre et appliquée des Cheyennes, le geste souple et prudent des Sioux, l'œil affûté des Cherokees, la patience des Comanches.

Dans les effluves de shampoing et de savon à barbe, au milieu des nuages de vapeur parfumée, ma main devient folle : elle frétille comme une anguille, frôle la toile des uniformes vert-de-gris, caresse le cuir, plonge dans les poches. Elle se faufile, investit, fouille et cambriole : rien ne lui résiste. Maintenant je sais trier, choisir. Quelques mots, quelques chiffres, une signature et un ou deux noms suffisent, je prends ou je laisse.

De l'autre côté de la cloison, les rires clairs de Jacqueline et de ma mère distraient les visages trop pâles aux cheveux trop blonds, détournent leur attention, elles appellent la confession, les font parler de leur pays, de leur famille, demandent à voir des photos. Elles aussi, des Indiennes. Elles savent flatter l'ennemi, le bercer de bonnes paroles, le retenir. Rire quand il faut, verser une larme au bon moment, s'attendrir à l'évocation d'un souvenir. Quand Jacqueline fredonne les premières mesures d'une chanson de Charles Trenet, je sais que je n'ai plus qu'une ou deux minutes devant moi. Alors je me volatilise tout à fait, je me confonds avec les murs, comme les guerriers à la peau rouge de mon enfance avec les roches jaunes, je vois apparaître les genoux de Jacqueline aussi lisses que des boules de billard ou ceux plus fripés de ma mère quand elles viennent reprendre les vestes d'uniforme des soldats.

Et nous regardons le gros officier qui sort en se dandinant, content de sa nuque rasée et fier de l'odeur d'eau de Cologne qu'il dégage.

La moisson de printemps est bonne. Javel est content. Il me donne une petite tape sur l'épaule. Nous écoutons Radio Londres presque tous les soirs. *« La marmite est pleine de soupe, je répète : La marmite est pleine de soupe. Les roses poussent sans épines, je répète : Les roses poussent sans épines. Nous n'irons plus au bois, je répète : Nous n'irons plus au bois... »*

Indiens parmi d'autres frères indiens, invisibles, inconnus, anonymes, nous formons une tribu encore clairsemée, nous sommes rares mais partout. Nous nous croisons sans nous reconnaître, parlons sans nous confier, la hache de guerre en travers de nos sourires. Nous agissons dans l'ombre mais nos plumes écrivent l'avenir, un jour nous sortirons à la lumière et pousserons notre cri sauvage, les Indiens reprendront leurs terres : nos victoires sont encore imaginaires, lointaines et abstraites, mais nous savons que quelque part, grâce à nous, une diligence allemande sera dévalisée, un convoi déraillera, un pont explosera, des prisonniers seront libérés.

La grande lueur de l'Est embrase le début du mois de juin.

– Les Allemands ont attaqué l'URSS ! s'écrie mon père. Le deuxième front, enfin. Et bientôt les Américains entreront dans la danse ! Les boches sont perdus !

J'attends les jours sans lune où Javel, appelé par un de ces messages, endossera son manteau en peau de nuit.

– Quand est-ce que je pourrai venir avec toi, papa ? Je suis rapide et agile, emmène-moi !

Sa réponse ne varie jamais :

– Trop dangereux. On a besoin de toi au salon. J'irai seul.

Ses absences sont de plus en plus longues. Parfois il disparaît pendant deux jours. Le temps s'étire et les heures distillent l'angoisse. Il va de plus en plus loin. Je l'imagine courir pendant des heures, infatigable Cheyenne dans la nuit, immense, irréductible messager parcourant les montagnes du Jura, un mélange de Geronimo, Cochise et Sitting Bull : mon père, ce Peau-Rouge. Quand il rentre, il pose sa tête contre le ventre de ma mère qui lui caresse les cheveux en murmurant des mots doux, mon père, cet enfant. L'image même de la tendresse.

*

– Emmène-moi avec toi !

Jacqueline voudrait me suivre au bord de la rivière où se cache Félix. Elle a son visage d'été, clair, ouvert, parsemé de taches de rousseur. L'éclat qui brille dans ses yeux est affolant.

– C'est bien trop dangereux.

– Je veux le voir. Il a besoin de moi.

– Ton père sait que tu vas chercher à le voir. Je suis sûr qu'il te fait surveiller.

– Alors dis-lui que je l'aime, que je suis fière de ce qu'il a fait. Prends ça, tu le lui apporteras.

Emballés dans du journal, du pain, du jambon, du chocolat, du café.

– C'est Odette et Otto qui me les donnent. Ils ne me le disent pas, mais je sais que c'est pour Félix.

Après cet hiver glacial, la douceur de ce début d'été devrait être enivrante, mais elle est simplement étouffante et exaspérante. Une tiédeur de marécage qui pue. Ce sont des fleurs lourdes aux pétales empoisonnés qui éclatent un peu partout en un long sanglot poudreux. Le pollen poussé par des vents d'est répand sur l'Europe une haleine empestée, une odeur fade de mort. À l'Est, déclare Hitler à ses généraux, la guerre sera une guerre d'extermination.

– L'extermination ? murmure mon père, mais elle a déjà commencé.

On raconte maintenant qu'il y a des camps partout en Allemagne, en Pologne, en Tchécoslovaquie.

– Pas seulement des camps de travail, mais des camps de mort.

Des camps où l'on torture, où l'on massacre avec méthode. Des camps où la mort est devenue une science exacte. Des évadés ont témoigné, des habitants. Tout se cache, sauf les odeurs. Ils mentent ? Peut-être. Qui sait ?

Extermination. Le mot est lâché. Un mot pirate, jamais entendu dans aucune autre guerre. *Ex-ter-mi-na-tion* : cinq syllabes aussi violentes et compactes que les patrouilles de cinq hommes en cuir qui, au petit matin, font d'un coup d'épaule éclater la porte d'appartements susceptibles d'abriter des Juifs étrangers, des terroristes, des dégénérés, des amateurs de jazz. Les voisins tremblent. La rue frémit. Dans nos organismes, tout se fige. La loi du talion recomposée par les lois de la nouvelle arithmétique germanique : 12 Indiens fusillés à Lyon en représailles d'une attaque contre un dépôt de munitions, le plus jeune avait 17 ans, le plus âgé 67. Les Allemands réconcilient les générations.

Extermination. À Dijon, une famille qui a tenté de passer la ligne a été rouée de coups sur la place publique. On a entendu les os craquer dans la lumière du matin et ces bruits de mâchoire brisée accompagneront jusqu'à leur mort le sommeil de ceux qui les ont entendus. Partout on trahit, on dénonce, on dévalise, on exécute, on saccage des bibliothèques. Les Juifs n'ont plus l'autorisation de changer de domicile, ni de sortir entre 20 heures et 6 heures, encore moins de fréquenter les lieux publics ou de faire des courses dans les magasins, sauf entre 15 et 16 heures. Le téléphone leur est interdit, le vélo aussi, et à Paris seul le dernier wagon du métro leur est ouvert.

Mes parents, funambules parmi les funambules, marchent sur le fil de leur espoir, déceptions et joies se disputant l'équilibre du balancier. Tantôt il penche du bon côté, tantôt du mauvais. Des idoles tombent en poussière. Le si drôle Fernandel qui chante à Radio-Paris ne fait plus rire mon père, la célèbre actrice Arletty qui avoue son idylle avec un beau nazi fait pleurer ma mère. Jean Gabin devient le plus célèbre des Indiens en s'exilant en Amérique pour rejoindre les forces libres navales.

Un soir, juste avant le solstice d'été, je reviens de la rivière où Félix a élu domicile. Mon père, dont une partie des activités de jour consiste maintenant à réparer des vélos devenus plus précieux que les automobiles, s'essuie les mains avec un chiffon blanc.

– Un gars a déposé un colis pour toi, me dit-il. Un homme qui passait en camion. Il venait de Paris.

Je lis des soupçons dans son œil. D'un geste du menton, il me questionne. *Plus de bêtises, hein ?*

– Je ne sais pas qui c'est. Je te jure, papa.

– Le paquet est dans la cuisine.

Mon cœur bondit. La forme ne trompe pas. Un violon. Le violon d'Esther. Forcément. Entre les cordes, une petite lettre de quelques mots. Écriture sage, impeccable.

Mon cher ami,

Ici, nous n'avons plus droit à rien. Papa dit que bientôt nous devrons nous cacher. Ils vont me le prendre. Je sais que tu sauras le protéger, qu'avec toi il sera en sécurité.

J'espère qu'un jour nous irons revoir les papillons bleus.

E.

Je pince une corde dont la grave résonance fait aussitôt renaître la frêle silhouette, son sourire, son regard fixe, et bientôt aussi les sonorités étranges de la berceuse qui s'échappait de sa bouche, cette nuit où je l'ai vue pour la dernière fois.

Quand je reviens à la réalité, ma mère est là, devant moi. Je froisse machinalement la petite lettre.

– Les Juifs n'ont plus le droit de fréquenter les écoles de musique, dit-elle, et encore moins les orchestres. On leur prend leurs instruments.

Tous les Indiens ont quelque chose de précieux à protéger : un ami, un amour, un enfant, une famille, un cheval, moi ce sera un instrument de musique. Il me suffit d'en caresser le petit ventre rebondi pour revivre ce moment précis de l'histoire où l'Hispano est entrée dans ma vie, de faire vibrer les cordes les unes après les autres pour sentir les bras d'Esther qui se serraient autour de ma taille sur le vélo, ou être à nouveau transporté au bord de la rivière dont le murmure se mélangeait à la voix du violon.

Au milieu de juillet, elle gambade toujours, cette rivière : grossie par la fonte des neiges des monts du Jura, tout près, son eau est abondante et glacée, et son torrent fou accroche plus follement que jamais des haillons d'argent aux herbes bleues.

Je descends le talus plusieurs fois par semaine. Voilà plus d'un mois que Félix a trouvé refuge dans notre cabane, près de la rivière, que Jacqueline et moi protégeons le secret de sa fuite.

– Ah, c'est toi, Philippe, installe-toi, regarde un peu !

Deux belles truites grillent au-dessus du feu étouffé. Félix tourne la branchette sur son axe, afin de faire dorer les poissons enfilés dessus, et disperse de la main la colonne de fumée.

– Comme les Indiens des bandes dessinées qu'on adorait, dit Félix, tu te souviens ? Moi, je ne regardais que les images et toi tu me lisais... C'était comment déjà ?

– *Comanches et Cheyennes*... Les Peaux-Rouges gagnaient toujours à la fin ! Et les noms qu'on s'était donnés ! Toi, c'était Orage Céleste et moi...

– Renard Patient.

Orage Céleste et Renard Patient ont changé. Orage Céleste est aussi fort qu'un homme, à présent, compact et trapu, mais son regard voilé et inquiet est resté celui d'un enfant démuni dont la confiance a été trahie.

– Qu'est-ce que tu m'apportes ?

Je fouille dans ma besace.

– Quelques pommes de terre, du pain, des abricots secs, un petit morceau de jambon. Et j'oubliais...

– Une paire de chaussures ! C'est *bath*. C'est Jacqueline qui te donne tout ça ? demande Félix.

– Elle les reçoit d'Otto et Odette. Et aussi de quelques soldats allemands qui lui font des cadeaux au salon.

– Garde des choses pour toi, moi je me débrouille toujours. Regarde !

Il me tend une truite qui dégage une odeur délicieuse. La peau grillée craque sous mes dents et la chair douce, un peu fade, fond sur ma langue. Félix renverse les pierres du foyer, écrase les dernières flammes mourantes. Puis hésitant, il demande :

– Et... mon père ? Tu l'as vu ?

– Il est venu au garage. Il te cherchait.

– Tu n'as rien dit au moins, hein, vieux ballot ? Pacte de sang, tu te souviens ?

– Je me souviens. Muet comme un Comanche.

– Et prudent comme un Sioux...

Nous éclatons de rire.

– Il… Il était comment ?

– Ton père ? Je ne sais pas. Il n'a laissé voir que sa colère mais en réalité il était inquiet.

– Lui, inquiet ? Tu parles ! Je peux bien crever, il s'en fout. Même, il est bien débarrassé.

– Inquiet et triste. Moi, je crois qu'il t'aime. À sa façon, mais il t'aime.

– M'aimer ! C'est la meilleure de l'année ! Rien du tout ! Il a toujours eu honte de nous deux, Jacqueline et moi. Odette, c'est pas pareil, c'est sa chérie. Mais il n'a jamais rien eu pour nous, ici.

Sa main droite ponctue théâtralement la phrase en frappant le côté gauche de sa poitrine. Puis plus doucement, il reprend :

– Tu sais…

Son ton est énigmatique. Il s'amuse à faire tourner une branche dans le tas de cendres.

– Il ne nous a jamais emmenés sur la tombe de notre mère. Pas une seule fois.

– Où est-ce qu'elle est ?

– Quelque part vers Paris. Je ne sais pas pourquoi elle est là-bas, peut-être simplement parce qu'elle y est née. Et que mon père voulait tout oublier.

– Et c'est pour ça que… que tu voulais aller voir Laszlo ? Pour aller voir la tombe de…

Félix tourne la tête vers moi, sur le côté, le sourire en biais. Sa paupière pantelante a quelque chose de déchirant.

– C'est que tu es un malin, vieux ballot ! Tu devines tout, toi… Pour voir Laszlo et ma mère… j'ai l'impression que ça irait mieux si j'allais la voir. Rien qu'une fois. Qu'est-ce qu'il vous a raconté comme saleté, mon père ?

– Juste qu'il te cherchait. Rien de plus : ça se voyait qu'il avait peur qu'il t'arrive des choses…

– Eh ben, il n'avait qu'à pas les laisser emporter Zéphyr. Et son rire, devant le gars qu'ils avaient tabassé, tu l'aurais entendu, c'était affreux.

– Tu vas rester là combien de temps ?

– Pourquoi est-ce que je reviendrais, hein ? Je suis bien, ici. Je pêche, je vérifie mes collets tous les jours. J'attrape un lapin de temps en temps. Si je m'ennuie, je fais des ricochets. Quand j'en aurai marre, oh, je saurai bien quoi faire. Je partirai ! Comme un oiseau migrateur, avec l'automne.

– Pour où ?

– Je ne sais pas. Loin. Le plus loin possible. Quelque part où je ne connaîtrai personne. J'ai toujours voulu partir, tu le sais. Voir du pays, c'est ça que j'aimerais. La mer ! Oh, comme j'aimerais la voir, la mer ! Aux colonies, on aura besoin de moi ! L'Afrique !

Il me donne un coup sur l'épaule qui me fait vaciller.

– Le seul qui me manquera, c'est ce sacré vieux ballot.

– Et Jacqueline ?

– Jacqueline aussi.

– Elle voudrait bien venir te voir, mais elle a peur qu'on la suive pour remonter jusqu'à toi.

– C'est une maligne, Jacqueline ! Et elle t'aime ! Toi aussi, tu l'aimes ?

Pendant quelques secondes, mon regard suit un nuage qui se déplace lentement au-dessus des arbres.

– Mais, oui, je l'aime.

Félix me regarde, un sourire figé aux lèvres.

– Avant de partir, dit-il soudain, je passerai par Paris. J'ai l'impression que ça ira mieux si je vais la voir. Rien qu'une fois.

– Qu'est-ce que tu feras, loin d'ici ?

– Je réfléchis pas comme toi, moi, mais je fais plus que mon âge et avec ces mains-là je peux travailler n'importe où. Et tu me connais, je suis increvable ! Nord, sud, je vais où je veux ! Leur foutue ligne, je la passe quand j'ai envie. Cette nuit, si je veux. Les frisés, je les regarde tous les soirs, au bout du tunnel, à force je connais leurs habitudes par cœur. Je sais exactement quand ils vont pisser, quand se fait le remplacement des sentinelles.

– Tu es prudent, quand même ?

– Oh pour ça, oui, te fais pas de bile, pour le feu je fais attention au sens du vent. Pour le reste, je me confonds avec les arbres. Un vrai caméléon.

Il me regarde d'un air de défi, puis ses lèvres épaisses sourient.

– Je ne partirai pas sans dire au revoir à mon vieux frère de sang !

18

Javel, lunettes aux verres fêlés sur le nez, parcourt le document des yeux. Une lettre rapidement recopiée le matin même au salon. L'enveloppe était barrée des mots *wichtige* et *vertraulich*, « important » et « confidentiel », mots dont je connaissais la signification pour les avoir rencontrés plusieurs fois. De quoi allumer ma curiosité. Écrite en allemand, elle est indéchiffrable. Hormis une date dans la première phrase – « 20 août, 7 heures » –, le lieu d'écriture – « Paris » – et le grade de celui qui l'a écrite – « Obersturmführer » –, nous n'y comprenons rien. Une plaque d'argile gravée de hiéroglyphes nous serait plus familière. Sa brièveté a la brutalité d'un couperet.

Ce n'est pas la première fois que le cas se présente. Les documents en allemand sont traduits par Austerlitz qui a appris cette langue au lycée. En fonction de l'importance des informations révélées par la traduction, elles sont ou non communiquées à ceux qui ont les moyens de passer à l'action. Nous, nous ne sommes que des informateurs, des éclaireurs, des passeurs.

Mais là il y a cette date, si proche.

– 20 août, déclare mon père, dans moins d'un mois. Et on n'y comprend rien !

Rien, ou presque. Il y a quand même ce mot que nous avons appris à reconnaître à force de le voir fleurir dans les journaux, sur les vitrines des commerces confisqués, sur les affiches de mise en garde, dans la bouche des soldats allemands : *Juden*. Et en général, sous la plume d'un Obersturmführer, c'est rarement pour une déclaration d'amour.

Juden. Une nouvelle mesure contre les familles juives ? Il y en a déjà tant et tant. Elles éclatent comme de grosses larves. Dans ce domaine, personne ne pourra reprocher aux nazis un manque de suite dans les idées, ni même d'imagination. Ils doivent avoir une glande spéciale pour stocker toute la haine qui les inonde. Pour savoir exactement à quoi nous en tenir, nous devons attendre la prochaine rencontre de Javel avec les autres membres du *Métropolitain*. Austerlitz traduira.

Cette rencontre aura lieu à la vieille piscine, dans le cube de béton de l'usine électrique désaffectée ou encore dans mille autres endroits improbables que nous ne connaîtrons qu'au dernier moment, grâce aux voix fantômes des ondes.

Alors, nos rutabagas bien calés au fond de l'estomac, nous attendons chaque soir devant le poste de radio. Les brouilleurs allemands rendent l'écoute laborieuse mais les mots taillent courageusement leur chemin vers nous. « *Les squelettes sont installés au premier rang, je répète : les squelettes sont installés au premier rang. Jean a perdu sa cravate, je répète : Jean a perdu sa cravate. L'eau est bonne mais la viande est pourrie, je répète : l'eau est bonne mais la viande est pourrie.* » Savoir qu'à la même seconde des centaines de gens sont comme nous à l'affût du message qui leur est destiné, bercés du même espoir et de la même crainte, a quelque chose d'enivrant.

Le ciel reste muet. Chaque jour éteint un peu plus notre espoir. Le 20 août approche. L'inquiétude se lit sur le visage de mon père. Il arrive parfois qu'un groupe, suite à une alerte, décide de se mettre en veilleuse pendant quelques semaines, voire de se dissoudre en cas d'arrestation d'un de ses membres. Personne ne doit savoir pourquoi. Il faut juste attendre. Alors nous attendons, taraudés par cette date, 20 août, et ce mot, *Juden*. Tous les autres mots en allemand forment une infranchissable barrière de barbelés sur laquelle s'écorche notre impatience.

Il faudrait pouvoir parler, demander, trouver quelqu'un qui comprenne l'allemand, mais parler c'est faire confiance, et faire confiance c'est prendre des risques. Il y a bien l'abbé que nous avons croisé dans l'abri le jour du bombardement, il parle allemand mais il est en prise directe avec la Kommandantur et reçoit des gigots dans son confessionnal. Sa soutane noire a viré vert-de-gris.

La solution est pourtant là, toute proche, si proche qu'il m'est impossible de l'entrevoir. Heureusement il y a Félix, de joyeuse humeur ce matin-là. Il vient de dénicher un nid de vipères et à ses pieds gisent plusieurs rubans d'écailles qui luisent au soleil.

– Apporte-les à la pharmacie, lance Félix, ils t'en donneront peut-être un bon prix. Tu sais de qui j'ai rêvé cette nuit ? De Cripure. Tu te souviens de Cripure ?

M. Cripure, notre instituteur de CM2. Celui que Félix détestait tant.

– Évidemment que je me souviens ! Surtout que je l'ai vu pendant l'hiver, dans un abri de la défense passive. Le jour où ils ont bombardé la gare. Tu as rêvé que tu lui faisais bouffer une vipère ?

– C'était lui, la sale vipère ! Le venin qu'il avait ! Tout ça parce que j'y arrivais pas. Dans mon rêve, je lui apprenais à pêcher à la main, tu sais, en caressant les truites sous le ventre quand elles sont sous les pierres.

Il éclate de rire. Imaginer le sérieux et antique Cripure dans l'eau jusqu'aux genoux pour chatouiller une truite a en effet quelque chose d'assez amusant.

Félix, qui a entrepris de glisser les vipères mortes dans un sac de toile, continue :

– Tu te souviens, il fallait toujours qu'il dise des trucs en latin pour nous épater...

Quelques secondes de silence puis il ajoute, en fermant le sac avec une corde :

– Le pauvre couillon...

– Pourquoi le pauvre couillon ?

– Tu sais pas ? Il paraît qu'ils l'ont vidé de l'école.

– Cripure, chassé de l'école ? Mais pourquoi ? C'est qui, « ils », d'abord ?

Félix hausse les épaules sans répondre.

– Je ne sais pas, ceux qui pensent qu'il n'est pas assez docile avec les boches. Dans mon rêve on était juste là, tu vois, sous les aulnes...

– Les aulnes ?

– Oui, les aulnes.

Les aulnes, tout près de l'eau. De beaux arbres mélancoliques, solides et fragiles à la fois.

– Qu'est-ce que tu as ? Vieux ballot, t'as un problème ou quoi ? On dirait que tu vas chialer... Ou que t'as la colique !

Ses dents blanches, solides comme celles de sa sœur mais un peu de travers, brillent entre ses lèvres.

– T'es vraiment trop con ! Je dois y aller... J'ai oublié quelque chose... Mon père ne sera pas content...

– Attends ! s'écrie Félix. Tu oublies tes vipères !

*

Cripure, évidemment ! Je me souviens maintenant de ce poème, *Le Roi des Aulnes*, qu'il était si fier de nous réciter en allemand et encore davantage de nous traduire, ce qui n'était pas du goût des parents. Car ceux-là mêmes qui accueillent aujourd'hui les nazis comme des sauveurs considéraient les Allemands comme des barbares il y a peu. Bon sang, la solution était si proche, à portée de main.

La journée passe avec une lenteur désespérante. L'après-midi s'étire. J'aide mon père à installer un gazogène sur un camion, puis nous remplaçons la boîte de vitesses d'un vieux corbillard qu'il a décidé de remettre en état. Au fil des semaines, les autres voitures ont disparu, rendues à leurs propriétaires revenus des camps de prisonniers en Allemagne. Seule la belle Hispano reste fidèle au poste, dissimulée sous une bâche. Mon père en a ôté les plaques et limé le numéro de châssis, si bien qu'il est maintenant presque impossible de savoir à qui elle a appartenu. Il a également retiré le caducée fièrement affiché sur le pare-brise pour le ranger précieusement dans un tiroir. Parfois son regard se pose longuement sur l'Hispano, en caresse les courbes parfaites. Plusieurs fois on a essayé de la lui racheter pour une petite fortune, mais malgré les soupçons qu'entraîne cette réaction, il a toujours refusé. Pas à vendre. Les mêmes questions nous hantent : Où sont-ils, ceux qui sont venus trouver refuge chez nous ? De quoi vivent-ils ? Ont-ils été abandonnés ? Ont-ils besoin de secours ? Quelque chose nous lie à eux et les abandonner, les oublier, ce serait nous abandonner et nous oublier nous-mêmes.

Au fil des heures, les vers du *Roi des Aulnes* me reviennent magiquement en mémoire, comme des pierres qui ricochent sur l'eau étale de ma mémoire…

Qui chevauche si tard à travers la nuit et le vent ?
C'est le père avec son enfant.
Il porte l'enfant dans ses bras,
Il le tient ferme, il le réchauffe.

Alors, ce soir, moi aussi je chevaucherai à travers la nuit, je frôlerai les maisons de pierre, mes semelles de bois deviendront de vent pour caresser le pavé, l'air sera aussi doux et moelleux que des plumes, et pour tromper ma peur je me souviendrai de la voix de Cripure qui traduisait...

— Viens, cher enfant, viens avec moi !
Nous jouerons ensemble à de si jolis jeux !
Maintes fleurs émaillées brillent sur la rive :
Ma mère a maintes robes d'or.

Mon oreille sera à l'affût du moindre bruit et mon nez guettera les odeurs de cuir qui accompagnent les patrouilles nocturnes. Plus j'approcherai de la maison de Cripure et plus mon cœur d'Indien pilonnera ma poitrine. Les marches de bois de l'escalier craqueront sous mes pas et dans le noir ma main glissera le long de la rambarde. Mon poing aura à peine le temps de frôler le bois de la porte, celle-ci s'entrebâillera et Cripure apparaîtra derrière. Il me faudra quelques secondes pour le reconnaître tant il aura vieilli et dans ses yeux je lirai de la peur.

Il m'entraînera aussitôt à l'intérieur.

– Qu'est-ce que tu viens faire ici ? C'est dangereux. Tu sais, j'ai été renvoyé. On me surveille.

– Je sais.

– Autrefois on me reprochait d'aimer Goethe, maintenant on me reproche de détester Hitler. Je ne suis jamais de mon époque.

Je lui montrerai la lettre.

– Vous êtes le seul à pouvoir m'aider. Je me suis souvenu du *Roi des Aulnes*. Vous voyez, ça n'a pas servi à rien.

Il chaussera ses lunettes auxquelles manque un verre et parcourra la lettre. Ses mains trembleront.

– Où est-ce que tu as trouvé ça ?

Pour toute réponse, je demanderai :

– C'est grave ?

– Oui.

Cripure se mettra à sa table de travail, écrira fébrilement puis me tendra la feuille. C'est alors que dehors la nuit s'éclairera, nous devinerons des phares, entendrons une automobile s'immobiliser dans la rue. Des portières claqueront comme des gifles et des voix résonneront dans la cage d'escalier. Cripure se dressera aussitôt, pauvre animal débusqué, traqué.

– Ils viennent me chercher ! Vite, prends ça. Il faut prévenir du monde ! À Paris.

– À Paris ? Où ? Qui ?

Ces secondes dureront une éternité. Dans l'escalier les voix des loups se rapprocheront.

– Nous safons que fous êtes ici, Herr Cripure ! Nous safons que fous êtes l'ami des Juifs, Herr Cripure !

Cripure se saisira d'un livre sur son étagère et me le lancera.

– Au musée de l'Homme... À la bibliothèque... Yvonne... ou Irène... Ou Boris... Les amis d'Alain-Fournier... Tu montreras ce livre. Ils pourront peut-être...

En une seconde sa main saisira mon bras, le serrera comme des pinces et m'entraînera dans la cuisine tandis que des poings frapperont la porte d'entrée.

– Oufrez, Herr Cripure !

– Va te cacher sur le toit : attends que tout soit terminé.

Je me faufilerai par la petite fenêtre au-dessus de l'évier et une dernière fois je regarderai Cripure soudain rajeuni qui me fera un salut de la main en murmurant :

— Mon père, mon père, et tu n'entends pas
Ce que le roi des Aulnes doucement me promet ?
— Sois tranquille, reste tranquille, mon enfant :
C'est le vent qui murmure dans les feuilles sèches.

*

J'entends les portes de la traction se refermer sur Cripure. Les phares entaillent bientôt la nuit et caressent les façades des maisons tandis que le bruit du moteur s'évanouit peu à peu dans les rues. Les fenêtres de l'immeuble s'éteignent à nouveau. Il ne reste plus rien de cette scène. Le crime s'évapore dans les ténèbres aussi vite que la rosée au matin. Cripure a simplement disparu. J'attends sur le toit, genoux ramenés contre la poitrine. Une chouette perchée sur une cheminée me regarde comme un intrus. L'obscurité est douce, calme et un peu violette.

Je sors le livre donné par Cripure. *Le Grand Meaulnes*. Puis j'en lis les premières lignes : « Il arriva chez nous un dimanche de novembre 189... Je continue à dire "chez nous", bien que la maison ne nous appartienne plus. Nous avons quitté le pays depuis bientôt quinze ans et nous n'y reviendrons certainement jamais... »

*

À l'aube, je me faufile par la fenêtre et je traverse à nouveau l'appartement vide. Sur la cheminée, Cripure figure sur une photo avec une classe. Indien en blouse grise, il se confond presque avec les élèves. Mes pas font craquer le parquet.

Maintenant, il ne reste de lui que ces lignes dont mon père déchiffre l'écriture torturée. Ses yeux effleurent certains mots, s'immobilisent sur d'autres dont chaque syllabe tombe comme un coup de marteau. Il faut plusieurs secondes pour que se cristallise le sens de chaque phrase. La main de ma mère serre la mienne.

... 20 août à 7 heures, devront être arrêtés tous les Juifs étrangers, polonais, tchécoslovaques ou autrichiens ; seront également concernés les Juifs français ayant obtenu la nationalité française après 1926 : pas

besoin de recourir à un médecin. Les couvertures seront portées en bandoulière, les effets et les objets placés dans un seul sac ou valise. Les clés du logement sont remises au concierge ou à des voisins. Les opérations doivent être menées avec le maximum de rapidité, sans paroles inutiles et sans aucun commentaire. Les Juifs arrêtés seront ensuite conduits à la gare d'Austerlitz puis…

Je partage avec mes parents la dernière prière de Cripure. Le musée de l'Homme, la bibliothèque. Alain-Fournier.

– Il faut apporter ce livre à la bibliothèque du musée de l'Homme ! s'exclame mon père. Là-bas quelqu'un saura quoi faire… Yvonne… ou Boris… Leur montrer ce livre. Si on ne fait rien, l'arrestation de Cripure aura été inutile.

– *Le Grand Meaulnes* d'Alain-Fournier ? s'étonne ma mère. Pourquoi *Le Grand Meaulnes* ?

– Cripure a parlé des « amis d'Alain-Fournier » au musée de l'Homme, dis-je.

Mes parents se dévisagent longuement.

– Certainement une association littéraire qui sert de couverture, lâche mon père.

Javel fait jaillir une flamme de son briquet, approche la lettre.

– Il faut la détruire, dit-il.

Puis il sourit et ajoute :

– Mais avant, tu vas l'apprendre par cœur. Les Indiens ont bonne mémoire.

19

Maintenant nous marchons, ma mère et moi, en direction de la gare. Je porte une petite valise de carton bouilli. *Le Grand Meaulnes* gonfle ma poche.

Valberg-Dijon, une bonne heure. Ensuite, de Dijon à Paris, quatre autres. Si tout va bien.

J'ai appris la lettre par cœur, mes parents me l'ont fait réciter plusieurs fois. Mais je leur ai désobéi : au tout dernier moment, j'ai éloigné le briquet du morceau de papier. Parce que j'ai peur d'oublier, parce que c'est la seule preuve que j'ai à présenter. Le seul élément matériel. Le document est désormais cousu dans la doublure de ma poche. Tout comme l'adresse de l'hôpital où exerçait le père d'Esther et qui figurait sur l'ordonnance trouvée dans la belle Hispano. Ma seule chance de retrouver sa trace, elle est là. Ensuite les prévenir. Nous avons deux jours.

La bibliothèque du musée de l'Homme sera fermée quand j'arriverai, il me faudra attendre demain, dormir quelque part. Ma mère s'est souvenue de son amie d'enfance qui habite à Paris. Impossible de savoir si elle a bien reçu le télégramme qu'elle lui a envoyé.

– Je suis certaine qu'elle t'accueillera. Si on te pose des questions, tu donneras son adresse. Mais les contrôles sont plus rares dans ce sens. Pour passer la ligne, c'est dans l'autre direction qu'on va. Tiens, prends ça, aussi.

– C'est quoi ?

– Ça peut servir, on ne sait jamais.

Un certificat de baptême. La preuve que je ne suis pas juif.

Sur le quai, la foule est de plus en plus dense. La machinerie de locomotive crache d'intermittents jets de vapeur. Le regard de ma mère s'immobilise, je me retourne. Jacqueline court vers nous en slalomant entre les voyageurs. Sa jupe blanche vole autour de ses jambes. Elle est essoufflée. Ses épaules brillent de transpiration. Une goutte coule sur la courbe de son épaule.

– Où tu vas ?

– Je vais voir quelqu'un. À Paris. Une grand-tante. Elle est... malade...

– Ah, d'accord... Elle est malade de quoi ?

– *Offf*... Elle a... euh... un peu tout... La... la grippe, voilà. Et aussi un peu d'eczéma.

– D'eczéma ?

– Oui, l'eczéma du genou gauche.

Plus ça va, plus je m'enfonce. J'échange un regard furtif avec ma mère. Nous sommes d'accord : je mens atrocement mal. Tellement mal que c'en est presque une performance. Heureusement, le train qui se profile fait diversion.

– Tu reviens quand ? demande Jacqueline.

– Dans deux jours.

Son œil pétille d'une ironique malice.

– C'est sûr, l'eczéma du genou gauche et la grippe, ça se soigne assez vite.

Ses lèvres épaisses, légèrement ouvertes, laissent deviner ses dents blanches.

Elle attend un mot, un seul, qui est là dans ma gorge, prêt à sortir, mais qui reste bloqué. Elle fait un pas vers moi, son odeur de fleurs fanées me monte à la tête. Le reste, tout autour, n'est plus qu'un vague et lointain tumulte. Dans son regard il y a une petite perle rouge que je n'avais encore jamais remarquée, minuscule, qui tremblote un peu.

Ma mère se racle la gorge. Le train est là, toute sa ferraille vibre. Les jets de vapeur lâchés par les machines nous noient dans le brouillard. La foule nous bouscule dans tous les sens. Cris, appels, coups de sifflet, bruits de bottes.

– Dépêche-toi, lance ma mère. Si tu veux une place c'est maintenant.

En effet, il faut tailler son chemin à coups d'épaule pour accéder au marchepied, puis aux couloirs. Je remonte plusieurs wagons sans trouver de place assise. Les fenêtres sont grandes ouvertes et les voyageurs s'y pressent par grappes pour y tendre leurs bras. Je parviens à me faufiler pour voir ma mère et Jacqueline qui attendent sur le quai, toutes les deux immobiles, bras le long du corps.

Le coup de sifflet annonce le départ. Les roues crissent et enfin le convoi s'ébranle lourdement. Ma mère disparaît, mais Jacqueline trottine sur le quai pour suivre le train, elle court de plus en plus vite, ses cheveux volent, sa robe blanche aussi, ses bras se tendent follement vers moi, sa bouche toute rouge crie des choses que je n'entends pas, alors moi aussi je crie à pleins poumons, si fort que mes mots couvrent le fracas du train.

– Moi aussi je t'aime !

Enfin je quitte la fenêtre. Je suis en nage. J'essuie quelques sourires goguenards ou attendris.

Soudain, j'entends une voix derrière moi.

– Alors vieux ballot, il faut toujours que tu te fasses remarquer...

Félix.

– Fais pas cette tête-là ! Tu croyais peut-être que t'allais te débarrasser de ton vieux frère comme ça ? Tout seul à Paname, sans ton pote ?

Il agite son pouce.

– Pacte de sang !

20

Un hoquet brutal me fait sursauter. La sueur baigne mon front. Mon cœur s'écrase contre mes côtes. Douloureusement. En face, assis sur le siège près de la fenêtre, un homme a baissé son journal, dérangé dans sa lecture. Sa bouche est fine et coupante, son œil, hostile. Le nez long, fin, la peau pâle. Le journal déplié cache à nouveau son visage : « Si nous savons mener à bien les négociations engagées, la France pourra conserver son rang de puissance européenne et coloniale. »

Le train avance lentement, ne parcourt pas deux kilomètres sans s'arrêter. À chaque fois qu'il freine brutalement dans un bruit strident, les gens restés debout vacillent, prennent appui les uns sur les autres, basculent comme des dominos. Le ton monte puis retombe immédiatement, ça va, ça va. La locomotive lâche un sifflement aigu, puis un nuage de vapeur monte dans le ciel bleu. On repart. Le même manège depuis le changement effectué à Dijon.

Des affiches de propagande ornent la paroi du wagon côté couloir. « Lessive et savon contre 1 kg d'os », « La fortune frappera bientôt à la porte de ses élus », « N'oubliez pas la journée des mères, le 30 mai », « Le marché noir est un crime », « Vous qui faites la queue ne vous fâchez pas contre les priorités »... Il fait chaud. Des mouchoirs passent sur les fronts trempés. La suie pénètre par les fenêtres grandes ouvertes, se colle aux visages. Nos narines sont aussi encrassées que des cheminées. Plusieurs voyageurs saignent du nez. Toute cette lenteur est insupportable.

En face de moi, Félix dort, bouche ouverte, tête nue, le col de sa chemise ouvert sur la peau blanche de son cou. Ses cheveux lui tombent devant les yeux. Quel drôle de mec. Désarmant de détresse et de solitude. Insupportable d'assurance. Des fois je me dis qu'un destin tragique l'attend, que la vie ne lui pardonnera rien. Son visage est sec quand il dort, brutal, ses narines palpitent. Une très fine moustache court le long de sa lèvre supérieure, une de ces moustaches qu'on voit sur les gravures de mode. Un enfant déguisé en jeune homme. Je suis heureux qu'il soit là. Comment a-t-il appris que j'allais entreprendre ce voyage ? Dans le tumulte du départ, cerné de toutes parts pendant le changement en gare de Dijon, je n'ai pas eu le temps de l'interroger.

Des valises sont entassées dans les filets ou posées aux pieds des voyageurs dans le couloir. Certaines, gonflées comme des outres, sont sanglées avec des cordes pour les empêcher d'éclater. On piétine d'un pied sur l'autre sans quitter son bagage de vue.

Derrière la fenêtre, des champs à perte de vue. Des maisons blotties autour d'une église, la même image d'Épinal vue et revue mille fois, le même paysage partout, j'étouffe. J'étouffe de ce voyage, de ce pays, de ces collines, de ces champs, de ces églises, de cette guerre, d'être moi et seulement moi, de n'avoir que 16 ans. Je voudrais en avoir 20 ou 10. 16, c'est trop ou pas assez, plus enfant pas encore adulte. Je pense à Jacqueline et à ces mots criés sur le quai, « Je t'aime, je t'aime ! », avec quelque chose de désespéré dans la voix, je la revois courant de toutes ses forces vers moi, éperdue, bras tendus, trébuchant sur ses chaussures à talons, se rattrapant de justesse pour continuer, pour me voir encore un peu, et ces mots qui sortaient de sa bouche pour défier l'espace qui nous séparait résonnent encore : « Je t'aime, je t'aime ! » : moi aussi je ressentais ça, oui, cet amour qui me serrait le cœur, et c'était un bonheur de crier à mon tour « Moi aussi je t'aime ! Moi aussi ! ». Une libération, le début de quelque chose, au moment même où je m'éloignais.

Soudain pris d'un doute, je fouille dans mon sac. Il est là, l'exemplaire du *Grand Meaulnes*. Sur la page de garde, Cripure a inscrit de sa grosse écriture appliquée : « Jean Cripure, 1928 ». Sa voix récitant *Le Roi des Aulnes* ne me quittera jamais. J'imagine sa joie en tournant les premières pages de ce livre.

Félix ouvre un œil, l'autre restant couvert par sa paupière mutilée. Il s'étire et déclare :

– Mon vieux, ce soir on est à Paname !

Je jette un coup d'œil en direction des autres voyageurs du compartiment, tous endormis ou plongés dans leur journal, et je me penche vers lui :

– Comment tu as su que...

– Pas compliqué. Ta mère était tellement inquiète qu'elle n'a pas su tenir sa langue, elle a dit à Jacqueline que tu allais prendre le train... Alors elle est venue me trouver, près de la rivière.

– Elle savait que tu étais caché là-bas ?

– Elle t'a suivi, gros malin. Tu sais bien qu'on ne peut rien lui cacher, à ma sœur. Elle aussi était inquiète de te savoir seul... Alors me voilà : ton protecteur !

Il frappe du poing sur sa poitrine, un éclat moqueur pétille dans son sourire. Son regard caresse le livre que j'ai posé sur mes cuisses.

– C'est l'histoire de quoi, ton livre ?

– Je ne sais pas vraiment, j'ai juste lu les premières pages. Une histoire d'amitié et d'amour, j'ai l'impression. Il y a celui qui raconte, François, et son pote Augustin : ça se passe à la campagne.

– Deux copains ? Comme nous, alors ? C'est marrant ça !

Il sourit, amusé.

– Et il se passe quoi ? Ils vont à la pêche aussi ?

Exalté, il a presque crié. Une femme portant un bébé de quelques mois, à notre droite, sourit discrètement. Avant le départ, nous l'avons aidée à placer son énorme valise dans les filets, au-dessus de nos têtes, et à caler un landau qui encombre le couloir.

– Je ne sais plus... Je viens juste de commencer.

– T'es vache, déclare Félix en se calant dans son siège. Je voudrais bien connaître la suite !

La femme intervient soudain :

– Augustin Meaulnes, l'ami de celui qui raconte l'histoire, est très amoureux d'une jeune fille qui s'appelle Valentine.

Félix fronce ses épais sourcils. Sa paupière tressaute un peu sur son œil.

– C'est un de mes livres préférés, continue la dame. Mais c'est une histoire très triste. Il y a des morts, des malentendus. Augustin et Valentine ne vivront pas ensemble. Je me souviens que ce livre m'avait rendue à la fois très triste et très heureuse.

Un sourire nostalgique éclaire son visage. Le bébé se met soudain à pleurer. La femme dégrafe son corsage pour libérer son sein que le bébé se met aussitôt à téter. Gêné, je me penche vers mon ami :

– Viens, sortons dans le couloir.

Quelques secondes plus tard, bras repliés sur le bord de la vitre baissée, nous penchons nos têtes à l'extérieur. Le vent nous frappe en pleine face, nos cheveux s'envolent. Nous éclatons de rire, ivres d'une soudaine insouciance. Nos voix sont emportées par le souffle et par le vacarme des roues sur les rails et il faut hurler pour s'entendre.

– On voyage, s'écrie Félix, on voyage, vieux ballot ! Tu crois que c'est comment Paris ?

Je me souviens soudain de ce qu'Esther m'a dit sur la capitale.

– Il y a plein de choses. Des cinémas, par exemple. Des théâtres. Des cafés à tous les coins de rue. Du monde jour et nuit. Et avec le métro, tu peux aller partout en un éclair.

Nous abandonnons notre poste pour tourner le dos à la fenêtre. L'air glisse le long de notre nuque. Dans le compartiment, le bébé continue de téter goulûment. La femme nous sourit.

– Au fait, murmure Félix, qu'est-ce qu'on va faire à Paris ? J'ai pas bien compris. Même Jacqueline, elle ne savait pas trop.

Son regard en coin est insistant, curieux, chargé de soupçons. Impossible de tout expliquer en quelques mots. Les événements reviennent en cascade dans ma tête. La lettre de l'officier copiée, la traduction de Cripure et sa prière d'aller prévenir « les amis d'Alain-Fournier » au musée de l'Homme qu'une rafle importante se prépare. Et puis son arrestation. Cet enchaînement est irréel, comme dans un rêve.

– On va au musée, dis-je.

Ses sourcils se froncent. Incrédule, il éclate de rire.

– Au musée ? Quel musée ?

– Le musée de l'Homme.

– Tout ce voyage pour aller au musée ? C'est pas beau de cacher des choses à son meilleur ami !

Il me montre son pouce en rigolant, l'agite sous mes yeux, la petite cicatrice sur le gras du doigt y dessine un minuscule trait blanc.

– Pacte de sang, tu te souviens, ça veut dire qu'on ne se cache rien. Je suis là pour toi, tu es là pour moi.

– Je t'expliquerai plus tard. En attendant, retournons nous asseoir, on va se faire piquer nos places.

Nos deux sièges sont en effet convoités par des voyageurs que la femme au landau a bien du mal à décourager. Lorsque je m'assois, nos regards se croisent. Sur le vieux plan de Paris que je lui tends, elle me montre le chemin que nous devrons suivre.

– Le musée de l'Homme, dit-elle, c'est tout près de la tour Eiffel, assez loin de la gare de Lyon... Vous devrez prendre le métro. Mais ce soir il sera fermé.

Je déplie le papier sur lequel ma mère a inscrit l'adresse de son amie.

– C'est là que nous dormons, ce soir.

– Rue Polivot ? Vous avez de la chance, c'est à quelques centaines de mètres de la gare de Lyon. Vous aurez juste à traverser le pont d'Austerlitz et à remonter le boulevard de l'Hôpital : après l'hôpital de la Salpêtrière, ce sera à droite.

La Salpêtrière, l'hôpital où exerçait le père d'Esther. Félix profite de cette pause pour intervenir :

– Et, madame, le cimetière de Gentilly, c'est loin ?

– Oui, assez, mais ça reste au sud de Paris. Je crois qu'un bus peut vous y conduire. Vous trouverez bien...

Félix se lève, passe les mains sur son pantalon pour le défroisser et, satisfait de lui, déclare solennellement :

– Je vais pisser.

À peine a-t-il disparu que la dame au landau se penche vers moi et, après avoir vérifié qu'aucun indiscret ne l'écoute, murmure :

– Vous avez quel âge ?

– 18 ans, madame, on a 18 ans. Enfin, moi 17 et mon copain 18.

– Qu'est-ce que vous venez faire à Paris, tout seuls ?

– On vient voir de la famille, dis-je. Ma tante.

La main de la femme s'agrippe à mon bras, puis elle approche davantage son visage du mien, je sens son parfum et une légère ivresse me saisit.

– Vous êtes Juif ?

– Non, je vous jure, madame.

– Et votre ami ?

Je fais non de la tête. Deux soldats allemands passent dans le couloir, jettent un œil indifférent dans le compartiment, repartent vers la queue du train.

– Paris va devenir dangereux pour les Juifs, murmure-t-elle. Même pour les Juifs français. Une souricière. Mon mari est gendarme. Il me dit des choses... des choses qu'on va l'obliger à faire...

Enfin le convoi ralentit, crisse douloureusement sur ses rails et s'immobilise le long du quai, sous une immense verrière. Dans un ultime soupir, la locomotive décharge un dernier jet de fumée. La foule trépigne dans le couloir, l'odeur de transpiration se mêle à celle du faux tabac.

Nous accompagnons la femme au landau en lui ouvrant un chemin à coups de coude et d'épaule. Sur le quai, il faut encore piétiner. La chaleur est lourde et poisseuse, la foule oppressante.

– Il y a toujours un barrage au bout du quai, dit la femme, c'est pour ça que c'est si lent. La dernière épreuve.

En me mettant sur la pointe des pieds, je vois en effet des gendarmes français armés qui surveillent les voyageurs.

– Ils cherchent qui ?

– Des gens qui font du marché noir, mais ils ne peuvent pas faire ouvrir toutes les valises. Ils veulent aussi mettre la main sur des Juifs étrangers qui ne se sont pas déclarés en mai, ou bien qui cherchent à revenir de la zone sud. Les gendarmes français sont parfois plus hargneux que les Allemands.

Soudain, le landau refuse d'avancer, comme si une des roues était bloquée ou le frein enclenché.

– On dirait qu'il y a quelque chose qui coince, dis-je. Attendez...

Je me baisse et je découvre qu'un long chapelet de saucisses a glissé du landau pour se prendre dans les rayons des roues. Il me faut quelques secondes pour libérer le mécanisme. Par miracle, je parviens à fourrer les saucisses dans la poche de ma veste avant que quelqu'un ne s'en aperçoive.

La dame, vaguement gênée, murmure :

– Gardez-les. Il y a aussi des bocaux de tripes et du boudin dans le landau sous les draps. Bonne chance à vous et… Pensez à ce que je vous ai dit dans le train. Fuyez cette ville. Elle pue la mort.

21

Pour quitter la gare, nous devons passer entre des sacs de sable qui dirigent le flot des voyageurs sous l'œil des fameux gendarmes. Une giclée de transpiration coule dans mon dos. Nous passons sans problème.

Le parvis est immense. Des soldats allemands y déambulent par grappes et certains se prennent en photo sous la tour de la gare surmontée d'une grosse horloge.

– Alors, c'est ça Paname, dit Félix.

Une nuance de déception flotte dans sa voix.

Une chaleur humide baigne la ville. L'air est si poisseux qu'on pourrait en faire des tartines. Les voitures sont bien plus nombreuses que chez nous. Les bruits multiples s'entrechoquent, se mélangent, le tumulte est étourdissant. Des gens pressés nous bousculent, courent, crient. Les immeubles alignés, tous identiques, découpent le ciel en une longue bande bleue sans horizon.

Des voitures blindées stationnent au premier carrefour, des sacs de sable sont disposés de façon à ralentir le trafic routier devant un bâtiment dont la façade est drapée d'une immense croix gammée noire sur fond rouge. Une sensation de danger permanent flotte et se condense dans ma gorge. L'impression qu'à tout moment quelqu'un peut vous tapoter sur l'épaule pour transformer votre pauvre vie en destin.

Je regarde le plan, localise notre position.

– La dame au landau avait raison, dis-je, c'est pas très loin.

Nous laissons la gare de Lyon derrière nous et atteignons bientôt le pont d'Austerlitz. L'eau de la Seine miroite sous le soleil couchant. La fraîcheur du fleuve et la perspective dégagée ont quelque chose de réconfortant. Au loin, Notre-Dame que je reconnais pour l'avoir vue dans des magazines dans le salon de ma mère. Félix ferme les yeux et inspire longuement. Puis il pose ses mains sur le parapet.

– Ça me plaît bien, la capitale. C'est… C'est… grand.

Je songe soudain à la question que Félix a posée à la dame dans le train.

– Pourquoi t'as parlé du cimetière de… je sais plus quelle ville.

– Gentilly. Parce que…

– Je vois… C'est ta maman ?

Il ne répond pas. Nous nous remettons à marcher, mais à pas lents. L'asphalte nous renvoie la chaleur de la journée.

– Hier, commence Félix, je suis retourné chez mon père, pour prendre des affaires. Je pouvais pas partir comme ça, sans rien. Et puis j'avais laissé mon fric dans ma chambre. Mon paternel était loin, dans la montagne, j'avais le temps. Odette était là, elle gardait la maison. Elle a été bien surprise de me voir. Quand elle m'a vu prendre mes affaires, elle a cru que je me caltais pour toujours, que c'était la dernière fois qu'on se voyait, alors on s'est mis à discuter. On n'avait jamais parlé autant, ça nous faisait du bien à tous les deux et d'un seul coup je lui ai demandé si elle se souvenait où notre mère était enterrée.

– Elle avait quel âge, Odette, quand tu es né ?

– 10 ans. C'est pour ça, elle se souvient de choses que nous on n'a pas connues. Je pensais qu'elle ne dirait rien, tu vois, que c'était du passé trop lointain, mais non, elle se souvenait du cimetière de Gentilly, près de Paris. Elle n'a pas menti, tu vois, la dame aussi elle l'a dit, que c'était tout près. Tu viendras avec moi ?

Je lui tape l'épaule amicalement.

Son œil libre est gonflé de larmes qui refusent de couler. La paupière flasque qui couvre l'autre comme un rideau tremblote légèrement.

– Te fais pas de bile. On ira après notre visite à la bibliothèque du musée de l'Homme, demain matin tôt.

– Pourquoi on doit aller là-bas ?

Je réfléchis, hésite, soupire. Après tout, il faut qu'il sache. On ne sait jamais. Je tire sur la doublure de ma poche et saisis le morceau de papier qui y est logé.

– On devra montrer ça.

– C'est quoi ? Qu'est-ce que ça raconte ?

– C'est une lettre qui donne des consignes pour piéger les Juifs chez eux, après-demain.

Ses sourcils se froncent, incrédules.

– Un piège ?

– Oui, la police française va débarquer et ensuite on les emmènera.

– Pourquoi la police française ferait ça ? Et pour les emmener où, d'abord ?

Je hausse les épaules.

– Je sais pas. Pour... pour les tuer.

Félix éclate de rire.

– Pour les tuer ! La police française qui embarque des Juifs pour les tuer ? Ah, mon vieux ballot, tu te fais toujours des idées. À la scierie, les Allemands, c'est vrai, c'est pas des tendres. Mais les gendarmes français...

– Je dis les tuer... j'en sais rien... Mais je sais qu'ils vont aller les chercher comme des renards dans leur terrier. C'est même écrit là-dessus, noir sur blanc. Ils disent comment faire, il y a tous les détails. Aussi précis que sur un mode d'emploi. Au saut du lit, ils vont les prendre. Ils n'auront même pas le temps de dire ouf.

– Et quel rapport avec la bibliothèque ?

– Il y a là-bas des gens qui peuvent nous aider. Les « amis d'Alain-Fournier », ils s'appellent. Alain-Fournier, l'auteur de ce livre.

– Ah le livre, c'est pour ça...

– Oui, c'est une sorte de signe de reconnaissance...

– Mais d'abord, où est-ce que tu l'as eu ce papelard ? T'es un sacré petit cachottier, toi.

Maintenant, impossible de reculer. Je dois tout lui dire. Lui faire confiance. Mais par où commencer ?

– Promis, je ne dirai rien. Tu peux vider ton sac. Croix de bois, croix de fer, si je mens...

– Tu vas en enfer.

Nous nous asseyons sur un banc. Il étend les jambes, croise les mains derrière sa nuque.

– Voilà, je suis installé, tu peux y aller. J'aime quand tu me racontes des histoires...

*

À présent, nous remontons le boulevard de l'Hôpital, des passagers empressés sortant de la gare d'Austerlitz partent en étoile dans toutes sortes de directions. Ils sont avalés par une bouche de métro ou sautent sur la plateforme d'un omnibus à gazogène.

À gauche, je devine les bâtiments de l'hôpital de la Salpêtrière. Ma seule chance de retrouver sa trace, elle est là. Demain.

Des soldats arpentent par petites grappes le trottoir, fusil à l'épaule, souriants, rigolards. Aux terrasses des cafés, c'est une vraie fourmilière, des hommes, des femmes, beaucoup d'officiers allemands, quelques membres de la Gestapo en habits sombres, aussi sinistres que les cafards de chez nous. Des éclats de rire, des verres qui s'entrechoquent. Les filles sont élégantes avec leurs cheveux relevés en chignon. Elles fument et leurs lèvres déposent sur leurs mégots une trace rouge. Leurs chapeaux surmontés de plumes de paon ou d'autruche et de fruits factices rivalisent d'audace. Un officier allemand prend en photo un jeune couple. Le flash crépite. Un éclat de rire aussi. Une gaieté bizarre flotte, un peu lointaine, une ivresse irréelle comme si tous ces gens faisaient partie d'une troupe de comédiens qui vont bientôt remiser leurs costumes de scène pour rentrer chez eux.

Plus loin, un accordéon froisse la lumière du soir de toute sa mélancolie tandis que sur le trottoir opposé un jeune gars se débat entre deux gendarmes français. Il a un œil éclaté, la chemise arrachée, un fourgon l'attend. Je pense à Cripure et mon cœur se serre.

La ville est grise et oppressante, ma chemise colle à la peau, je me sens sale. Nous obliquons à droite dans une rue étroite et sombre, enfin nous arrivons devant le 42.

– C'est là que l'amie de ma mère habite, dis-je.

– Et moi... Tu crois que...

– Je suis sûr qu'il y aura une place pour toi.

La concierge est absente mais sur la porte de sa loge nous trouvons une affiche.

– Ça dit quoi ? demande Félix.

– Je vais te lire.

Tous les moyens seront mis en œuvre
pour arrêter les avions ennemis.
Cependant quelques-uns peuvent passer.
N'attendez pas qu'ils soient au-dessus de vous.
PARTEZ !
Si rien ne vous retient dès la première menace sérieuse
PARTEZ !
Si vous avez en province des amis, des parents, une maison,
une cabane,

PARTEZ AVEC VOTRE FAMILLE,
VOUS REVIENDREZ DÈS QUE LE DANGER SERA PASSÉ
PRENEZ SEULEMENT DES EFFETS ET DES VIVRES. N'ATTENDEZ PAS,
PARTEZ !

Félix ricane.

– Drôlement accueillant !

Des pas lourds et lents frappent les marches dans l'escalier et bientôt le corps massif de la concierge apparaît.

Elle est essoufflée et se tient d'une main au pommeau doré qui met un point final à la rampe de l'escalier. Son visage est large, livide et tellement immobile qu'il en devient menaçant. Ses paupières battent avec une lenteur étrange, comme si elle allait s'endormir.

– C'est la défense passive, lâche-t-elle. En cas de bombardement.

Je lui dis mon nom et elle se déride un peu.

– Vous êtes attendu. Au troisième. Mais... Elle pose son regard de batracien sur Félix.

– On ne m'a pas dit que vous seriez deux. C'est une bonne maison, ici. On veut savoir qui entre, qui sort. Vous venez en visite, alors ?

– Oui, dis-je, Mme Lioret est une amie de ma mère et...

– Et moi j'ai de la famille du côté de Gentilly, intervient Félix. C'est pour ça qu'on est là.

La concierge hoche lentement la tête.

– On ne laisse pas entrer n'importe qui ici. Il y a des règles.

Elle touche son nez et ajoute :

– C'est pas les métèques qui vont faire leur loi. Moi, je les reconnais de loin. On m'roule pas, moi. J'ai du nez.

*

– Vous avez fait connaissance avec notre cerbère, la charmante Mme Bouju ? Elle renaît, depuis l'armistice. Elle se croit investie d'une mission.

L'amie de ma mère est joviale, simple, chaleureuse. Elle a bien reçu le télégramme lancé comme une bouteille à la mer. Dans sa robe à carreaux serrée à la taille par une grosse ceinture blanche, elle paraît très jeune.

L'appartement est minuscule mais accueillant. Des livres entassés en piles instables sont semés partout sur les tables, les commodes, le sol. Les fenêtres occultées par les panneaux de la défense passive filtrent la lumière, et les pièces sont déjà plongées dans une pénombre d'aquarium.

– Le télégramme ne disait pas que vous seriez deux, dit-elle, mais il y a de la place. Vous dormirez ici, dans cette chambre. Seulement il faudra vous serrer. Mon mari ne va pas tarder. Reposez-vous un peu, pendant que je prépare le repas. Enfin, le repas...

Elle ponctue sa phrase d'une grimace. Une odeur de vieux rutabaga flotte dans le petit appartement, la même que chez nous. Je sors de ma poche le demi-mètre de saucisses récupéré à la gare.

– Pour agrémenter le rutabaga...

– De la saucisse ! s'écrie-t-elle. Merveilleux !

Aussi émue que devant un collier de rubis, elle ouvre de grands yeux bordés de larmes. Nous retirons nos gros godillots. Félix s'allonge sur le lit en le faisant grincer.

– Confortable ! Elle est épatante, l'amie de ta mère. Comment déjà ?

– Simone.

– Elle la connaît d'où ?

– Quand elles étaient petites elles allaient dans le même pensionnat.

– Ta mère, dans un pensionnat ?

– Oui, elle n'a jamais connu ses parents.

Il se tient sur le côté, coude sur le matelas et tête appuyée contre sa paume.

– Comme moi, murmure-t-il. Dis...

– Oui.

– C'est quoi, un métèque ?

– Un mec qui n'est pas du pays mais qui y vient... pour y vivre ou travailler. C'est devenu une insulte...

– Oui, je me souviens maintenant, mon père, il emploie toujours ce mot. Métèque par-ci, métèque par-là.

Son doigt désigne les étagères qui courent le long des murs.

– C'est quoi ? Des livres ?

– Non, je ne crois pas.

Des centaines de grosses boîtes rondes et métalliques sont soigneusement classées. Elles portent des titres écrits à la main, assortis d'une date et d'un nom.

– John Ford... Marcel L'Herbier... Christian-Jaque... Josef von Sternberg... Max Ophüls... Eisenstein... Charlie Chaplin.

Ce dernier nom m'arrête, me dit quelque chose. Maintenant je me souviens, Esther m'en a parlé quand elle était chez nous. Le souvenir de notre trajet à vélo vers la rivière me prend aux tripes. Le son du violon est toujours là, petite voix immortelle qui se mariait à celle de la rivière.

– Ce sont des cinéastes, dis-je.

Je ne peux résister à la tentation d'ouvrir une de ces grosses boîtes, qui découvre alors un long ruban de quelques centimètres de large enroulé autour d'un axe. La porte de la chambre s'ouvre au même instant.

Je suis tellement surpris que la bobine m'échappe, libérant un long serpentin qui s'entortille sur le sol. Je balbutie quelques excuses confuses. Simone éclate de rire.

– De la pellicule de nitrate d'argent, déclare-t-elle. J'ai oublié de vous dire, ne fumez pas ici. Le nitrate s'embrase à la moindre étincelle. Il y a de quoi mettre le feu à tout l'immeuble. Et également de quoi nous causer de très gros ennuis. La plupart de ces films sont interdits car ils sont réalisés par des Juifs. Nous les avons récupérés à la cinémathèque juste avant l'arrivée des Allemands. Ils sont comme nous, ces films, ils attendent des temps meilleurs pour revivre.

Nous apprenons que son mari est projectionniste dans un cinéma. Félix, que cette discussion laisse rêveur, murmure :

– Je n'ai jamais été au cinéma, moi...

– René ne va pas tarder, dit Simone. Je suis certain qu'il se fera un plaisir de vous inviter à une projection.

22

Malgré l'heure matinale, des grappes de soldats allemands circulent sur la place du Trocadéro. Certains prennent la pose pour se faire photographier par leurs camarades, la tour Eiffel en arrière-plan, comme la veille devant la gare de Lyon. Comme de gentils touristes. La chaleur de la veille a fait place à un temps couvert, un peu brumeux, et il fait plutôt frais.

– Attends-moi ici, dis-je, seul je serai plus discret.

– Je vais t'attendre sur le banc, là-bas. Je regarderai la tour Eiffel. On dirait une femme avec des bas, tu ne trouves pas ?

– T'es poète, maintenant ?

Il hésite, réfléchit et sourit avant de répondre :

– À mes heures.

La bibliothèque du musée est déserte, ou presque. Quelques lecteurs dispersés consultent des documents, d'autres déambulent entre les étagères. Certains lisent simplement le journal.

Plus je m'approche du comptoir où une dame trie des documents et plus je mesure la fragilité de mes chances de remplir ma mission. Je perçois immédiatement que l'exemplaire du *Grand Meaulnes* déposé sur le comptoir provoque en elle une décharge électrique difficile à contenir. Pendant quelques secondes, ses yeux ne se détachent pas de la couverture du livre, puis ils se lèvent lentement vers moi. C'est une femme brune aux yeux sombres, à la chevelure serrée sur la tête. Ses yeux se plantent dans les miens, cherchent à y lire quelque chose, je m'empresse d'ôter mon chapeau en bafouillant des excuses. J'oublie évidemment les mille phrases rassurantes que j'avais préparées.

– Vous voulez rendre ce roman ? demande-t-elle. Je crois que vous vous trompez de bibliothèque. Nous n'avons que très peu de romans et cet exemplaire n'est…

Je trouve la force de lâcher d'un seul coup :

– C'est pour rencontrer les « amis » de l'auteur.

Ses traits se figent, son regard se fiche dans le mien comme une épée.

Elle y cherche à nouveau quelque chose. Elle sait que les secondes qui vont conduire à sa décision peuvent décider du cours de mille vies.

– Les amis d'Alain-Fournier ? murmure-t-elle.

– Oui.

– Vous devez vous tromper, dit-elle sèchement. Je ne vois pas de qui vous parlez.

Le ton est sec, la condamnation, sans appel. Ses doigts feuillettent néanmoins les premières pages du livre, s'arrêtent une microseconde sur la page de garde où figure le nom de mon instituteur, puis se saisissent du volume pour me le tendre.

– J'ai du travail. Ne restez pas là. Et ne revenez pas. Jamais.

L'invitation à quitter les lieux est polie mais claire. Échec total.

– Alors ? me demande Félix.

Devant ma mine défaite, il reprend :

– Ça va, j'ai compris : ça a foiré. Quand t'as la colique, tu tires la même gueule.

– Ce que j'aime chez toi, c'est ta délicatesse.

Soit Cripure m'a raconté n'importe quoi, soit la bibliothécaire s'est méfiée de moi, soit… Merde, mille choses peuvent expliquer sa réaction. La peur, tout simplement, la peur de se tromper, de faire confiance à un inconnu, un traître peut-être.

– Tu veux que j'y aille, moi ? propose Félix. Je secoue un bon coup le cocotier et...

– Laisse le cocotier tranquille, on risquerait de prendre une noix sur la tête. On retourne au métro. Allons... au cimetière de Gentilly...

– C'est vrai, tu veux bien ?

– Mais oui. On a le temps, la séance de cinéma est à 14 heures.

À qui m'adresser à présent ? J'avais bien prévu l'éventualité de rencontrer ce mur, mais pas le désarroi dans lequel me plongerait la collision. Quelque part dans cette immense ville, un piège est en train de se tendre, des centaines ou même des milliers d'innocents vont tomber dedans, et moi je suis le seul à savoir, à pouvoir alerter. Sauf que je n'ai plus personne à alerter. À part Esther et sa famille.

Dans l'escalier de la bouche de métro, j'entends des talons résonner derrière moi, puis je sens une main se poser sur mon épaule. La femme de la bibliothèque, essoufflée, murmure :

– Je... j'ai eu peur de ne pas vous retrouver...

Elle s'écarte pour laisser passer des soldats allemands qui dévalent l'escalier et, après s'être assurée que personne ne l'écoute, elle reprend à toute vitesse :

– Je ne sais pas où vous avez appris pour les amis d'Alain-Fournier... mais ils n'existent plus... Boris, Anatole et Jules ont été arrêtés en février. L'homme de confiance de Boris, Albert, Albert Gaveau, était un agent infiltré et nous a dénoncés à l'*Abwehr*. Ceux qui restent sont surveillés, en sursis. Ou bien peut-être que toutes ces menaces sont dans nos têtes, j'avoue que des fois je ne sais plus. Nous vivons dans la peur permanente d'être arrêtés ou dénoncés. Je ne peux vraiment rien pour vous...

Chaque seconde passée avec nous est une imprudence, elle fait quelques pas en arrière.

– J'ai quelque chose à vous montrer, dis-je, juste ça.

La femme lit la lettre traduite par Cripure.

– Une rafle, murmure-t-elle. On savait que ça recommencerait mais on ignorait quand et comment. Tout le monde est fiché alors ils savent exactement où aller.

– Recommencer ?

– Oui, il y en a déjà eu une en mai, la rafle du Billet vert. Ils ont demandé aux Juifs étrangers de venir se faire recenser et, au lieu de les recenser, ils les ont embarqués. Il faudrait prévenir, alerter, dire aux gens de se méfier, de quitter leur logement. Hélas, je vous dis, nous sommes tous dispersés, nos camarades ont été arrêtés, nous vivons tous terrés et cachés, dans l'angoisse.

Ses yeux brillent de larmes, ses mains tremblent.

– Quand même... j'ai peut-être... attendez... je connais... Personne ne se méfie d'eux. Ils ont des contacts, je crois qu'ils sont encore actifs... Ils ont une petite presse pour imprimer des tracts... Mais à cette heure-là ils sont au lycée... Je ne peux rien vous promettre. Il faudrait organiser une rencontre mais...

Elle nous dévisage l'un après l'autre.

– Ils ne vous feront pas confiance comme ça, sur mes bonnes paroles... Je peux toujours essayer d'entrer en contact avec eux... Mais pour le rendez-vous ? Quand ? Vous avez un lieu sûr ?

Soudain me revient en mémoire l'invitation à la séance de cinéma proposée par René, hier soir.

– Nous serons au cinéma Champollion, à 14 heures. Dans la salle. On passe *Remorques*, de Jean Grémillon, avec Jean Gabin. Nous garderons nos chapeaux.

– Très bien, je vais le leur transmettre.

– On se mettra au premier rang.

– Trop visible. Au dernier, plutôt. Je connais la salle, au dernier rang vous serez tout près de la sortie.

Elle nous jauge du regard encore une fois.

– Une dernière chose : possible qu'il y ait des boches dans la salle, ces cons adorent le cinéma français. Dans ce cas ne sortez pas, cela attirerait leur attention, mais enlevez vos chapeaux. Et si vous ne voyez personne, c'est que ceux du lycée Buffon se méfient.

Elle laisse tomber les bras le long de ses cuisses. Un dernier sourire et elle nous tourne le dos pour trottiner vers la bibliothèque.

Félix et moi la suivons du regard quelques secondes puis nous pivotons vers la tour Eiffel, irrésistiblement attirés. Une écharpe de brume orne son long cou.

– C'est qui, Buffon ? demande Félix.

– J'en sais rien, mon vieux.

*

– On va la trouver, vieux ballot, dit Félix, je te dis qu'on va la trouver. Encore un peu, je t'en prie : juste un quart d'heure... on ne peut pas renoncer, pas si près... Je sais qu'elle est là. Je le sens.

Il gémit presque. De fatigue, d'espoir déçu. À force de nous tromper de ligne et de direction, nous avons mis un temps infini à rejoindre le cimetière. Il nous a finalement fallu louer les services d'un vélo-taxi à la porte d'Orléans pour toucher au but. Le conducteur, à peine plus âgé que nous, a flairé les pigeons et nous a pompé une bonne partie de la somme consacrée à la journée.

Le cimetière est immense, aussi labyrinthique que le métro, des milliers de tombes rangées les unes à côté des autres, sans fin. Cela fait une bonne heure que nous errons ainsi au hasard.

Ces minutes comptent parmi les plus intenses de la vie de Félix, je m'en veux un peu de ne pas les vivre totalement avec lui, mais l'image qui prend toute la place ce sont ces milliers de gens qui seront traqués demain matin. Je ne pense qu'à ça. À Esther et aux siens qu'on viendra débusquer comme des renards.

– Réfléchis, Félix, ça ne sert à rien de tourner comme des hamsters. Odette s'est trompée, voilà tout.

– Tu comprends rien, vieux ballot, tu ne peux pas comprendre.

Il a raison, je ne peux pas comprendre. Personne ne peut comprendre un enfant orphelin, abandonné, qui a poussé au hasard. Il s'assoit sur une pierre tombale.

Soudain une idée me vient en tête.

– On cherche le même nom que le tien, Blanchard, mais elle est peut-être enterrée sous son nom de jeune fille...

Un sourire plein d'un nouvel espoir illumine brusquement son visage.

– T'es pas si ballot, vieux ballot.

Il baisse la tête et murmure :

– Le problème c'est que je ne connais pas son nom de jeune fille. Je ne sais rien d'elle, je te dis. Je ne sais même pas à quoi elle ressemble...

– Cherchons par la date, alors. Toutes les femmes enterrées en 1926 et qui étaient en âge d'avoir des enfants à cette époque, donc nées autour de 1900.

Félix file aussitôt comme un dératé, passant de tombe en tombe, sautant d'une pierre à l'autre, enjambant fleurs et décorations, tournant autour des stèles dans son paletot qui flotte autour de lui. De mon côté, je continue à arpenter les allées. Mes idées s'envolent perpétuellement vers la séance de cet après-midi au cinéma Champollion. Qui viendra ?

Un homme ? Une femme ? Un prof, en tout cas. Et s'il y a des boches dans la salle ?

Soudain je m'arrête devant une sépulture.

– Félix ! Viens. Je crois que j'ai trouvé.

Ce ne sont pas seulement les dates – 1894-1926 – qui ont attiré mon attention, mais surtout le portrait protégé par une capsule de verre. Encre et aquarelle. Même visage que Félix. Menton énergique, mâchoires marquées, front bombé. Le même regard aussi, sombre, ardent et douloureux. Le même tourment, la même naïveté. La ressemblance est troublante.

– C'est elle, dit simplement Félix.

– Certain ?

– Certain. Je le sens.

– Oui, tu l'as retrouvée. Paula Volcot. Elle avait 32 ans à ta naissance.

Son corps s'incline, son genou droit touche la pierre et bientôt sa main se saisit du portrait. Puis, se retournant vers moi :

– Elle était belle, hein ?

– Oui, très belle.

Il sourit. Une étrange douceur gagne lentement son visage, détend ses traits, éclaire son œil libre.

– Maman, petite maman, toute petite maman, si tu étais encore là je te protégerais, tu n'aurais jamais de malheur avec moi...

Il me montre le portrait.

– Toi qui t'y connais, qui est-ce qui l'a dessinée, tu crois ?

– Ton père, peut-être.

Il éclate de rire puis hausse les épaules.

– Certainement pas. Il ne ferait pas la différence entre un pinceau et un pressoir à pommes.

Mes yeux se posent de nouveau sur le visage de Paula. Il y a quelque chose de vraiment troublant, dans ce portrait. Les courbes sont fluides et douces mais les traits sont ardents. Les yeux surtout sont habités d'une flamme qui donne au visage quelque chose d'éternellement vivant.

– C'est sûrement un ami qui l'a peinte. Tu demanderas à ta sœur, elle saura peut-être. Ou à ton père.

– Jamais je ne lui dirai que je suis venu ici. Il m'a toujours tout caché sur ma mère. Jacqueline dit que c'est parce qu'il souffre encore mais moi je sais que c'est parce que c'est un sale con. C'est mon secret avec elle.

Il ouvre sa besace passée en bandoulière pour y glisser le portrait.

– Qu'est-ce que tu fais ?

– Je l'emmène. Maintenant que je l'ai retrouvée, je la garde.

23

Enfin nous voilà devant le cinéma.

Le cône lumineux taille l'obscurité pour accoucher sur l'écran d'images saccadées bombardées de striures sombres, piquetées de taches furtives et capricieuses. Voici d'abord le Parthénon d'Athènes qui apparaît surmonté d'un drapeau à croix gammée, tandis qu'une voix martiale commente avec emphase « Les troupes allemandes sont entrées victorieuse dans Athènes ». Et maintenant le faisceau lumineux dessine la silhouette du maréchal Pétain qui proclame : « Paysans, je compte sur vous pour sauver la France ! Vous allez retrouver la place qui vous a été trop longtemps refusée dans la nation ! » Sans aucune transition, le Maréchal est remplacé par des automobiles qui sortent des chaînes de montage, ce qui permet à une voix de se féliciter des premiers effets de la collaboration : « Sous le patronage du IIIe Reich, un accord que l'on peut qualifier d'historique a été signé à Berlin entre les industries automobiles allemande, italienne et française... »

– Salauds ! murmure une voix à ma droite.

Un gars a pris place sur le siège voisin. Mon front se couvre aussitôt de transpiration. Je cherche à distinguer son profil mais, dans l'obscurité, impossible de vraiment voir à qui j'ai affaire. Soudain, à la faveur d'un éclair plus vif craché par le projecteur, je réalise que mon voisin est à peine plus âgé que moi. Le lycée ! La bibliothécaire ne parlait pas d'un groupe de professeurs, mais d'un groupe de lycéens. Il se racle la gorge discrètement.

– Le grand Meaulnes aime le cinoche ?

Les spectateurs les plus proches sont à trois rangées devant nous, peu de risque qu'on nous entende.

– Oui. Mais Valentine préfère le théâtre.

Cette réplique improvisée doit convenir à mon voisin puisque je l'entends glousser.

– Spirituel, avec ça ! Je suis du lycée Buffon. Raconte.

Je fais tenir en quelques mots le contenu de la lettre copiée.

– Tu as le document ?

– Oui, dans ma poche. Je peux te la montrer si tu y tiens.

Décidément, je me félicite d'avoir désobéi à mes parents. Quelques secondes passent.

– Pas la peine. Et ce papelard, tu l'as chopé où ?

– Dans le porte-serviette d'un officier, au salon de coiffure de ma mère. J'y ai la main baladeuse.

– À Paname ?

– Non. Je viens de Valberg. Près de la ligne. Je sais même comment la passer.

– Bon à savoir, ça peut servir. Comment tu sais ce qu'elle raconte, la bafouille ? Tu parles allemand ?

– On me l'a traduite.

– Qui ?

– Mon ancien instituteur. Il a été arrêté juste après.

– Putain, tu portes la poisse.

– Les boches le surveillaient depuis un moment.

Silence. Sur l'écran apparaît maintenant le commissaire aux Affaires juives, Xavier Vallat, l'homme du moment.

– Enculé ! lâche mon voisin.

Il précise aussitôt :

– Pas toi mon vieux, lui là, sur l'écran. Xavier Vallat ! Quelle sale gueule ! Commissaire aux Affaires juives ! Quelles Affaires juives ? Tu peux me dire ? Tu vois ces mecs, c'étaient tous des ratés, des merdeux. La guerre, c'est l'occasion de leur vie. Lui, par exemple, il fait croire qu'il a perdu son œil en 1915, mais c'est pas vrai. Il a simplement chopé une maladie.

J'avoue que je suis un peu largué. Pendant plusieurs minutes, nous nous laissons happer par la magie des images mouvantes. Hitler dans son repaire montagnard de Berchtesgaden. Scène de famille. Réunion entre amis. Le Führer caresse son chien. Mon voisin se penche de nouveau vers moi.

– Bon, je veux bien, moi, mais je m'accroche à quoi pour te faire confiance ? Ceux du musée ont fait confiance et ils sont en taule.

– Rien. Je n'ai rien d'autre pour te donner confiance. Mais... tu peux me retrouver facilement... Un salon de coiffure à Valberg, tu chercheras pas longtemps.

Il laisse passer quelques secondes et reprend, décidé :

– Aboule la bafouille. Tu dis qu'ils l'ont prévue pour quand, leur saloperie ?

– Demain matin, 7 heures. Les Juifs doivent être pris chez eux. Ils ont les adresses.

– Bon, écoute-moi bien. Avec les copains, on a une presse. On peut imprimer cette nuit et balancer des affiches et des tracts dans les quartiers juifs. La nouvelle circulera comme une traînée de poudre. On les sauvera pas tous parce que tu vois, les Juifs, ils ont confiance dans la France, la patrie des droits de l'homme et de Victor Hugo. Mais ça en fera toujours réfléchir quelques-uns. Surtout après la rafle de mai.

Il se penche vers moi, tout près de mon oreille, et murmure :

– Mec, rappelle-toi. Ceux du lycée Buffon.

Et puis il disparaît aussi furtivement qu'il est apparu.

*

– Pourquoi tu cours ? Tu charries ! Je serais bien resté un peu, moi.

– Je t'expliquerai après.

– On va où ?

– À la Salpêtrière, l'hôpital. C'est pas loin de notre piaule.

Il est presque 17 h 30 lorsque nous franchissons l'entrée principale de l'hôpital, en nage, sous l'œil d'une sentinelle. Des gendarmes montent la garde, des soldats allemands patrouillent. Impossible de forcer ce bunker sans un bon motif. Ce bon motif, il est là, devant moi.

– Félix, cogne-moi.

– Quoi ? Ça va pas !

– Cogne-moi, je te dis. Là, sur le visage, la pommette. Sinon on n'entrera jamais. Mets-moi au tapis.

Décontenancé, il recule de quelques pas.

– Jamais. Je ne frappe pas mon frère de sang.

– Frappe, Coco Bel Œil ! Cogne, COCO qui sait même pas lire !

Je me force à éclater de rire.

« Coco Bel Œil » a depuis toujours le pouvoir magique d'embraser son poing qui s'écrase immédiatement sous mon œil droit. En même temps que je vacille, une douleur fulgurante embrase ma pommette et se diffuse progressivement comme un éclair lent dans ma mâchoire.

– Putain, merde, t'y as pas été de main morte.

– Faudrait savoir. Tu me dis de cogner, je cogne.

Il me tend les deux mains, me relève, je flageole encore sur mes guiboles.

– Je t'avais demandé de me cogner, pas de m'étendre. T'as un direct incroyable, mon vieux.

– Quand j'entends « Coco Bel Œil », je fonce direct.

– Allez, viens, on a un bon prétexte pour entrer.

En effet, quelques minutes plus tard une infirmière me prend en main.

Elle me tamponne le visage avec une gaze imbibée d'un produit désinfectant. Dans un coin de la pièce, une autre infirmière penchée sur une table remplit des papiers.

– Vous êtes drôlement arrangé, murmure-t-elle. Comment vous vous êtes fait ça ?

– On est tombés au milieu d'une bagarre entre des croix de feu et des communistes. Un coup de poing perdu. Pas de chance.

Elle ne répond pas. Me croit-elle ? Peu importe, je n'ai que quelques minutes pour profiter de la situation. Entre deux coups de tampon, je murmure :

– Le docteur Stein. Samuel Stein.

Son geste s'immobilise.

– Qu'est-ce que vous lui voulez ?

– Lui parler.

– De quoi ?

De quel côté est-elle ? Impossible d'interpréter son regard. Ses lèvres sont fines, pincées, sans expression.

– Lui parler, c'est tout.

– Il ne travaille plus ici. Le docteur n'a plus le droit de... Il a démissionné.

Elle jette le tampon de coton dans une poubelle.

– Bon, c'est fini.

– Démissionné ? Mais... C'est... Il n'a pas démissionné... Il...

Elle jette un regard furtif vers l'autre infirmière. Elle se méfie d'elle.

– Pas la peine d'insister. Debout. Il y en a d'autres qui attendent.

Me voilà à nouveau sur mes deux jambes. Dans quelques secondes, j'aurai perdu toute chance de retrouver Esther et sa famille.

Elle s'assoit devant un bloc de papier.

– Vous prendrez le flacon entamé et vous suivrez ces quelques conseils. Je vous donne l'adresse d'un dispensaire où vous pourrez trouver de quoi nettoyer la plaie.

Malgré moi, je hausse le ton et dans ma voix la menace se mêle à la supplication.

– Je dois absolument lui parler, je vous dis. Où est-ce qu'il habite ?

– Je l'ignore, répond-elle en me tendant le papier. On ne donne jamais l'adresse des médecins.

– Mais vous venez de dire qu'il ne l'était plus, justement.

Elle ouvre la porte de la pièce. Sur des bancs, d'autres personnes attendent. Trop tard.

– Ne perdez surtout pas l'ordonnance, me dit-elle tandis que je passe devant elle.

24

Des murs couverts d'affiches imprimées à la hâte, des tracts qui volent dans les airs comme des papillons blancs, la méfiance qui se répand partout : et aussitôt après c'est l'inverse qui me prend à la gorge, des centaines d'hommes et de femmes se rendent docilement vers leur destin, des corps qui marchent mécaniquement, tous surmontés des visages des parents d'Esther. Le docteur Stein se penche vers moi. Ses yeux sont habités d'un mélange de reproche et de détresse. Sa voix est neutre : « Pourquoi n'as-tu pas regardé mon ordonnance ? »

Je me réveille en sursaut, membres crispés, visage couvert de sueur, cœur affolé. L'ordonnance. Je me lève en dégageant le drap et je tâtonne dans le noir jusqu'à la chaise où j'ai posé mon paletot. L'ordonnance rédigée par l'infirmière est dans ma poche droite. Totalement abattu par mon échec d'hier, j'ai oublié de m'en occuper.

Je m'approche de la fenêtre, le panneau d'obturation laisse filtrer une lame de lumière grise. L'aube n'est pas loin.

Félix se dresse sur le lit.

– Qu'est-ce qui t'arrive ? Tu veux que je t'en allonge un autre pour t'aider à trouver le sommeil ?

– Il est quelle heure ?

Félix consulte sa montre.

– Dans dix minutes il sera 6 heures.

– Le couvre-feu va se terminer. Habille-toi.

– On peut pas roupiller peinard, un peu ? T'as des vers ou quoi ?

– Je t'expliquerai. Je suis vraiment qu'un abruti !

Nous nous faufilons discrètement dans le couloir, chaussures à la main, en prenant soin de ne pas faire craquer le parquet. Une fois sur le palier nous enfilons nos godillots.

– On ne leur dit pas au revoir ? chuchote Félix.

– Pas le temps.

Nous dévalons l'escalier encore sombre : la loge de la concierge est déjà allumée.

– C'est pas possible, murmure Félix, elle dort jamais ?

Nous nous baissons sous la surface vitrée de sa guérite pour échapper à sa curiosité.

Les rues sont désertes, seuls quelques piétons, ouvriers matinaux, convergent en direction de la station de métro Censier, nous leur emboîtons le pas.

– Tu vas enfin me dire où on va ?

– Il y a un plan, là : viens, je vais te montrer. Picpus, c'est ici. Picpus ou Bel Air, comme on veut... Il faut changer à Place-d'Italie. Tu te souviendras, si on se perd. Picpus. 12, boulevard de Picpus.

Devant le portillon, nous tendons nos tickets au poinçonneur.

– On dit qu'il y a des perturbations aujourd'hui, marmonne-t-il.

– Quel genre de perturbations ?

– Des stations fermées.

– Et pourquoi ?

Il hausse les épaules.

– Qu'est-ce que j'en sais, moi ?

Quelques voyageurs déambulent sur le quai. Un groupe de soldats allemands surgit du couloir. Mon cœur s'emballe. Je prends plusieurs grandes inspirations pour tenter de me calmer. Les stations fermées, juste aujourd'hui. C'est comme ça que le bouclage commence.

– Pète un coup, déclare Félix, ça ira mieux. Tu m'expliques ?

– Je connais une famille juive. Des amis. Ils sont quatre. Le père est médecin. Avant il exerçait à l'hôpital, mais avec les mesures antijuives...

– C'était pour trouver son adresse, l'hôpital, hier ?

– Oui. Et je t'ai dit que je n'avais pas trouvé ce que j'étais venu y chercher.

– Même que tu as fait la gueule toute la soirée.

– Mais ce matin, j'ai repensé au papelard de l'infirmière. Ou plutôt à ce qu'elle m'a dit : « Ne perdez surtout pas cette ordonnance. » Alors je l'ai regardé.

12, boulevard de Picpus. Bonne chance.

Un vacarme assourdissant et deux points lumineux jaunes annoncent l'arrivée du métro. Nous laissons les soldats allemands choisir leur rame et nous en prenons une autre.

– On a peut-être encore le temps de les prévenir, me glisse Félix.

– Je suis vraiment qu'un manche à couilles !

Le train s'ébranle, j'ai la bouche sèche, la langue râpeuse, chaque arrêt, chaque porte qui s'ouvre verse une tonne de sable dans ma gorge. Place-d'Italie, la foule est plus dense, le changement interminable, dans les escaliers des voyageurs refluent en sens inverse. Les gens gueulent, apparemment des stations sont bouclées, des arrêts supprimés, un désordre indescriptible règne jusque sur le quai où se déversent des groupes de gendarmes qui grossissent à vue d'œil.

– Trop tard, dis-je, on va arriver trop tard. Les stations bouclées, les gendarmes, ça pue la mort.

– Comment tu les as connus, ces Juifs ?

– Ils ont passé quelques jours à la maison pendant l'exode. Leur bébé est né au garage.

Enfin, nous parvenons à grimper dans une rame bondée, une secousse suivie d'un mouvement de foule nous éloigne l'un de l'autre. Je le perds de vue. Tant pis. Chevaleret, Quai-de-la-Gare, chaque arrêt charrie son lot de gendarmes, les voyageurs échangent des regards perplexes. À la station Dugommier, une voix annonce que le train ne s'arrêtera plus qu'au terminus, je cherche Félix des yeux mais je ne le vois pas, alors je distribue coups de pied et de coude pour me tailler un chemin et je parviens à sortir juste avant que les portes ne se ferment. Félix n'est pas sur le quai. Les rames ont vomi des groupes de gendarmes qui se dirigent vers les sorties.

Je les imite. 6 h 35. L'air libre. Le ciel est d'une pureté presque métallique. De nouveau la chaleur qui écrase les épaules.

Le boulevard de Picpus est à quelques minutes à pied. Aucune affiche. Aucun tract.

Un autocar garé en travers bloque l'accès au boulevard. Quelques soldats allemands mêlés à une majorité de gendarmes français filtrent les passages sur les trottoirs en vérifiant des papiers. Ce qui est bizarre, c'est le silence. Irritant. Incisif. Et encore plus angoissant, le calme.

Il y a forcément un moyen de passer. Le numéro 12 n'est pas loin. Quelques dizaines de mètres, pas davantage. Je gagne les rues perpendiculaires, rue de Toul, rue Sibuet, rue du Sahel, mais de l'une à l'autre je me heurte à chaque fois au même barrage de blindés légers, aux mêmes sentinelles, aux mêmes cordons de gendarmes.

*

Dans leur gabardine de cuir, des Waffen SS, mitraillette autour du cou, viennent se rendre compte du bon déroulement des opérations. À leur grande satisfaction, tout se passe exactement comme prévu. Pas de résistance notable. Un vrai chef-d'œuvre. Avec un peu de méthode, on arrive à tout. Les portes des immeubles lâchent des files ininterrompues d'hommes et de femmes, une valise au bout du bras. Des enfants aussi, mais uniquement en très bas âge, et que les parents tiennent dans leurs bras. Aucun adolescent. Ils piétinent un moment sur le trottoir puis le convoi s'ébranle, encadré par un cordon de gendarmes qui les dirigent vers les autocars stationnés devant chaque immeuble. Aucune affiche imprimée, nulle part, aucun tract dans les caniveaux, aucune trace écrite à la craie sur les murs. Rien. Ceux de Buffon ont merdé.

En me dressant sur la pointe des pieds, je tente d'apercevoir une silhouette qui me rappellerait celle du docteur Stein et de sa femme, mais je suis trop loin, trop de mouvement, de monde, d'obstacles. J'aurais pu arriver à temps, j'aurais dû, il aurait suffi que j'aie un cerveau et que je m'en serve. Que je pense à lire cette adresse sur ce bout de papier. Les quelques heures qui restaient avant le couvre-feu m'auraient largement suffi à les prévenir. Des larmes brûlantes courent sur le bord de mes paupières... je chancelle un peu, incapable de m'arracher à ce spectacle, et la poubelle sur laquelle je prends appui se renverse. Le fracas métallique attire l'attention d'un gendarme au coin du boulevard, nos yeux se croisent, longtemps, une éternité, c'est au mouvement de sa cape que je comprends qu'il va venir vers moi. Pour m'amener dans le filet.

Alors je m'élance droit devant aussi vite que je peux, mais il cavale bien, il me colle au cul comme pas possible. J'en redonne un coup, il gueule, m'ordonne de m'arrêter, de montrer mes papiers, son sifflet taille le silence, je prends à droite, puis immédiatement à gauche à angle droit, je trébuche sur un pavé qui dépasse, bute contre la bordure du trottoir et valdingue contre un réverbère, mais un coup de reins me remet dans la course, la ronce de la peur monte le long de ma gorge : le flic s'accroche, une vraie teigne, mes poumons me brûlent, mes jambes se vident, il va m'avoir à l'usure, à la patience, il ne me lâchera pas !

Je profite d'un dernier virage qui me met hors de son champ de vision pour pousser une porte, au hasard, n'importe laquelle. Sous le porche, à genoux je vomis ce qui me reste de poumons. La brûlure descend dans mon ventre, s'éloigne, se disperse en petits noyaux douloureux.

De l'autre côté de la porte, j'entends des pas contre le pavé. Ils ralentissent et meurent. Une ombre se glisse sous la porte. Il est là. Il m'a flairé. Je devine la cape, le képi, un bras, au bout de ce bras une main, et dans cette main une arme. Derrière moi, à droite, l'escalier qui monte aux étages. À gauche, il descend aux caves. J'ai juste le temps de sortir mes papiers et mon certificat de baptême de ma besace avant de la balancer dans la cour, le plus loin possible.

La porte s'ouvre lentement en grinçant sur ses gonds.

Le pire c'est qu'il a plutôt une bonne tête, ce flic, jeune, joufflu, l'air innocent.

25

Plus tard, je me demanderai pourquoi je n'ai tout simplement pas eu le réflexe de gueuler que je n'étais pas juif. Qu'il y avait erreur. Sur la personne, la religion, sur tout. Que s'il y tenait, je pouvais lui montrer mon certificat de baptême. Peut-être parce que ce matin-là, sous ce ciel bleu, je ressemblais bien davantage à ces centaines de gens qui prenaient la direction de Drancy qu'à ce gendarme qui me tenait en joue. Gibier comme eux. Du mauvais côté.

Le képi du gars éclate comme une pipe de terre au tir à la carabine, et il s'écroule d'un seul bloc en poussant un soupir de buffle. La silhouette de Félix se dessine en ombre chinoise dans l'embrasure de la porte.

Il tient une barre de fer dans la main droite et en tapote la paume de sa main gauche.

– Vieux ballot ! Tu sais que tu cavales comme un lapin !

– Tu l'as sacrément arrangé.

Un hématome couvre sa tempe. Félix se mord la lèvre.

– Il est...

J'approche ma joue de ses lèvres.

– Non. Il respire. Aide-moi, ça fait désordre. On le descend à la cave et on se calte de là.

Deux minutes après, nous reprenons la direction du boulevard de Picpus par la rue Chevreuil. Nous marchons comme des automates, regard planté droit devant, le ventre mordu par l'angoisse. Nous croisons plusieurs voitures blindées qui ouvrent le chemin à des autocars.

Les bouches de métro ont été rouvertes, le boulevard de Picpus n'est plus barré. Quelques piétons, journal sous le bras, arpentent les trottoirs. Le soleil dessine leur ombre oblique sur le pavé. Des files d'attente se forment devant les commerces. Une colonne Morris promet un concert de Tino Rossi.

L'événement s'est déjà évaporé. Il n'a pas laissé davantage de traces qu'un orage d'été aussi violent qu'éphémère. La lumière est irréelle, un peu jaune. Un étau invisible écrase ma poitrine, chaque inspiration est un effort, l'air est brûlant, poisseux, le sang cogne à mes tempes. Je me raccroche au hasard, à la chance, à la Providence.

– On va au 12, dis-je, on ne sait jamais…

Un immeuble simple, propre, ordinaire, à la façade sans ornementations ni moulures.

– C'est bien là, dis-je en montrant la boîte aux lettres. Famille Stein, troisième étage.

L'escalier qui distribue les étages sent l'encaustique, et les marches grincent à chacun de nos pas. Aucun bruit. Un navire échoué, une épave abandonnée.

Certaines portes sont restées entrouvertes et l'œil peut s'y glisser pour apercevoir une tranche d'intérieur. Une poupée de porcelaine abandonnée sur un parquet nous regarde de ses gros yeux bleus. Des meubles renversés, des papiers jonchant le sol. Enfin nous parvenons au troisième.

– On y est, regarde.

La porte est entrouverte, là aussi. À la densité de l'air, à la texture du silence, à cette chose indicible qui flotte et qui sent l'absence, le malheur, les larmes, la séparation, je sais que c'est fini. Qu'on ne trouvera personne. À cause des panneaux opaques fixés aux fenêtres, il fait sombre. Une odeur de cuir et de tabac stagne entre les murs. L'odeur des loups, de la haine. La pièce principale est occupée par une grande table encombrée de rouleaux de tissu et surmontée d'une machine à coudre à pédale, marque Singer inscrite en lettres ouvragées sur son corps métallique.

– Je croyais qu'il était médecin, dit Félix. Pas tailleur.

– Les Juifs n'ont plus le droit d'être médecins à l'hôpital.

Dans un angle, un buste porte un morceau de tissu piqueté d'épingles.

Des meubles disparus ont laissé sur les murs des rectangles clairs.

Dans une chambre, à droite, un lit est défait. Les draps froissés et le matelas ont gardé la mémoire de deux corps enlacés. Les tiroirs d'une commode ont été fouillés à la hâte. Du linge a été jeté au milieu de la pièce. Un lit d'enfant, vide. Une petite peluche bleue a glissé dessous. Une chaussure de femme, orpheline. Une boule de feu descend dans mon ventre.

La scène prend corps dans mon esprit, d'une implacable précision. Les gendarmes à la porte. Les parents d'Esther qui font leur valise, s'engagent dans l'escalier pour rejoindre les autres. Elle passe et repasse des dizaines de fois de plus en plus vite, comme inscrite sur une bande de 35 millimètres en nitrate d'argent projetée sur l'écran blême de ma culpabilité.

Maintenant, chaque seconde assassine celle qui la précède, plante son hameçon dans ma gorge, dans ce temps soudain aussi friable que du sable. Je me dirige cœur battant vers une autre pièce, au fond du couloir. Sa chambre, j'en suis certain. Des partitions jetées en désordre couvrent le parquet. Une commode renversée. Sur des étagères, des livres. Baudelaire, Rimbaud, Lautréamont.

– Ils ont emmené tout le monde...

Le parquet craque derrière nous, nous nous retournons en même temps, Félix et moi.

– Ils n'ont pris que ceux de plus de 17 ans.

Une dame assez âgée, petite, au visage fripé, se tient devant nous.

– Ils les ont fait sortir à coups de crosse dans le ventre, la tête, le dos. La police française et les Allemands. Les petits, ils voulaient pas les prendre, c'était pas dans leurs plans, un gendarme a lâché que ce serait pour la prochaine fois. Mais bon, les parents refusaient de les abandonner, il y avait des cris : alors comme ça faisait trop d'histoires, ils les ont emmenés aussi.

Ses yeux se plissent.

– Quand je vous ai entendus, j'ai cru que c'étaient eux qui revenaient. Qu'est-ce que vous faites ici ? Il n'y a rien à voler. Sauf la machine à coudre.

Mon regard court sur le petit lit, les partitions, les livres.

– Et Esther… Ils l'ont emmenée ? Elle est partie avec eux ?

– Vous la connaissez ? Ils ont embarqué le docteur et sa femme. Ils ont réussi à cacher le petit Adrien pour le prendre avec eux. Mais Esther, elle est en sécurité chez moi. Personne n'a rien vu venir, mais ce matin quand on a appris que les stations avaient été bouclées, on a commencé à se douter de quelque chose. Seulement tout a été très vite, les autocars, les bruits de bottes dans l'escalier, ils savaient où chercher parce que la plupart des gens s'étaient fait recenser l'automne dernier. À cette heure, les Stein dormaient encore, le docteur a juste eu le temps d'enfiler un pantalon et de pousser sa fille chez moi. Elle, elle ne voulait pas, elle se débattait, alors il lui a donné une gifle.

– Et vous ?

– Moi c'est bien simple, je ne suis pas juive, j'étais tranquille. Enfin tranquille… Plus que les Stein, les Cohen ou les Frank. Et puis, les plus de 50 ans, ils les ont laissés. Mais je ne sais même pas qui vous êtes, en vérité. Qu'est-ce qui me dit que vous n'êtes pas là pour…

Une porte grince, une ombre furtive glisse dans le couloir. Elle apparaît.

– Ce sont des amis.

*

Maintenant la chaleur est presque insupportable. Le soleil frappe ma nuque. Félix marche une dizaine de mètres devant nous, en allongeant des foulées décidées. Dans son costume et avec son chapeau rabattu sur le front, il en impose. Esther trottine à mes côtés, sa petite valise se balance au bout de son bras.

– C'est pas trop lourd ? demande-t-elle.

Pendant quelques secondes, je pose la boîte de la machine à coudre qui trônait sur la table.

– C'est votre mère qui coud ?

– On peut se tutoyer, non ?

Je souris et reprends :

– C'est ta mère qui coud ?

– Quand mon père a été chassé de l'hôpital au moment du deuxième décret, on s'est retrouvés sans rien. Au *shtetl* il venait d'une famille de tailleurs, ça lui est revenu naturellement. Ma mère a appris avec lui...

– Le *shtetl* ?

– Le village de Pologne d'où il vient. Tu vois, cette robe que je porte, c'est mon père qui l'a faite.

– Elle est bien jolie.

Deux taches roses naissent sur ses joues.

– Ils s'amusaient comme des fous à coudre tous les deux. Du moment qu'on était ensemble, ils ne désespéraient de rien.

Nous levons le nez vers la grande horloge au sommet de la tour dont l'ombre oblique écrase le parvis de la gare de Lyon.

– 15 h 10, il nous reste une demi-heure, dis-je, juste le temps pour Félix de prendre nos billets.

Des gendarmes, arme à l'épaule, vont et viennent devant l'entrée. Les mêmes que ceux d'avant-hier. À jurer qu'ils n'ont pas bougé.

Esther s'immobilise.

– Ils vérifient surtout les valises. À cause des trafiquants du marché noir. Ils ne te demanderont pas tes papiers. Rien ne t'interdit de bouger, de voyager, de prendre le train. Tu ne fais rien de mal.

Un crieur de journaux brandit un exemplaire des *Nouveaux Temps* en hurlant :

– Lisez *Les Nouveaux Temps*, une très vaste opération de police a eu lieu ce matin, près de 6 000 Juifs arrêtés... Saint-Pétersbourg bombardée...

Un voyageur l'arrête, échange une pièce contre un exemplaire qu'il déploie à quelques mètres de nous.

– Bien, mal, murmure Esther pensivement, je ne suis pas certaine que ces mots continuent à avoir un sens.

Ses yeux sont gris, couleur de cendre, deux amandes finement découpées qui ouvrent, sur sa peau pâle, deux flaques de détresse. Son visage a changé, il s'est durci.

– De toute façon tu as raison, reprend-elle, ils peuvent me demander mes papiers, je ne risque rien, je ne suis plus juive.

– Comment ça ?

– Je m'appelle Marguerite Le Gallec. Parfaitement. Née et baptisée à Brest. J'ai même ma carte d'identité, regarde.

– Marguerite Le Gallec. La photo ressemble... C'est une vraie ?

– C'est une carte qui appartenait à la petite-fille de la voisine, chez laquelle mon père m'a poussée ce matin. Elle m'avait déjà dit que je lui faisais penser à sa petite-fille. C'est vrai qu'on se ressemble un peu. Désormais, je suis Marguerite, née le 20 avril 1926 à Brest. Une bonne petite chrétienne. J'ai même un certificat de baptême, tu vois ? Amen.

Un autocar garé sur le boulevard libère son flot de voyageurs qui convergent vers la gare et auxquels nous nous mêlons pour rejoindre les quais.

– Tu vas trouver ça idiot, reprend Esther, mais j'étais certaine qu'on se reverrait. Nous nous sommes quittés si brutalement, sans même nous dire au revoir. C'était écrit.

– Moi aussi, je savais qu'on se reverrait. Je savais que tu viendrais retrouver ton violon. Il t'attend, tu sais.

Une voix crachée par un haut-parleur résonne, tandis qu'un épais nuage de vapeur sorti des entrailles d'une machine se perd dans l'entrelacs de poutrelles de métal qui supportent la verrière.

– C'est papa qui a eu cette idée... Il savait qu'un jour on me le prendrait. Il avait peur que je le vende contre de la nourriture ou des médicaments. Il était sûr de pouvoir compter sur vous.

Sa tête s'agite lentement de droite à gauche en signe de détresse. Elle baisse les yeux, regarde ses chaussures à semelle de bois.

– Pauvre papa, il dit toujours que ce violon, c'est une partie de moi-même. Il aurait fait n'importe quoi pour le protéger.

Ses yeux gris hameçonnent les miens.

– Tu es certain que... qu'il y a de la place pour moi, chez vous ? Que je ne serai pas un poids ?

– Il ne faut pas rester à Paris. Il faut te sauver et chez nous tu seras chez toi. Et puis tes parents finiront bien par revenir. Forcément, un jour ils reviendront. Votre gentille voisine leur dira où tu t'es réfugiée. Ils retrouveront aussi leur Hispano.

– Oh, vous l'avez gardée, elle aussi ? C'est merveilleux ! Papa y tient tant, c'est sa fierté. Tu as raison, ils reviendront. Je n'en doute pas. Et Adrien avec eux. Tu sais, c'est déjà un drôle de petit gars, avec un sacré caractère.

Sa main se pose sur mon avant-bras, ses lèvres pâles découvrent de petites dents blanches.

– Tu te souviens de ce jour... Le vélo... La rivière ? Et ce papillon bleu posé sur mon violon... Tout le monde était bien malheureux autour de nous mais moi j'étais heureuse. Comme j'aimerais le revoir, ce papillon bleu. Tant qu'il est là, je me dis qu'il faut garder espoir.

Félix, revenant vers nous billets en main, s'exclame fièrement :

– J'ai eu tout juste de quoi prendre trois billets de troisième classe ! Avec les vacances, le train risque d'être rempli. Ne traînons pas si on veut des places assises.

Son œil dévoilé glisse sur le visage d'Esther sans s'y attarder, un peu comme si elle était transparente.

– On passe seul, reprend-il, et on se retrouve de l'autre côté du barrage. C'est mieux comme ça.

Je l'attrape par l'avant-bras avant qu'il ne détale.

– Et pour ce matin ? Le gendarme qu'on a étalé ? Tu crois que... qu'il a donné mon signalement ?

– J'en sais rien... On n'a pas le choix... Faut bien qu'on le prenne, ce train. Débarrasse-toi de ton chapeau.

Nous nous mettons en marche derrière lui en direction du barrage : des grappes de voyageurs agglutinés piétinent dans le couloir formé par des sacs de sable.

– Qu'est-ce qu'il y a eu ce matin ? demande Esther. C'est à cause de ça, les marques de coups sous ton œil ? Ils t'ont battu ?

– Non, ça, c'était autre chose.

– Quel emploi du temps ! Tu faisais quoi, à Paris ? Et comment tu as fait pour me retrouver ?

– Une longue histoire, je te raconterai dans le train. Si jamais je suis bloqué au barrage, tu continueras avec Félix.

– Il me... Il me fait un peu peur...

– À cause de son œil malade ?

– Non. Pas ça. Il y a quelque chose de... de tragique chez lui. De violent et tragique.

Je la dévisage pendant quelques instants.

– Il s'occupera de toi. Tu peux compter sur lui.

Les gendarmes vérifient des papiers, font ouvrir des valises pour en vérifier le contenu, fouillent dans le linge. Une valise vide signifie que dans l'autre sens elle sera pleine de toutes sortes de victuailles achetées dans les fermes de Bourgogne, une valise trop pleine c'est un signe que le porteur se dirige vers la ligne et la zone libre. Félix passe sans encombre, plaisante gaiement avec le gendarme et le salue en tirant sur le bord de son chapeau, un vrai comédien. Voilà, il est de l'autre côté maintenant, fait les cent pas perpendiculairement aux trains. Il disparaît dans un nuage de vapeur lâché par une motrice. Esther passe à son tour à petits pas sous le regard indifférent des policiers. Sa démarche est mécanique mais personne ne fait attention à elle, elle aura bientôt rejoint Félix. Mais à peine a-t-elle franchi le barrage qu'un des gendarmes l'interpelle.

– Mademoiselle !

Elle se retourne, me lance un regard furtif, pivote vers Félix.

– Revenez ! reprend le gendarme.

Je serre les poings dans mes poches. Félix, figé là-bas, me lance des regards incrédules. Esther n'a pas le choix, elle fait demi-tour, tête haute, dos droit, regard fixe.

– Votre journal ! déclare le gendarme. Il est tombé par terre.

– Mais il n'est pas à moi.

– Vous êtes certaine ? Prenez-le quand même. *Le Matin*, très bonne lecture. Le professeur Montandon y publie un article épatant. Enfin vous verrez, c'est instructif.

Elle se saisit du journal, le plie dans sa poche, remercie et trace en direction de Félix.

À mon tour d'avancer comme un automate, jambes pétrifiées. Les bruits de la gare bourdonnent dans mes oreilles, je cherche une affiche pour fixer mon attention, n'importe laquelle, celle-là, là-bas, voilà, je ne dois pas la perdre de vue, je ne dois pas croiser le regard du gendarme, je ne dois pas laisser l'angoisse prendre le pouvoir, juste lire : « À dater d'aujourd'hui, 4 kg de pommes de terre contre le ticket 61, prix de vente 2,20 fr, 250 g de bananes séchées pour les J2 et J3. » Je sens le regard du flic se poser sur ma joue blessée, puis descendre le long de mon bras, s'arrêter sur la caisse en bois qui contient la machine.

– Qu'est-ce que vous transportez ?

– Une machine à coudre.

Il échange un sourire ironique avec son compagnon d'armes et déchiffre la marque inscrite sur la boîte.

– Singer. C'est pas un nom juif, ça ?

– Je crois que si, dit son camarade, ça fait youpin.

– Je n'en sais rien, dis-je, c'est la marque de la machine.

– Ouvrez.

Pendant que je m'exécute, une voix annonce le départ du prochain train pour Dijon. Les voyageurs sont appelés à rejoindre les wagons.

– Belle machine ! s'exclame le gendarme.

Je me mets à gémir :

– Mon train va partir, je dois y aller ! Je dois rentrer chez mes parents. S'il vous plaît, laissez-moi passer...

– Tu es juif, comme ta machine ?

– Non, je vous jure que non.

Ils éclatent de rire.

– Allez, file...

Le train roule déjà, noyant le quai de jets de vapeur à travers lesquels je cours aussi vite que je peux, la caisse de la machine dans mes bras, besace battant contre mon flanc. Félix apparaît bientôt sur le marchepied du dernier wagon, me tend une main avec laquelle il m'attire à lui.

– Vieux ballot, impossible de te laisser seul cinq minutes. Allez viens. J'ai trouvé trois places dans un autre wagon.

*

Journal d'Esther

25 août 1941

Ma petite maman, mon petit papa,

J'ignore où vous êtes, j'ignore où ils vous ont emmenés. Vous me manquez déjà tellement ! J'ai lu dans le journal que les autobus où je vous ai vus monter en regardant par la fenêtre de Mme Le Gallec avaient été dirigés vers le camp de Drancy. Drancy, je ne sais même pas où c'est, juste que c'est tout proche de Paris. Bertrand, le père de Philippe, m'a dit que c'est un camp tout neuf mais qu'il en existe d'autres en France, à Pithiviers et Beaune-la-Rolande par exemple, c'est là qu'au mois de mai « ils » ont emmené les Juifs étrangers qui ont répondu à la convocation du Billet vert. Vous vous souvenez, c'est ce jour que les Rosenthal ont disparu. Je pense que c'est bon signe qu'on vous ait conduits dans un endroit si proche de Paris. Vous ne croyez pas ? Je pense que ça veut dire qu'on ne vous gardera pas longtemps.

Pourquoi est-ce qu'on vous garderait, d'ailleurs ? Je ne vois pas l'intérêt de retenir des centaines de gens, comme ça.

Les journaux disent des choses affreuses sur nous. Dans un journal qui m'est tombé par hasard dans les mains gare de Lyon, j'ai lu un long article d'un célèbre professeur, intitulé « Comment reconnaître les Juifs ? ». Il paraît que nous avons « le nez convexe, la lèvre inférieure forte et proéminente, les yeux humides à fleur de tête, la chevelure frisée : l'oreille grande et décollée ». Pour couronner ce joli portrait, notre geste « manque de maîtrise, notre tonus musculaire est déficient et notre allure générale négligée ». Dans le train, je n'ai pas pu m'empêcher d'éclater de rire parce que c'est là un parfait portrait de Mme Levasque, la surveillante générale du lycée, très bonne catholique et amoureuse du Maréchal.

Est-ce que nous ressemblons vraiment à ce que dit ce professeur ? Je ne crois pas que mon geste manque de maîtrise quand je joue du violon. À propos, petit papa, je te remercie pour ta bonne idée, j'ai retrouvé mon violon chez Philippe, il me relie à toi et à maman. Quand nous nous reverrons, je vous raconterai comment Philippe et moi nous sommes retrouvés, le jour de la rafle et comment j'ai fait la connaissance de Félix, son ami si étrange.

Petit papa, tu serais bien étonné de savoir que ton Hispano t'attend. Bertrand l'a merveilleusement entretenue et je t'imagine déjà au volant, comme nos retrouvailles seront merveilleuses !

Ce que je n'arrive pas à imaginer c'est votre vie d'aujourd'hui. Ce n'est pas faute d'essayer, jour et nuit, mais mon esprit ne produit aucune image. Qu'est-ce qu'on y fait, dans ces camps ? À quoi s'y occupe-t-on ? Comment est-ce que vous mangez ? Comment êtes-vous installés ? Comment vous parle-t-on ? Qui voyez-vous ? Personne ne sait, autour de moi. Et Adrien ? Comment faites-vous avec lui ? Une des choses qui m'inquiètent le plus c'est que vous avez oublié son nounours bleu qui avait glissé sous son lit et je me demande comment il va faire pour s'endormir.

Le mot « pourquoi ? » tournoie dans ma tête comme un vautour aux ailes noires déployées. À quoi est-ce que ça sert d'envoyer 6 000 personnes dans un camp ? Pour qui ? Pour quoi ? Dans quel but ? Tout semble si absurde.

Je sais que vous pensez bien fort à moi, mais je voudrais pouvoir vous dire de ne pas perdre votre énergie à vous inquiéter. Je suis très bien installée dans une pièce petite mais très claire que Philippe et ses parents ont aménagée dès mon arrivée. De la fenêtre je peux voir les toits de la ville et quand il fait beau, dans une lumière bleue, les monts du Jura qui ne disparaissent jamais tout à fait de l'horizon. Pour tout le monde je suis Marguerite Le Gallec, cousine de Philippe, nièce de sa mère, Mme Lucie Eygletière. « Ma tante » a promis de me trouver une activité qui m'occupera l'esprit. Pas question de rester cloîtrée.

Mes petits parents, je sais que je vous ai donné bien de la peine, que j'ai souvent été capricieuse et décevante. Dans mes nuits surveillées par le faucon aux ailes noires me reviennent en mémoire mille souvenirs de moments où j'aurais dû être une meilleure fille, une meilleure sœur, une violoniste moins paresseuse, une élève moins désobéissante, une fille plus docile, moins ingrate. Je vous promets que lorsque nous nous retrouverons, vous n'aurez plus à vous plaindre de moi.

Votre Esther qui vous aime et qui pense à vous jour et nuit.

Deuxième partie

La main du capitaine

26

Esther – à présent Marguerite – travaille au salon de coiffure de sa tante où elles se partagent les tâches avec la première employée, Jacqueline. Le salon ne désemplit pas. Se faire couper les cheveux est un des derniers luxes autorisés.

Pour tout le monde, Marguerite Le Gallec est une gentille fille, serviable, souriante et qui ne manque jamais la messe le dimanche. Qui douterait de la ferveur de Marguerite Le Gallec ? En bonne chrétienne, elle connaît par cœur son Ave et son Notre Père, s'agenouille en même temps que les autres fidèles et comme eux ouvre la bouche en fermant les yeux pour recevoir l'hostie sur la langue.

Marguerite ne se plaint jamais, et personne ne se plaint jamais de Marguerite, aucune tâche ne la rebute, sa patience et sa calme détermination font l'admiration de sa tante et des clientes qui mettent leur précieuse chevelure entre ses mains. Tout le monde se rend bien compte que Marguerite ne connaît pas grand-chose à la coiffure, que le rasoir ou la tondeuse ne lui sont pas plus familiers qu'une tronçonneuse, que ses gestes sont approximatifs et qu'elle est souvent obligée de lire les étiquettes sur les produits pour ne pas se tromper : mais on lui pardonne volontiers ces hésitations de débutante qui font sourire Jacqueline. Cette dernière n'a pas été longue à prendre la nièce de sa patronne sous son aile. Elle la conseille, lui évite de faire des erreurs, s'occupe des opérations les plus difficiles. Aussitôt mise dans le secret, elle a joué son rôle avec naturel, prenant plaisir à cette représentation permanente.

Deux si gentilles filles aux regards clairs et francs et dont tout le monde se félicite.

– Une bonne petite employée que vous avez là, madame. Toujours aimable et dure à la tâche.

– Hélas, gémit ma mère, les malheurs qu'elle a connus, la pauvre, vous n'avez pas idée. Son père tué au début de la guerre, il y a déjà presque deux ans. Et sa mère emportée en quelques mois cet été.

– Que c'est triste et malheureux. Une fille si courageuse !

Ma mère ment bien, ma mère ment de mieux en mieux, ma mère ment avec un aplomb confondant, un naturel presque effrayant. Elle ressent une vraie volupté à mentir pour protéger Marguerite.

– Heureusement que vous êtes là... la famille, quand même. Le Maréchal a décidément bien raison. La famille ne ment pas.

– Comme vous dites, murmure ma mère.

Soupirs approbateurs dans le salon. Marguerite, elle, ne se laisse pas écorcher par les conversations faisandées, les rires haineux, son visage reste impassible, les mots à la mode de l'Europe nouvelle glissent sur elle comme sur une surface de marbre.

– Après tout, les Allemands pourraient se montrer beaucoup plus durs avec nous. Ils se comportent de façon tout à fait humaine. Et en plus ils sont jolis garçons.

On pouffe sous les bigoudis. C'est vrai qu'ils sont pas mal, ces jeunes soldats, si soignés, si propres. L'exercice physique, quand même, ça vous sculpte un corps. La force qu'ils dégagent quand ils se déplacent en groupe a quelque chose d'admirable, même la violence de leurs menaces et la brutalité de leurs arrestations sont devenues rassurantes au fil des semaines.

– Moi, je dis que lorsqu'on n'a rien à se reprocher, on ne craint rien. Les Allemands font peur à ceux qui ont des raisons d'avoir peur. Moi, par exemple, je n'ai pas peur d'eux.

– Au moins, avec eux, on sait à quoi s'en tenir. Ce qui est autorisé et ce qui ne l'est pas. Obéir, c'est reposant.

– Et puis ça évite de réfléchir, dit ma mère en souriant.

– Exactement. Réfléchir, c'est pas bon. Remettez-moi quelques bigoudis.

Au milieu de ces épouvantables conversations, Marguerite donne l'impression de n'être qu'une enveloppe, une coquille creuse, un corps abandonné, sa présence a quelque chose d'évanescent, de flottant, de flou, elle occupe l'espace d'une façon particulière, un peu comme si elle n'existait pas vraiment. Sa voix est sans âge, sans réelle pesanteur, pas celle d'une enfant, encore moins celle d'une adulte. Elle n'a l'air ni triste ni joyeuse. Mademoiselle n'est pas contrariante, elle ne donne jamais vraiment son opinion et sait rester à sa place de petite main.

– Vous avez des doigts si blancs, si fins, si jolis, remarque une cliente. Des doigts de musicienne, peut-être ?

– Je ne suis pas musicienne, pourtant.

– Tiens, j'aurais cru. Vous sifflotez de si jolies chansons, parfois. C'est quoi cet air qui vous trotte dans la tête ?

– Un air que chantait mon père.

Personne ne remarque le léger tremblement qui agite le corps de Marguerite quand un officier allemand pénètre dans le salon en faisant claquer les talons de ses bottes, ni l'étincelle dans ses yeux lorsqu'il lui faut le débarrasser de son cuir à l'odeur fauve. Personne ne voit ses poings qui se serrent lorsqu'elle doit laver la tête d'un gendarme français soupirant de bien-être sous le filet d'eau chaude qui coule sur ses cheveux.

– Marguerite, intervient alors ma mère, j'ai oublié quelque chose à la maison. Serais-tu assez gentille pour courir là-bas ?

*

Félix fait déraper son vélo sur la place, jette un œil amusé vers le sac qui flotte au bout de ma main.

– Bonne pioche ?

– Des topinambours, de la chicorée, de la saccharine, 50 grammes de beurre. Pas de quoi rêver.

Dans ses yeux naît une étincelle de jubilation.

– Regarde un peu.

Il entrouvre son paletot qui dévoile un sac.

– Du jambon ! Et du vrai pain ! T'es un magicien.

– Et de la confiture en plus ! Du chocolat ! Un vrai festin. Tu sais bien que j'ai mes petits secrets, moi aussi. Avec le beau monde qui passe à la scierie !

Après nos aventures parisiennes, nous avons convenu qu'une réconciliation avec son père signée par son retour à la scierie pouvait, dans notre situation, se révéler très profitable. Non seulement il continue à bénéficier de certains avantages matériels non négligeables sans lesquels notre vie quotidienne serait bien plus difficile, mais il est en plus aux premières loges pour glaner toutes sortes de renseignements auprès des soldats allemands sur les opérations en cours. C'est ainsi qu'après quelques mots de repentance, il a commencé une carrière d'agent double qui l'amuse beaucoup.

Il cligne de son œil découvert.

– Mais c'est pas pour boulotter ce soir : tu gardes tout pour demain, ça doit être une surprise ! Ce qu'on va s'amuser ! Voilà ce que je propose. Marguerite et toi vous filez juste après la messe, et vous nous attendez là-bas, tranquille. Moi je suis pris à la scierie jusqu'à midi environ, un chargement à surveiller, les boches viennent prendre une charpente. Ensuite je vous rejoins avec Jacqueline... Prenez des maillots, il fait si beau ! On va bien se marrer ! Tu crois que...

Hésitant, soudain intimidé, il promène la pointe de ses souliers dans la poussière.

– Tu crois qu'elle viendra ?

– Esther ? Certainement.

Un sourire éclaire aussitôt son visage. Son regard, sa bouche, l'ensemble de ses traits sont empreints d'une inhabituelle assurance, d'une douce tranquillité qui tranche avec l'inquiétude tourmentée que je lui connais depuis toujours. Comme si la présence d'Esther lui offrait une forme d'apaisement, de réconciliation avec lui-même. Pendant quelques secondes, cette révélation me coupe le souffle. Et tandis que nous marchons côte à côte en poussant nos bécanes, je découvre que je n'éprouve aucune jalousie, aucun regret, que si une tristesse vague envahit mon âme, c'est parce que je redoute de voir saigner le gros cœur fragile de mon ami. Mes doutes sont balayés, à présent, ce qui m'avait tant ému dans la rencontre avec Esther, tant bouleversé dans ces quelques jours vécus ensemble, c'était sa détresse, sa solitude, son chagrin.

– Elle doit penser à ses parents, murmure Félix, se demander où ils sont, tu ne crois pas ?

– Des fois je l'entends pleurer, la nuit.

Il s'arrête brusquement.

– Pleurer... La nuit ?

– Oui. Elle écrit, aussi.

– À qui ?

– Je ne sais pas. Ça soulage, d'écrire.

Il prend sa respiration comme quand on a le cœur gros.

– Moi aussi je pense à ma mère, je me demande où elle est, mais ce n'est pas la même chose. La mienne, elle ne reviendra pas.

Il sort de sa poche le médaillon, le place sous mes yeux.

– Elle est belle, hein ?

– Oui, très. Elle devait être très douce aussi.

– À quoi tu vois ça ?

– À son regard. À son sourire. Au petit plissement de ses yeux, là, tu vois ?

– Ah oui... tu as raison, ça donne un air gentil.

Ses doigts caressent lentement la protection de verre.

– Avec ce dessin, c'est un peu comme si elle était encore là. Comme Zéphyr. Des fois je regarde ton dessin et je lui parle.

Il sourit, gêné.

– Elle te ressemble, dis-je. Toi aussi des fois tu as le même air gentil.

Il remet le médaillon dans sa poche et nous descendons la rue principale, déjà morte. Les magasins d'alimentation sont fermés. La lumière est un peu jaune et floue.

– Philippe ? Toi qui es un artiste, tu vas pouvoir me dire... Cette image de ma mère que j'ai, là, c'est pas seulement elle, c'est aussi comme ça que la voyait celui qui dessinait.

Il rougit un peu de s'être montré si audacieux.

– Mais oui, tu as raison... C'est très vrai... On met tout son cœur dans ses dessins.

– Alors, celui qui l'a dessinée, il l'aimait, peut-être ?

– Certainement.

Cette idée le submerge d'une surprise joyeuse.

– Tu vois, ça me fait plaisir de savoir que quelqu'un l'a aimée.

Nous nous arrêtons devant le garage. La plupart des voitures ont disparu au fil des mois. Au milieu des vélos que mon père s'est mis à réparer pour échapper au désœuvrement et au chômage, ne restent plus qu'un vieux corbillard abandonné depuis l'exode et la belle Hispano.

– Ton père ne t'a pas posé de questions après ton retour ?

– J'ai fait le bon chien-chien. Il a écouté mes excuses, sans rien dire d'autre que : « Tu tombes bien, il y a de l'ouvrage. » Et puis il est retourné travailler. Le soir, pas un mot. Juste la vie qui a repris comme avant, le nez dans sa soupe. Mais je l'ai bien eu, avec mes excuses. Je suis à la bonne place, là-bas.

Question victuailles, ça défile toujours autant, un gigot par-ci, un jambon par-là. Et puis avec tous ces boches qui circulent, ça discute beaucoup, et j'ai les oreilles qui traînent... Y a pas meilleur espion que moi.

– Fais attention, sois prudent.

– Pour ça, te fais pas de mouron, je les mets tous dans ma poche. Personne ne se méfie du pauvre Félix avec sa chiffe sur l'œil. Mais un jour, il prendra sa revanche.

Il fait rouler ses poings devant moi et reprend :

– L'autre jour, à Paris, tous ces pauvres gens qu'on emmenait... ces hommes, ces femmes qui n'avaient rien demandé à personne, ça m'a retourné les sangs... j'ai eu l'impression d'être à leur place, avec eux. Je te jure, ça m'a donné envie de me battre !

Il saisit sa paupière morte entre le pouce et l'index et la soulève comme un rideau.

– Comme si soudain j'y voyais vraiment.

Sa main se pose sur mon épaule, le ton de sa voix change à nouveau.

– Mais je parle, je parle et j'en oublie ce que je voulais te dire... tu sais qu'il y aurait de la place pour toi aussi à la scierie ? Mon père est toujours ici ou là pour négocier ou surveiller un chantier. Il cherche un gars. Je suffis pas, il paraît.

27

– Comme c'est merveilleux, tous ces papillons ! s'écrie Esther. La première fois il n'y en avait qu'un, aujourd'hui des centaines.

Les papillons bleus entaillent l'air transparent de leur vol fébrile et saccadé. Posés sur les fleurs, ils deviennent pétales parmi d'autres pétales.

– D'habitude, dis-je, ils nous quittent quand ils sentent l'automne, mais cette année...

Pour la première fois depuis son arrivée, le rire d'Esther jaillit, aussi limpide que le torrent qui fait briller la tresse de son eau. Le soleil déjà chaud clignote dans le feuillage des arbres.

Nous étalons la couverture sur l'herbe et disposons les victuailles de Félix, puis nous prenons appui contre le tronc d'un aulne : et l'espace d'une seconde, je pense très fort à Cripure. Son visage s'est un peu évanoui dans ma mémoire. Lui aussi, pauvre papillon éphémère au vol brisé.

– À quoi tu penses ? demande Esther. Tu as l'air si triste soudain !

– À mon instituteur qui a été arrêté. Il aimait beaucoup les aulnes.

Je ne veux pas laisser ces pensées gâcher cet instant alors je me secoue et demande :

– Tu sais faire des ricochets ?

– Il y avait bien le lac du bois de Vincennes, mais je faisais plutôt de la barque avec maman. Tu me montres ?

Ses yeux gris pétillent d'une joie simple et directe.

– Déjà, le galet, il faut le choisir bien plat, ni trop lourd ni trop léger.

– Celui-là ?

– Parfait.

Sa main disparaît dans la mienne. Elle est minuscule.

– Tu cales bien le galet entre le pouce et l'index. Voilà, très bien. Tu dois le projeter d'un coup sec du poignet de manière à ce qu'il frôle l'eau sans s'y enfoncer. Essaie là où il n'y a pas trop de courant.

Le galet s'élève en tournoyant sur lui-même, scintille fugacement au soleil avant de tomber immédiatement à la verticale et de disparaître dans l'eau.

– Pas mal, dis-je en tâchant de ne pas éclater de rire.

– Le ricochet le plus minable de la décennie, tu veux dire.

Elle s'assoit sur le bord de la rive, balance ses pieds dans le vide à quelques centimètres de la surface. Je la rejoins et maintenant nos deux ombres unies s'étirent, fripées, sur l'eau.

– Félix et Jacqueline ne sont pas là ? Je croyais que...

– Ils nous rejoignent...

Esther regarde fixement l'eau qui coule à quelques centimètres de nos semelles et reprend, le visage soudain épanoui :

– Jacqueline, c'est vraiment une fille épatante... Tu as de la chance.

– Pourquoi ?

– Parce qu'elle t'aime. Les regards qu'elle te lance quand tu apportes des choses au salon ! Toi aussi, tu l'aimes ?

La question, qui me prend au dépourvu, me pétrifie sur place. Les mots restent coincés dans ma gorge et, pour couronner le tout, je rougis comme aucun imbécile n'a jamais rougi.

– Ne sois pas idiot, continue Esther, il ne faut jamais avoir honte de ses sentiments. Il n'y a rien de plus beau que d'aimer.

De toute façon, Jacqueline est irrésistible, tous les garçons doivent rêver d'elle. Mais elle, elle n'aime que toi. Chanceux !

Enfin, je parviens à articuler :

– Oui, je l'aime.

– Et maligne comme tout avec ça, reprend Esther, une véritable actrice. Elle devrait faire du théâtre. Au salon, elle sait s'y prendre pour berner tout le monde. Je suis certaine qu'elle fera tout pour me protéger. Comme toi.

– Comme Félix, aussi. Tu peux compter sur lui.

Esther, soudain curieuse, pose ses genoux dans l'herbe pour se pencher vers le torrent.

– C'est quoi, ces petits insectes qui marchent sur l'eau ? À Paris, on perd le contact avec la nature...

– Des gerris. Mais on les appelle des punaises d'eau. Tu sais qu'il y a plein de choses sous ces herbes et ces pierres. Des truites, des langoustines. Félix est très fort, il t'emmènera. Au début du printemps, tu verras...

– Mais qu'est-ce que tu racontes ? À ce moment-là, mes parents seront revenus, c'est évident. Et je serai loin.

Sa voix est froide, soudain, coupante, une ombre passe dans le ciel de ses yeux. Son visage ne ment pas, on y voit immédiatement les tourments qui habitent son cœur.

– Et puis Félix... Il me fait peur. Il est... Je sais pas... Il me... Jamais je ne le laisserais m'emmener... Il est... dur... Méchant !

– Méchant ? Félix ? Mais non, pas du tout, il faut juste le connaître. Il sait se montrer très gentil, au contraire, très...

– De toute façon, je sais pas pourquoi tu me parles sans arrêt de lui et encore moins pourquoi je t'écoute.

– Je disais ça comme ça, simplement parce que pêcher les truites et les écrevisses, c'est notre plaisir depuis toujours...

Un oiseau perché sur une branche, de l'autre côté de la rivière, se découpe délicatement sur le bleu du ciel.

Elle se lève, hausse les épaules, et, redevenue souriante, me tend ses deux mains que je saisis pour me mettre debout.

– Tu sais, dit-elle, la nuit je ne dors pas beaucoup. Alors j'écris...

– Tu écris quoi ?

– Des choses qui me viennent, des idées, je me souviens de poèmes que j'ai appris et que je ne veux pas oublier, et des lettres...

– Des lettres à qui ?

– À mes parents, à mon frère. Comme ça, ils sont un peu là... Des fois, je regarde le ciel et je me dis qu'ils voient les mêmes étoiles que moi. Nous ne sommes pas si éloignés, puisque nous voyons le même ciel.

Elle dresse son regard vers l'azur, regarde longtemps devant elle et ajoute :

– Je ne suis pas seule à vivre la nuit : j'ai entendu ton père sortir plusieurs fois. Qu'est-ce qu'il va faire ? Pourquoi est-ce qu'il sort si tard ?

– Je... je ne sais pas... Il sort vraiment, tu crois ?

Elle éclate de rire.

– Que tu mens mal, mon cher ! Mais moi heureusement, j'ai ma petite idée... ma toute petite idée qui trotte ici.

Un éclat de rire annonce l'arrivée de Félix et de sa sœur dont les cheveux blonds apparaissent dans un écrin de feuillage.

– Vous voilà enfin, dis-je gaiement. On allait commencer sans vous !

*

Il me faudrait des années, toute une vie peut-être, pour exprimer ce qu'il y a de spécial dans la fin de cette belle saison qui frémit en sentant sa mort approcher, dans cette lumière d'été qui vacille mais s'accroche à la vie.

Oh ! Que de belles heures nous aurons vécues pendant ces dernières semaines de lumière et de douceur ! Que la guerre nous semble dérisoire, les privations, lointaines, comme les arrestations et les exécutions appartiennent à un autre monde quand Félix nous dévoile avec cérémonie les provisions glanées pendant la semaine et qui feront notre festin. Il guette nos réactions, souriant, fier, confiant.

– Du pâté ! Du poulet ! Des œufs ! À table, les amis !

– Mais avant, allons nous baigner ! lance Jacqueline.

Mon amour pour Jacqueline a explosé dans le feu de l'été et maintenant il crépite dans mon cœur comme un inépuisable brasier. Comme s'il avait fallu les mots d'Esther, le premier jour près de la rivière, pour que j'accepte enfin la révélation de cette évidence. Jacqueline ne fait qu'un avec l'eau encore tiède dans laquelle elle s'enroule comme dans une couverture. Parfois elle y disparaît pendant de longues secondes, et on ne fait plus que deviner son corps souple et charmant, un peu flou, qui progresse rapidement sous la surface, bras et jambes en harmonie parfaite, une vraie sirène, pour réapparaître brusquement de l'autre côté de la rivière, un peu essoufflée. Son sourire éclate, ses cheveux blonds tombent sur son visage, sa peau claire miroite au soleil, ses lèvres sont rouges, si rouges, un frisson grimpe le long de ma colonne vertébrale.

Et sa voix si claire, si nette, il me semble qu'elle est encore là, tout près, qu'elle me parvient à travers les années.

– Viens te baigner avec moi.

Et Esther répond :

– Je nage moins bien que toi, tu sais.

– Je vais t'apprendre, allez, viens.

Quel bonheur fragile et incertain de voir Esther prudente et ravie s'aventurer dans l'eau, en direction de Jacqueline qui lui tend ses deux bras, sous ce soleil de plus en plus bas au fil des semaines.

– N'aie pas peur, tu vas voir comme c'est délicieux!

Nous retenons notre souffle en la regardant traverser l'étendue d'eau qui la sépare de Jacqueline, sa respiration est courte, ses gestes furtifs, secs, hachés, presque douloureux, bras et jambes mal accordés, elle maintient avec difficulté son menton et sa bouche hors de l'eau, 3 mètres, 2, 1... elle saisit la main que lui tend Jacqueline et alors son rire éclate, ainsi que la joie d'avoir vaincu sa peur. Je l'entends crier:

– Sauvée!

Félix exulte, lève les bras, frappe le sol du pied en éclatant de rire, tournoie sur lui-même cul rejeté en arrière, en une danse un peu ridicule, un peu grotesque, mais son cœur est si léger en cet instant, si pur, si oublieux des tourments et surtout si heureux d'avoir vu triompher Esther que je ne l'ai jamais trouvé aussi beau, ni aussi bon danseur, et je me dis que cette joie ne doit jamais le quitter, car cette joie c'est aussi la nôtre, à nous tous, et à ce moment-là j'ai l'impression que rien ne pourra nous séparer, jamais.

La brise de l'après-midi fait frissonner nos peaux en même temps, le soleil nous caresse, la main de Jacqueline se glisse dans la mienne, elle est fraîche et douce, je la regarde dormir, sa respiration est lente, sa poitrine humide se soulève régulièrement, les gouttes sèchent progressivement sur sa peau dorée.

Parfois Esther s'éloigne, s'assoit contre un de ces aulnes qui me font penser à Cripure, je la rejoins, m'assois à côté d'elle. Elle serre ses jambes repliées sur son buste. Je pense aux sanglots que j'entends parfois, la nuit. À ces nuits qui doivent ressembler à des océans amers à traverser.

À quelques mètres de nous, près de l'eau devenue sombre, Félix dort, bouche ouverte, la nuque baignant dans l'herbe bleutée. Esther sourit.

– Tu connais ce poème d'Arthur Rimbaud, *Le Dormeur du val* ? Non ? C'est le portrait d'un jeune soldat allongé au bord d'une rivière... Eh bien Félix me fait penser à ce soldat... Attends, c'est comment, déjà ?... Je ne me souviens pas de tout... « Les pieds dans les glaïeuls, il dort. Souriant comme sourirait un enfant malade, il fait un somme : Nature berce-le chaudement, il a froid... »

Pendant un long moment, nous nous laissons bercer par le murmure obstiné de la rivière.

– Tu ne trouves pas qu'il lui ressemble, ce soldat ? reprend Esther. Pendant tout le poème on ne sait pas si le soldat dort ou s'il est mort... C'est seulement à la fin qu'on apprend qu'il a « deux trous rouges au côté droit ». C'est un des poèmes préférés de ma mère.

Un sourire d'enfant malade, oui, c'est exactement ça, Félix. Après quelques secondes de silence, nos yeux se croisent et je lis dans les siens une hésitation fébrile.

– Je sais la question que tu as envie de me poser, commence-t-elle. Oui, j'ai changé d'avis sur Félix. Je regrette d'avoir pensé ces choses de lui. C'est moi qui étais bornée et méchante... C'est un garçon si étrange, si peu commun... Nous sommes tellement différents, lui et moi. Et en même temps si... semblables.

– Mais... tu l'aimes !

Sous le coup de la surprise, sa bouche s'entrouvre, laissant apparaître de petites dents blanches.

– Moi ? L'aimer ? Mais enfin, c'est absurde !

– Je l'ai su dès le début. Depuis le jour où tu as dit toutes ces choses sur lui.

– Qu'est-ce que tu vas imaginer ? C'est simplement que je... Je ne sais pas comment dire... Quand il est là, je... Enfin c'est particulier, je crois qu'il...

De dépit, elle attrape un petit morceau de bois qu'elle me lance au visage.

– Tu m'embêtes à la fin, je ne trouve pas les mots pour m'expliquer. Tu racontes vraiment n'importe quoi !

Je souris avant de préciser :

– Tu ne t'approches pas de lui et tu gardes tes distances, tu t'arranges pour ne jamais nager à ses côtés et pour éviter d'avoir à lui saisir la main quand nous remontons vers la route.

– Et tout ça, ça veut dire que je l'aime ?

Je fais oui de la tête. Elle hausse les épaules.

– Merci, je ne savais pas, monsieur le psychologue.

Les saules et les aulnes étirent leurs ombres en pointe. Au fil des jours, la fraîcheur arrive de plus en plus tôt. Que la joie de l'été aura été courte.

Le regard d'Esther est plus vague, des larmes hésitantes gonflent ses paupières. Ses mains se portent à ses épaules. Elle grelotte un peu.

– Je voudrais savoir où ils sont, murmure-t-elle. Pourquoi est-ce qu'on ne les relâche pas ? Les gendarmes ont bien dû comprendre qu'ils n'ont rien fait de mal. Tu me dirais si tu savais, hein ?

– Bien sûr, je te le dirais. Je suis sûr qu'ils vont revenir, bientôt.

Ce soir, les papillons bleus n'accompagnent pas notre retour.

Nous avons froid.

28

Le matin, Esther et ma mère partent tôt vers le salon, deux frêles silhouettes dont les semelles de bois claquent pour l'éternité sur le sol de la cour. Nous sommes seuls mon père et moi.

C'est alors que nous nous transformons tous les deux en audacieux chirurgiens, prélevant un pédalier sur une bicyclette pour le greffer sur sa voisine, ou bien une selle, un porte-bagage, une roue... Les gestes mécaniques contenant son émotion autorisent mon père à la confession.

– Miromesnil a été dénoncé et s'est fait arrêter, m'explique-t-il, Saint-Michel est passé en Espagne, Montparnasse a...

Des larmes montent à ses yeux.

– Montparnasse s'est jeté par la fenêtre de la Kommandantur à Lyon. D'autres ont disparu à jamais, ont passé des frontières, sont devenus invisibles, avalés par l'Histoire, Charybde infernal dont la gueule s'ouvre de temps à autre pour avaler son paquet d'innocents.

Mon père et quelques autres ont cessé leurs aventures pendant tout l'été, le temps d'être réintégrés dans une autre nébuleuse, celle des Petites Reines, née au début de l'automne.

– Londres cherche à fédérer les différents groupes et les initiatives personnelles en réseaux pour une action concertée et un but commun.

Je devine des mots entendus ici ou là, des phrases qu'il répète sagement.

En attendant, hors de question pour moi de poursuivre mes activités d'espion au salon de ma mère. Le maître mot : ne pas attirer l'attention.

– Ce serait faire courir trop de risques à Esther. Tu m'aideras à réparer les vélos.

Il ponctue sa phrase d'un clin d'œil qui se veut décontracté.

Oui, papa, je t'aiderai, toi et tes mots trop grands, tes phrases trop longues.

Pour le reste je t'imaginerai, dans la nuit sans lune, vivre ta vie de félin révolté. Tu échangeras ton vélo contre celui d'un autre chat sans nom. Juste le temps de te miauler à l'oreille quelques nouvelles et il te quittera.

Qui sont-ils, ces autres chats nocturnes ? Des inconnus qui viennent de loin. De Londres, d'Espagne, de Suisse, d'Algérie, d'une autre région de France : ils savent des choses que les autres ignorent. Ils savent que nous sommes entourés de menteurs, que *La Gerbe* (jamais un journal n'a aussi bien porté son nom), *Les Nouveaux Temps* et *Paris-Soir* mentent. Que la vérité est ailleurs et la liberté encore possible.

De tes aventures nocturnes, tu rapportes des bouffées de vérité apprises en trois minutes mais qui suffisent à embraser ton cœur de chat et que nous attendons tous les trois, au petit matin. Un jour, ton œil étincelle.

– L'Armée rouge ne s'est pas effondrée. Les fortes pluies de la raspoutitsa ont englouti les blindés allemands dans un fleuve de boue ! Jamais ils ne prendront Moscou. Dans six mois, Hitler est battu !

La semaine d'après tu rentres consterné, abattu, efflanqué, poil terne, moustaches boueuses et griffes émoussées par les vérités de la nuit qui lacèrent ton cœur.

– Les boches sont entrés dans le Caucase et ont pris Rostov. Seul le froid pourra les arrêter.

En cet automne de l'année 1941, le froid, ce traître, joue les traînards. L'hiver est un salaud, l'hiver est un nazi. Pendant ce temps la propagande pilonne les esprits, les écrase, les tord, les malaxe comme de la pâte à modeler, avec une régularité d'horloger mais une puissance de marteau-pilon. Au réveil, nous enfilons des pantoufles pleines d'épines que nous ne quittons que le soir, pieds déchirés. Chaque matin les yeux s'ouvrent sur de nouvelles affiches collées la nuit pour annoncer l'arrestation de militants communistes ou anarchistes, dénoncer les actions de Londres qui réduisent le pays à la faim, mettre en garde contre toute action dirigée contre l'occupant. Partout la mort nous attend, nous menace de ses crocs acérés. Nausée permanente. Dans la journée, les communiqués de Radio-Paris s'enchaînent pour dénoncer le blocus américain qui « vous réduit à la famine » ou les attaques des Anglais qui « veulent mettre la main sur votre empire en Afrique ».

L'empire est à la France ce que les souvenirs sont à la vieillesse. C'est tout ce qui nous reste et il ne faut surtout pas y toucher. La révolte gronde dans les files d'attente.

– Les Anglais nous affament !

– Les Anglais nous bombardent !

– Les Anglais veulent nous prendre la Syrie, le Sénégal, le Gabon. Ils l'ont dit hier sur Radio-Paris.

– C'est où le Sénégal et le Gabon ?

– Je sais pas, mais ils veulent nous les prendre. Et s'ils n'y arrivent pas tout seul, de Gaulle les aidera.

– Salauds d'Anglais.

– De Gaulle pourri ! Ami des Juifs !

– Heureusement, les Allemands sont là. Ils vont nous libérer des Anglais.

– Oui, mais en même temps ils nous occupent, les Allemands. Comment est-ce qu'ils vont faire pour nous libérer s'ils nous occupent ?

– C’est vrai, ça, j’y avais pas pensé. Bon. Qu’est-ce qu’il reste à acheter aujourd’hui ?

L’Histoire se dissout dans le rutabaga.

– Rien. Rentrons chez nous.

*

Je tarde de longues semaines avant d’évoquer avec mes parents la proposition de Félix. La tentation de travailler à côté de mon ami, d’empocher un peu d’argent, oreilles aux aguets, le dispute à la crainte de heurter mes parents. La scierie de son père est un exemple fameux de la politique de « réconciliation » franco-germanique, à croire qu’il a potassé le guide du parfait petit collabo comme moi autrefois celui du parfait petit chimiste. Nouvelles machines qui tournent toute la journée, véhicules allemands gavés d’essence qui se relaient sans relâche, construction de locaux, pas de doute : la scierie moribonde avant l’invasion vit à présent ses plus belles heures. À ma grande surprise, mes parents accueillent ce projet avec une relative satisfaction.

– Fais-toi payer pour ton travail, dit ma mère, mais n’accepte rien de ce qu’on t’offrira en dehors, ni aucune proposition.

– *Timeo Danaos et dona ferentes*, déclare mon père sentencieusement. Esther éclate de rire et traduit aussitôt :

– C’est du Virgile : « Je crains les Grecs, même lorsqu’ils font des cadeaux ! »

– C’est tout ce qu’il me reste de mes cours de latin, s’amuse mon père.

– En latin ou en français, reprend ma mère, méfie-toi de toutes les tentations.

– Mais que ça ne t’empêche pas de laisser traîner tes oreilles, dit mon père. Tu seras dans l’œil du cyclone. Profites-en.

Finalement c'est une bonne idée. Ta présence là-bas sera une belle couverture pour nous tous.

*

L'eau serre autour de nos chevilles des bracelets glacés. Le soleil frôle à peine le sommet des arbres. Jacqueline retient son souffle et plonge la première.

– Elle est gelée ! hurle-t-elle.

Elle éclate de rire. Félix fait quelques pas dans sa direction, puis hésite, continue sa progression mais plus lentement, à chaque pas il rentre un peu plus son ventre. On voit ses côtes. Maintenant qu'il a de l'eau autour de la taille, il se retourne vers nous, souriant.

– Allez venez, quoi, faites pas vos poules mouillées !

Une hésitation se marque sur le visage de Félix qui se fige, puis son bras se tend vers nous, ou plus exactement vers Esther, et sa main s'ouvre alors comme une grande fleur accueillante qui ne demande qu'à être cueillie par elle seule. Pendant quelques interminables secondes, cette fleur reste ouverte, cinq longs pétales autour d'une paume blanche, vulnérabilité offerte, pleine d'espoir, et lui-même roi implorant pendant cette petite éternité, mais Esther se pétrifie à mes côtés, fait un pas en arrière dans le sable, alors la fleur offerte par mon ami se referme lentement, se recroqueville, se fane et disparaît dans l'eau en même temps que le reste du corps. Et mon cœur se glace soudain parce que je mesure sa déception à l'audace qu'il lui a fallu pour tendre cette main, alors je me dis que son amour sans réponse pourrait le tuer.

Esther lève les yeux vers moi et, l'espace d'un instant, je n'y déchiffre rien d'autre qu'une crainte froide et orgueilleuse, une distance un peu brutale.

– Il voulait juste t'aider à le rejoindre, tu sais. Comme on fait pour aider un ami.

Elle hausse les épaules et laisse sèchement tomber :

– Je sais. Mais si moi je n'ai pas envie qu'on me tende la main ?

Il y a un air de défi sur son visage que je me surprends à trouver un peu ridicule et méprisant, une manière de marquer sa supériorité.

– Félix est fragile. On dirait pas, mais tu ne connais pas son histoire.

Esther lève les yeux au ciel, ses mains tremblotent.

– Tu m'énerves avec tes mystères. Tout le monde a une histoire. Vous m'énervez tous !

Dans mes yeux flottent encore le visage souriant de Félix, le cadeau de sa main tendue dans le vide, l'espoir qu'il y avait dans ce geste, je le regarde nager en direction de sa sœur, son corps fin laissant dans l'eau un léger sillage : tous les deux je les trouve très beaux et une bouffée d'affection me submerge.

– Il y a toutes sortes de démons en lui, dis-je encore, il est capable de tout.

Comme pour illustrer mes paroles, Félix grimpe la paroi rocheuse de l'autre côté de la rivière : son corps d'araignée semble ne faire qu'un avec la roche, ses mains et ses pieds vont chercher des prises lointaines. Dans l'eau, Jacqueline observe la progression de son frère et me lance des regards inquiets. Elle a compris comme moi que Félix a l'intention de plonger du haut de la falaise, alors elle crie, affolée :

– Ne plonge pas ! Il n'y a pas assez d'eau, reviens ! Philippe, dis-lui ! Il n'écoute que toi !

Mais peut-être que c'est justement ce qu'il a en tête, se tuer, peut-être que c'est pour ça qu'il se tient debout sur la petite plateforme au sommet du rocher, jambes droites et serrées, mains jointes comme pour une prière, pieds bien à plat, sorte de Christ à la paupière fermée. Sa silhouette se découpe sur le ciel, et je comprends que plus rien ne pourra l'empêcher de plonger, que cet endroit serait un bel endroit pour mourir, puisque c'est celui où il a été le plus heureux et qu'il y a découvert son amour pour Esther. Je me mets à hurler :

– Ne fais pas ça, Félix, tu vas te tuer !

Un sourire goguenard et frondeur répond à mon cri et il s'élance.

Son corps ne laisse dans l'eau qu'une éphémère cicatrice et pendant quelques instants nous retenons notre souffle, des images identiques envahissent nos têtes, corps fracassé, tête éclatée au fond de l'eau parmi les algues de la rivière. Mais une fraction de seconde après il crève la surface, tout près de sa sœur, il secoue la tête et ses cheveux envoient des milliers de perles dans les rayons du soleil, son rire jaillit sèchement.

– Vous avez eu les pétoches, hein, pour le pauvre Félix ! Avouez ! Hein, vieux ballot, que tu as eu la trouille pour ton copain.

– T'es con ! crie Jacqueline. Qu'est-ce que tu veux prouver au juste ? T'aurais pu te tuer.

– La mort n'a pas voulu de moi !

– T'as simplement eu de la chance. La prochaine fois elle pourrait changer d'avis.

Elle se laisse flotter sur le dos, bras et jambes écartés, ses cheveux dansant autour de son visage blanc, couronne dorée sur l'eau sombre, tandis que Félix regagne le rivage et attrape au vol la serviette que je lui envoie et va s'asseoir contre un saule, loin de nous, visage fermé, buté, exactement identique à celui qui, dans la cour de récréation, se mettait à l'écart, dans un coin, avec pour seule compagne l'envie de disparaître.

– Je le déteste d'avoir fait ça, murmure Esther, je le déteste ! Il a voulu me punir, il a voulu que je... Et puis je déteste cet endroit, cette rivière, ces arbres, ces...

Ses yeux flottent derrière un miroir de larmes, et plus tard je me dirai que c'est ce jour où quelque chose se termine que tout a vraiment commencé.

*

Automne 1941

Chère petite maman, cher petit papa,

Cela fait bien longtemps que je ne vous ai pas écrit et je m'en veux beaucoup, mais je suis très occupée au salon de coiffure de ma tante. Je crois que vous seriez fiers des progrès que j'ai accomplis et lorsque nous nous verrons je serai capable de coiffer toute la famille.

Hier Lucie, « ma tante », m'a envoyée chercher une enveloppe chez le marchand de journaux.

La boutique était vide. Une fois mon achat effectué, j'ai regardé les journaux qui étaient en vente. Jamais ils n'ont été aussi nombreux : Le Pilori, L'Œuvre, Les Nouveaux Temps, Le Matin, Paris-Soir… *ni aussi semblables. Tous bien sûr de fervents partisans de la collaboration avec les Allemands… Pardon : de la réconciliation pour une Europe nouvelle. Moi je préférais l'ancienne !*

Je sais bien que vous me cachiez des choses, surtout depuis qu'on t'a retiré ta nationalité française, petit papa, et que tu as perdu ta place à l'hôpital : je m'en suis toujours doutée ; et depuis que je suis ici, je sais aussi que Lucie et Bertrand ne me disent pas tout, qu'ils essaient de me dissimuler certaines réalités. Soudain, ces réalités, je les avais sous les yeux. Impossible de compter combien de fois le mot « juif » apparaissait. Sur toutes les pages, dans tous les articles, avec une maniaquerie hystérique presque comique. À croire qu'ils ne peuvent pas se passer de nous !

Tout en essayant de conserver mon calme devant le marchand qui me surveillait, j'ai continué à chercher des renseignements sur le camp de Drancy où on vous a conduits, mais je n'ai presque rien trouvé, hormis une sombre histoire de trafic de cigarettes dont un gendarme se serait rendu coupable. Oh ! comme j'aimerais connaître votre vie là-bas, savoir ce que vous faites, ce que vous mangez, avec qui vous parlez. Le plus dur, c'est de ne rien pouvoir imaginer. Je pense tout de même que vous êtes bien traités et que vous mangez et dormez comme il faut. Après tout, vous avez des droits. On ne peut pas les bafouer comme ça. Sinon vous pourriez poser une réclamation quelque part.

À ce moment-là, le marchand m'a dit qu'il fallait absolument que je lise dans Le Matin *l'article de Céline (le célèbre écrivain, tu te souviens, papa, tu avais adoré son premier livre) intitulé « Vivent les Juifs ! ».*

– Qu'est-ce qu'il leur met, aux youpins ! a dit le marchand.

J'avais assez pataugé dans la boue pour ce matin, et j'ai préféré retrouver l'air libre en prétextant un autre achat à faire.

Dans la rue, je me suis demandé si j'avais encore envie de vivre.

Envie de vivre dans ce monde-là, je veux dire. Dans le même monde que ces gens qui entrent dans le magasin, feuillettent et achètent les journaux, satisfaits d'y lire ces horreurs. C'est la première fois que je ressens cela, ce sentiment d'étrangeté, d'incompréhension. Le pire, c'est ça : ne pas comprendre. Pourquoi cette haine ? Pourquoi est-ce que personne ne dit rien ? Pourquoi est-ce qu'il est devenu normal de comparer des gens à la lèpre ou même pire encore ? Qu'est-ce que j'ai fait ? Qu'est-ce que vous avez fait ? Qu'est-ce qui a changé ?

Mais plus les secondes passaient et plus je sentais monter en moi la fierté et l'orgueil d'être ce que je suis, juive, née de parents juifs, moi qui, vous le savez bien, n'y avais jamais accordé une grande importance jusque-là, moi qui me sentais française et uniquement française. Oh ! comme à cette seconde j'ai regretté de m'être parfois moquée de votre brioche tressée du vendredi, de vos bougies vacillantes de Hanoukka ou de vos cabanes de Soukkot, comme j'ai eu honte d'avoir parfois caché à mes camarades que j'étais juive, comme j'ai pensé à la peine que vous deviez avoir. Et comme j'aimerais le crier à présent. Mais je reconnais que ce ne serait pas tellement judicieux.

J'ai entendu des semelles frapper le sol et une ombre s'est étendue devant moi. J'ai tout de suite su que c'était Félix (je n'ai pas encore évoqué Félix, l'ami de Philippe, un garçon brutal qui m'a tout de suite déplu).

Après l'épisode de la rivière, je pensais qu'il ne m'adresserait plus jamais la parole, que je n'existerais même plus pour lui, mais il semblait au contraire content de me voir. Et moi, à ma grande surprise, j'étais rassurée qu'il soit là, soulagée de ne plus être seule.

Il souriait chaleureusement, sa paupière malade tentait désespérément de se soulever mais ne parvenait qu'à un pauvre entrebâillement, et il y avait dans cet effort qu'il faisait uniquement pour moi quelque chose de si désespéré, de si déchirant que ma gorge s'est serrée.

Il allait chercher Philippe au garage pour ensuite travailler avec lui chez son père, comme tous les après-midi.

C'était la première fois que nous nous trouvions ainsi tous les deux, face à face, la première fois que je le regardais vraiment. Jusque-là, j'avais toujours tout fait pour éviter cette situation, tout fait pour ne pas l'approcher de trop près, sans vraiment savoir pourquoi, juste par instinct, comme on fuit quelque chose de dangereux, de malfaisant. À cause de cette brutalité, cette fébrilité et cette sécheresse qu'il y a dans toute sa personne, à cause de ses gestes durs et impatients, de son visage aigu et sans douceur, de ce sourire qui ressemble à une grimace.

Il m'a demandé s'il ne me dérangeait pas, je lui ai souri, et j'ai vu une étincelle de bonheur dans son œil libre, vive comme un diamant, la même qu'à la rivière quand il m'a tendu la main, juste avant qu'il ne comprenne que je n'allais pas la saisir. Je me suis sentie atrocement coupable de mon attitude, de ce refus idiot, j'aurais voulu m'excuser, m'expliquer, mais j'en étais totalement incapable, j'avais simplement agi comme une sale pimbêche, une orgueilleuse. Alors je lui ai parlé de tout ce que j'avais lu dans les journaux, en désordre, de ce torrent de haine, de violence, et il m'a dit simplement :

– Moi aussi, j'ai souvent eu envie de mourir.

Il a rougi terriblement, confus de son audace. Tandis que le sol ouvrait sous mes pieds un gouffre où grouillaient toutes sortes de choses confuses et visqueuses, j'ai senti des larmes amères courir sur le bord de mes yeux parce que ces tourments dont il déborde, toute cette détresse, d'un seul coup cela m'a paru évident, ressemblaient exactement à mes tourments, à ma détresse. J'ai alors songé à ce que Philippe avait osé me dire, un jour, à la rivière, et je me suis demandé s'il n'avait pas raison, si je n'étais pas amoureuse de Félix, si ce n'était pas contre ça que je me battais. J'en ai eu le souffle coupé.

Il a repris :

– Mais nous serons toujours là pour te protéger. Tu n'as rien à craindre.

Il a fait rouler ses poings devant lui en me souriant puis il a plongé sa main dans la poche de sa vareuse, et il en a sorti une petite aquarelle protégée par une capsule de verre.

– C'est ma mère. Elle aussi, elle me protège.

– Elle est belle.

Et sans réfléchir à ce que cela signifiait, j'ai ajouté :

– Elle te ressemble.

Je lui ai demandé qui l'avait peinte de si tendre façon et tandis que nous nous dirigions vers le salon de coiffure, il m'a raconté l'étrange histoire de ce portrait trouvé sur la tombe à Gentilly.

– Tu sais, a-t-il dit, le soir j'attends la nuit et je lui parle. Et elle me répond ! On parle de toutes sortes de choses. Tu dois croire que je suis fou ? Oh, oui, je dois être un peu fou… Tout le monde le pense. Mon père, Odette… Félix le cinglé !

– Pas Philippe, ai-je dit. Lui, il t'aime. Et si tu es fou, je le suis également.

– Tu ne parles pas à une morte, toi, ta maman, elle reviendra, j'en suis certain. Ton papa et ton petit frère aussi. Tu me crois ? Oh, dis-moi que tu me crois.

Pour toute réponse j'ai fait une folie, un de ces gestes irréfléchis dont on ne se croit pas capable. J'ai embrassé le bout de ma main et je l'ai posé sur la paupière inerte qui couvre son œil gauche, puis je suis partie en courant, cœur brûlant et à bout de souffle.

Petite maman, petit papa, mon petit frère chéri, je n'ai pas menti, c'est bien vrai que nous parlons ensemble. Mais je ne sais plus si je vous reverrai. La haine ne ment pas.

Votre petite Esther qui pense à vous.

29

Mes débuts à la scierie sont assez chaotiques. À ce train, il me faudrait un siècle pour fendre le tas de bûches qui m'a été confié.

– Regarde, dit Félix, c'est pas compliqué, t'as juste à faire comme moi.

Il lève très haut le merlin dont la lame miroite dans le soleil avant de s'abattre sur l'énorme bûche qui cède et éclate instantanément en deux morceaux au ventre blanc.

– Tu vois, c'est facile. Si tu frappes d'un coup sec, elles éclatent comme une noix sous le talon. À toi de jouer !

Il me tend son engin de malheur. Dans mes mains il pèse des tonnes, lui qui paraissait si léger dans celles de Félix. Je parviens à le hisser au-dessus de ma tête où je le tiens en équilibre, à bout de bras. Il oscille comme le sommet des peupliers dans le vent. Je serre les dents.

– Vas-y maintenant, dit Félix. Donne tout ce que tu as dans les bras. *Paf !*

La lame s'abat mollement sur la surface de bois qui se contente de l'avaler à moitié sans broncher.

– *Paf*, j'avais dit. Pas *pouf*.

Ses lèvres dessinent un sourire ironique. Je hausse les épaules, un peu vexé, tandis qu'il éclate de rire en retirant la lame du merlin encastrée dans la bûche.

– Pour les ricochets et l'algèbre, t'es fort. Mais pour le reste...

Ce tas de bois rapporté de la montagne et que nous avons la charge de fendre avant l'hiver, je le déteste comme un ennemi personnel qui me broie les bras jour après jour.

C'est lui qui aura ma peau. Il a déjà eu celle de mes paumes couvertes d'ampoules. Mon camarade, les manches de chemise retroussées, crache dans ses mains et saisit à nouveau le merlin.

– Repose-toi, dit-il, tu as des mains de fillette. Elles ne sont bonnes qu'à tourner les pages des livres, à écrire ou dessiner.

Il éprouve manifestement une intense jubilation à faire la démonstration de sa force et de son endurance tout en roulant des épaules : une fois le bois éclaté, il prend plaisir à s'emparer des deux bûches et à les envoyer au loin aussi facilement que s'il s'agissait d'allumettes. S'accordant enfin une pause, il porte le goulot d'une bouteille d'eau à la bouche pour la vider presque entièrement, découpant sa silhouette sur le bleu du ciel d'hiver.

Puisque apparemment je ne suis bon qu'à ça, je m'adosse à la roue d'un tracteur, abandonnée non loin de là et, bien calé, genoux repliés et carnet posé sur les cuisses, je mouille la pointe de mon crayon sur le bout de ma langue avant de le faire courir sur une page vierge. Félix se sent observé mais se prête au jeu. La peau de son cou est tirée par les tendons comme une voile par des haubans, ses muscles sculptent ses bras en deux épaisses torsades qui lèvent et abaissent le merlin avec la régularité d'une machine. La cadence régulière des coups frappés se mêle aux bruits lointains des scies mécaniques et des moteurs de camions qui vont et viennent. Je tombe dans cet autre monde, celui des formes qui naissent sur le papier, un monde qui tient à distance le temps, la peur et la mort.

Bientôt, Félix s'accroupit à mes côtés, ruisselant de transpiration. Il se penche sur son portrait.

– C'est marrant, dit-il, c'est pas comme d'habitude.

J'ai beau observer mon dessin, je ne lui trouve rien de particulier. Depuis quelques mois je ne progresse plus. Les mêmes traits, les mêmes expressions, les mêmes angles. Comme j'aimerais que quelqu'un me guide, m'apprenne, me montre des choses nouvelles.

– Enfin, vieux ballot, regarde un peu, c'est toi maintenant qui as le regard bouché ou quoi ? Tu m'as donné mes deux yeux.

En effet, pour la première fois, et sans même y penser, j'ai planté deux yeux grands ouverts sur le visage de Félix.

Il rit comme si je lui avais mis un nez rouge de clown.

– Alors je serais comme ça, si j'avais pas cette chiffe ? Je serais pas mal, dis donc.

Troublé, je mets quelques secondes à répondre :

– Tu es déjà très bien, mon vieux. C'est pas une paupière qui va faire la différence.

Sa main ramène ses cheveux en arrière, nerveusement, dégageant ainsi son front blême. Il semble sur le point de dire quelque chose d'important mais finalement se contente de lâcher :

– Tu crois ça, toi ?

– Évidemment. Et t'as vu les muscles que tu as ! À côté des miens.

– Raconte pas d'histoires, tu sais bien que les filles ne me trouvent pas beau ! Au bal elles ont peur, elles ne veulent pas danser avec moi.

Je lui donne un coup d'épaule.

– Normal, tu leur marches sur les pieds.

Il marque un instant de silence. Son regard parcourt l'espace autour de nous, il se racle la gorge et murmure :

– Ton père est rentré ?

Je fais non de la tête. L'angoisse un moment oubliée remonte dans mes veines. La boule ressuscite dans ma gorge. Normalement, les chats sauvages rentrent au petit matin, soûlés d'aventures nocturnes. Mais lui il n'est pas revenu. Une nuit, une journée, une autre nuit. Depuis deux jours l'angoisse nous tord le ventre.

– Où est-ce qu'il est parti ?

– Il ne nous dit pas. Personne ne doit savoir. Il part en pleine nuit, c'est tout.

Félix a évidemment tout deviné. Il sait que mon père fait partie de ceux dont on parle dans les journaux et qu'on n'appelle ni des résistants, ni des Indiens ni des chats sauvages et encore moins des patriotes, mais des bolcheviques à la solde de l'Angleterre, des anarchistes, des terroristes, des antinationaux, des criminels enjuivés, des amis d'Israël, des ennemis de l'Europe nouvelle. Sur son petit vélo qui fend la nuit, il est en effet tout ça et bien plus, il résiste, se bat, dit non.

– Mais… qui est-ce qu'il rencontre ? insiste Félix.

J'ai confiance. Je sais qu'il mourrait ou qu'il tuerait pour garder le silence.

– Des gens.

– Qui comme gens ?

– Des gens qui ont besoin de renseignements pour préparer des opérations. Il ne les connaît pas, et ils ne le connaissent pas.

– Mais comment est-ce que ça se passe ? Raconte ! Il y a du danger ?

Je le regarde, incrédule. Chaque matin j'attends son retour, le cœur tabassé par l'angoisse.

– Oui, évidemment, c'est risqué.

– C'est ça, vivre, dit Félix en hochant la tête. Prendre des risques pour des choses importantes. Tu sais quand j'ai compris ça ?

Il sourit dans le vague, ses lèvres gercées sont craquelées. Plus loin, une grappe de légionnaires appartenant au SOL, ce groupe paramilitaire nouvellement créé par Joseph Darnand et servant d'auxiliaire à l'occupant, a entamé une partie de pétanque et des éclats métalliques salués par des clameurs parviennent jusqu'à nous.

– Non.

– Le jour où on a vu les gens emmenés, sur le boulevard à Paris. Tu te souviens ?

– Comment est-ce que je pourrais oublier un truc pareil ?

– Tu sais ce qu'ils sont devenus ?

– Personne ne sait.

– Ils le disent pas dans les journaux ?

– Non.

– Des fois, ça m'empêche de dormir.

– Moi aussi.

– Tu te souviens, tu disais qu'on prenait les gens pour les... les tuer. Même que je ne voulais pas te croire.

– Oui, je me souviens.

– Maintenant je te crois. Parce que j'ai les oreilles qui traînent. Les légionnaires, quand ils parlent des Juifs, c'est... Ah, les sales merdeux ! Un jour j'en prendrai un entre ces deux mains, là, tu vois, et je fendrai sa tête comme une de ces bûches.

– Allez, calme-toi, c'est pas les légionnaires qui font la loi. Ils vont juste aller crever sur le front de l'Est, ces guignols.

Son doigt dessine dans le sable, devant moi.

– Vieux ballot, je voudrais bien que tu m'aides.

Il a soudain troqué son visage de petit homme contre celui d'enfant timide.

– Je voudrais que tu m'aides à... à lire. Et à écrire, aussi, un peu, si j'y arrive.

– À lire ? Tu m'as toujours dit que tu t'en moquais, que c'était pour les couillons.

Je ne peux m'empêcher de sourire.

– Te fiche pas de moi. Du temps de Cripure, je pensais que ça ne servait à rien, mais maintenant... Oh ! pas pour lire des gros livres, comme toi. Je sais que j'y arriverai jamais, pour... les journaux par exemple... Ou les lettres. C'est important, les lettres.

Soudain, un hennissement mêlé à des cris divers nous interrompt. C'est une jument qui, refusant d'être attelée à une carriole chargée de bois, sème la panique autour d'elle. Les légionnaires français dispersés à coups de ruades poussent des hurlements affolés qui ne font qu'énerver l'animal.

Félix se lève aussitôt.

– C'est Keir Tulipe, une jument pas commode. Faut que j'y aille, ils seraient fichus de la descendre, ces cons de légionnaires.

Je ramasse mes affaires et je prends la direction de mon vélo tout en me laissant captiver par le spectacle de Félix aux prises avec la jument rétive. Mains levées, paume vers la bête, il lui fait face, avance progressivement dans sa direction, centimètre par centimètre, déployant une patience infinie sans la quitter une seule seconde de son pauvre regard bancal : et elle, la jument, ruisselante de transpiration, d'abord affolée, muscles tendus, toute de révolte et de colère, frémissante des sabots aux oreilles, cesse petit à petit de se cabrer pour se calmer, harponnée par l'œil unique de Félix et le monde qui y dort. Et elle-même soudain laisse tomber sa paupière droite sur son gros œil rond avant d'avancer lentement vers Félix.

– Merveilleux, non ? Cette scène, vous allez la dessiner, elle aussi ?

Je sursaute. L'œil de l'officier allemand en uniforme désigne le carnet à dessins que je tiens sous mon bras. Comme j'hésite, il insiste :

– Des jours que je vous observe avec votre carnet. Je peux voir ?

Son français est presque parfait. Son regard bleu acier vous accroche comme un grappin. Ses bottes, son uniforme, son maintien, son insigne collé sur la poitrine et ses manières mécaniques, tout cela participe à répandre cette impression de brutalité devenue familière. Mais sa voix, son regard et son sourire ont quelque chose de caressant qui inspire confiance.

– C'est rien, dis-je, juste un loisir.

Il sourit poliment.

– Un loisir auquel on retourne dès qu'on a trois minutes de libres, ça ressemble à une passion.

Sa main est tendue à plat devant moi. J'y dépose mon carnet et il en feuillette les pages, levant parfois les yeux pour croiser mon regard.

– Ils sont bons, vous savez.

Pendant ce temps, Félix, qui a approché la jument, enlace son encolure et glisse la tête derrière. Je ne vois plus que son bras blanc qui se détache sur le crin sombre de la bête.

– Très forts, même. Surtout les visages. Les mains, les yeux aussi. Vous êtes observateur et sensible. Ici, votre camarade en plein effort. Les épaules, très très bien. Rien de plus difficile qu'une épaule, pourtant. Vous pourriez réussir... Et ici... la belle Jacqueline ?

Il cligne de l'œil. Je rougis immédiatement. Ses sourcils se froncent.

– Et là... cette autre personne ?

– Ma cousine.

Il se penche sur le croquis que j'ai fait d'Esther il y a quelques jours.

Un frisson me parcourt la nuque.

– Tristesse, peur et mélancolie, voilà ce que je peux lire dans les yeux de cette demoiselle.

Ses mots appellent une réponse mais je préfère me taire. Il ferme le carnet et le garde plaqué sur son buste.

– Vous n'avez jamais suivi de cours, n'est-ce pas ?

Il s'incline légèrement vers moi et me tend sa main. Impossible de la refuser. Elle se referme sur la mienne et la secoue fermement pendant de longues secondes. C'est ainsi que je fais la connaissance de Günther Heinreich, 40 ans, Oberleutnant au sein de la Wehrmacht, et en des temps moins troublés, professeur de dessin et peinture à l'Académie des beaux-arts de Berlin.

Son regard se porte derrière moi.

– Nous continuerons cette discussion une autre fois, car je crois que vous avez à faire. Votre bonne amie est là.

Jacqueline arrive en effet sur sa bicyclette. Il est si tôt, pourtant. Ses cheveux font une tache jaune sur le bleu du ciel. Une grosse barrette métallique les tient attachés. Sa robe rouge découvre ses genoux ronds. Rouges aussi, ses lèvres. Elle est belle d'une façon déchirante. Je sais que cette image, robe, lèvres, cheveux, restera gravée ici, dans l'air, indestructible.

L'officier se retourne vers moi.

– N'oubliez pas de venir me voir. Je vous montrerai des choses importantes qu'un artiste comme vous saura apprécier.

Il jette un œil méprisant en direction des légionnaires occupés à charger du bois en braillant de grossières plaisanteries.

– C'est si rare de trouver à qui parler ! crie-t-il en se retournant, l'art n'a pas de frontières.

Je rejoins Jacqueline et, immédiatement, je déchiffre la lueur inquiète qui flotte dans ses yeux.

– C'est ta mère qui m'envoie. Ton père est revenu.

Elle baisse la tête et ajoute :

– Il est blessé.

Ma joie tombe brusquement en cendres.

– C'est grave ?

Elle fait oui de la tête.

– Deux hommes sont arrivés avec un camion. Tu sais, ces camions militaires qu'on voit partout, comme ceux de… là-bas.

Trois lourds véhicules aux portières ornées d'une énorme croix gammée noire sont en effet garés sur le parking de la scierie.

– Par chance, nous étions au garage, ta mère, Esther et moi. Ils ont déposé ton père et sont aussitôt repartis presque sans dire un mot.

– Deux hommes ?

– Ta mère ne les connaissait pas. Il y en avait un qui... qui avait une main coupée. L'autre portait des lunettes. Ils ont à peine parlé. Juste trois mots pour dire que ton père avait besoin d'un médecin et ils sont repartis dans leur camion.

– Des Allemands ? Mais alors...

– Non, je me suis mal fait comprendre. C'était peut-être un camion allemand mais ça se voyait qu'ils ne l'étaient pas, eux, et que même ils n'avaient pas intérêt à traîner dans les parages et en rencontrer, des Allemands.

La gorge soudain pleine de sable, je parviens seulement à articuler :

– Il va... mourir ?

Elle s'approche de moi si près que je sens sa bouche rouge effleurer ma joue, ses lèvres un peu gercées. Toujours cette enivrante odeur de fleurs fanées. À cette seconde, sa beauté se marie dans mon ventre avec la terreur de la mort. Je la revois allongée dans l'eau, sur le dos, bras et jambes écartées, ses cheveux en corolle, mais bientôt cette image explose et c'est le corps sans vie de mon père qui prend toute la place. Parfois les chats sauvages se font écraser pendant la nuit, on retrouve leurs corps sanguinolents sur les pavés, à deux pas de la maison où ils croyaient pouvoir trouver refuge.

Jacqueline me tend le guidon de son vélo.

– Il faudrait l'emmener à l'hôpital mais ta mère a refusé. Elle veut qu'on aille chercher un médecin.

Elle sort de sa poche un petit papier plié en quatre. Un nom, une adresse.

– Celui-là et pas un autre. Je viens avec toi.

30

Le soleil oblique du soir ricoche contre les toits et enflamme la fenêtre de ma chambre.

Le médecin, surpris en pleine activité, a aussitôt compris la situation. Nous l'avons vu chuchoter à l'oreille de sa secrétaire qui a annoncé aux patients l'interruption de la consultation. En raison d'une urgence.

Nous l'avons précédé au garage et quelques minutes après notre retour, nous avons entendu la porte de sa voiture claquer : ma mère, livide et vacillante, l'a accompagné sans un mot auprès de mon père. Simplement un murmure en direction de Jacqueline :

– Attends quelques minutes, le temps de te calmer, et ensuite va aider Marguerite au salon.

Elle hésite et ajoute, plus bas :

– Tout doit sembler normal.

Normal. C'est pour cela qu'elle a préféré laisser le salon ouvert, à la seule garde d'Esther, une fermeture brutale en pleine journée aurait immanquablement attiré l'attention et fait courir les rumeurs. Et elles courent à toute allure, dans notre petite ville, nos petites rues, nos grandes gueules d'où s'échappent des paroles empoisonnées. Le moindre incident dans une journée bien réglée et les charognards rôdent.

Maintenant nous sommes dans ma chambre et nous n'osons pas bouger. Nous ne savons rien. Juste qu'il est touché au ventre et qu'il a perdu du sang. Nous sommes à l'affût du moindre bruit, de la moindre porte qui claque. Jacqueline, qui découvre ma chambre, pose son regard un peu partout.

– Ça me fait plaisir de découvrir ton univers, dit-elle.

Elle s'immobilise devant un mur décoré d'une grande photo.

– Mais je le reconnais, lui. C'est le goal préféré de Félix.

– Oui, Laszlo.

Je la rejoins et arrache l'image de ce sportif que nous admirions tant autrefois.

– Nous rêvions d'aller le voir jouer à la finale de la Coupe de France. Nous avions tout prévu ! Et puis il y a eu la guerre.

Ces souvenirs me font encore battre le cœur. Quelles merveilleuses aventures nous attendaient !

– Ce n'est peut-être pas trop tard, dit Jacqueline.

– Ce salaud s'est engagé dans le PPF de Doriot. Maintenant il veut la mort des Juifs. Il fait même partie du SOL. Un bon goal mais un vrai con.

– Le SOL, c'est quoi ?

– Le Service d'ordre légionnaire. Une sorte de police auxiliaire qui aide les Allemands. Certains légionnaires ont été placés à la scierie.

– Ah oui, je vois. Ils surveillent. On dirait des vautours. Tu verrais l'air sérieux qu'ils se donnent ! N'empêche qu'ils baissent les yeux quand je croise leur regard.

Nous entendons des pas précipités, un bruit d'eau qui coule. L'attention en éveil, nous guettons. Mon cœur pilonne mes côtes.

– Je suis certaine que tout va s'arranger, murmure Jacqueline.

Nous échangeons un long regard. C'est elle qui brise le silence.

– Je voulais te demander... Pourquoi est-ce qu'elle est si inamicale avec Félix, Marguerite ? Tout cet été à la rivière, il était si gentil, si détendu... Jamais je ne l'avais vu si content. Et elle... si distante... si raide. Jamais un mot gentil, jamais un sourire... Des fois, j'ai l'impression que... C'est idiot, je me fais certainement des idées, mais parfois je me dis qu'elle… qu'elle l'aime mais que ça lui fait peur et qu'elle ne veut pas l'admettre. Et que c'est pour ça qu'elle est si lointaine…

Elle s'approche de moi, tout près, plus près que jamais, sa main prend la mienne. Sa peau est fraîche, une source d'eau claire. Ses lèvres effleurent les miennes, son souffle se mêle au mien, le bout de ses seins touche mon buste.

– Au début, j'avais peur que tu l'aimes plus que moi. Que tu me trouves trop simple, pas assez cultivée. Tu avais l'air de tellement… l'admirer…

Je me contente de hausser les épaules.

– Je voulais la protéger, tenter de lui faire oublier son malheur… Ce que j'aimais, c'était cette image de moi. Le sauveur… C'est toi que j'aime.

Elle s'éloigne, regarde par la fenêtre.

– Ces gens qui ont amené ton père, tu les as déjà vus, toi ? Ta mère, elle, ne les connaissait pas. Le gars qui était manchot avait l'air de commander. Dans les 40 ans, la peau sombre, il parlait avec un accent espagnol… Je suis sûre qu'ils sont recherchés…

– Non, je ne les connais pas.

Elle me rejoint. Ses pieds nus font craquer le parquet. Elle est de nouveau si proche que ses cheveux caressent mon visage.

Il fait sombre, le soleil est tombé derrière les toits. Toujours ce silence à devenir fou. Le moindre craquement arrête mon cœur.

– Le soldat à qui je parlais, quand tu es arrivée tout à l'heure, tu te souviens ? Il fait quoi, exactement ?

– Celui qui regardait tes dessins ? Je crois qu'il est chargé de surveiller les convois de bois de mon père en montagne. Des bandes armées tendent des pièges aux camions qui partent vers l'Allemagne, alors mon père a demandé du soutien à la Kommandantur. On ne lui refuse rien, là-bas.

Elle rejette sa tête en arrière, découvrant son cou blanc parcouru d'une veine bleue qui palpite.

– Vous parliez de quoi ?

– De mes dessins. Il voulait les voir. C'est peut-être un soldat ennemi mais c'est aussi un artiste.

J'ébauche un sourire gêné avant d'ajouter :

– Il m'a dit que j'étais... doué.

– Il a raison, tes dessins sont superbes.

Plusieurs secondes passent encore. Chacune peut porter l'annonce de la mort de mon père. L'attente est atroce. Jacqueline lit la détresse dans mon regard, elle est si proche, encore plus près, son souffle glisse sur ma peau. L'espace autour de nous change de matière, le temps aussi, je lis cette métamorphose sur son visage, dans son regard immobile, provocant, sur sa peau, ses lèvres boudeuses, c'est une sensation totalement inexprimable, nouvelle, une crispation douce, ses doigts plongent sous le tissu de sa chemise, décrochent avec audace les boutons un à un jusqu'à faire céder la toile qui dégage deux épaules d'une affolante rondeur : bientôt c'est le foyer blanc de sa poitrine tout entière qui jaillit, son opalescence pleine et lourde qui me coupe immédiatement le souffle et, l'espace d'un instant, j'oublie tout de la mort qui menace, de la guerre, de la peur, je suis protégé, immortel.

– J'ai déjà vu des tableaux, tu sais. Des tableaux de femmes comme ça qui n'avaient rien sur elles. Tu ne voudrais pas un jour me dessiner, comme ça ? Ce serait doux, si doux.

Son sourire innocent, presque enfantin, contraste avec les mots prononcés. Mais le brusque claquement d'une porte de voiture suivi de pas rapides dans l'escalier qui mène à ma chambre nous fait revenir à la réalité.

Joues en feu, Jacqueline se couvre fébrilement.

– Oh merde, merde, mes nichons, merde alors !

Ses doigts affolés ne trouvent pas les boutons, s'emmêlent, et plus ma mère approche moins les nichons en question veulent rentrer au bercail, et moi je suis pris d'un fou rire brutal.

– C'est pas drôle ! gémit-elle. T'es vraiment trop idiot !

Ma mère jaillit enfin dans l'encadrement de la porte, trop chavirée pour remarquer le corsage de Marguerite boutonné n'importe comment.

– Jacqueline, va vite rejoindre Marguerite au salon.

Puis, se tournant vers moi :

– Ton père veut te parler.

*

– Des mois de repérage, de planque, de surveillance, de recrutement, de risques, de nuits sans sommeil. Des copains arrêtés, torturés, exécutés. Les parachutages vont commencer. On compte sur nous pour cacher ce qui va être largué et s'assurer que le contenu arrive entre de bonnes mains. Impossible de tout abandonner. Je peux plus assurer seul, mais pas question de flancher maintenant. Le prochain message sera pour toi. Tu choisiras ton copain. Félix si tu le sens prêt : tu le préviendras au dernier moment. S'il accepte, vous y allez. S'il refuse, tu prétends que tu plaisantais.

Son visage est pâle mais sa voix ferme, ses yeux creusés mais vifs. Un rictus douloureux ponctue ses phrases. Ma mère, ravagée d'angoisse devant cet adoubement, retient ses sanglots en lui tenant la main.

– Ils vont larguer des armes, continue mon père, des munitions. De quoi faire sauter les voies ferrées empruntées par les trains de prisonniers déplacés en Allemagne. Des vêtements d'hiver pour équiper les réseaux qui se forment. Ils vont également nous envoyer des mecs, des officiers de liaison qui vont organiser tout ce bordel. Il faudra les accueillir, les conduire à l'abri.

D'un signe de tête, je lui fais comprendre que je suis prêt à mettre mes pas dans les siens, à devenir moi aussi un chat à la vie nocturne. En un éclair, mes nuits à venir deviennent des aventures.

– On avait rendez-vous avec des gars pour les conduire aux caisses parachutées il y a trois jours. Personne ne pouvait savoir qu'on était là. On avait pris toutes les précautions, tout cloisonné. Sauf que c'est pas eux qui se sont pointés mais deux gars à vélo, habillés comme nous, exactement, on a failli se faire avoir et sortir de notre trou. Seulement, au dernier moment, on a senti qu'il y avait du flou, à l'instinct, alors on a attendu. Il y a un truc qu'ils ne connaissaient pas, c'était le code avec la lanterne. On a à peine eu le temps de se calter.

– C'étaient qui ces gars ? demande ma mère.

– Je ne sais pas. Les mecs du Service d'ordre légionnaire. Ils font parfois la police pour les boches.

– Et l'autre ? T'es certain qu'il...

– Un ancien du Métropolitain, Odéon. Impossible. Ils l'ont eu en pleine tête. Moi aussi j'allais y rester. J'étais au tapis, je me vidais comme un cochon et j'entendais les salauds courir vers moi. Mais à ce moment-là, un camion allemand est sorti de nulle part. Cinq ou six gars en sont descendus, des vrais fantômes, alors je me suis dit : « Voilà les boches, cette fois-ci bibi, t'es bon, entre les légionnaires et les boches tu vas passer un sale quart d'heure. » Sauf que dans ce camion allemand, c'étaient pas du tout des Allemands. C'était même tout le contraire. Ils m'ont embarqué avec eux. Loin. En montagne, dans un hameau abandonné. J'en ai pas vu grand-chose, de la montagne. Et encore moins du patelin. La seule chose que je sais, c'est qu'il y en avait un qu'était espagnol. Capitaine Cortada, ils l'appelaient, ses copains.

Le capitaine Cortada a sauvé la vie de mon père. Ce nom étincelle déjà comme une étoile au sommet de mes nuits.

*

Novembre 1941

Petite maman, petit papa,

Quand je suis arrivée ici à la fin de l'été, je pensais vraiment que nous serions ensemble pour Hanoukka. Comment aurais-je pu imaginer qu'un jour je serais seule pour célébrer cette fête que vous aimez tant ? J'ai eu bien du mal à les trouver, ces mauvaises bougies qui ne produisent qu'une minuscule flamme, des semaines à les rassembler. Ce soir j'ai allumé la neuvième et dernière et voir les neuf courageuses petites flammes m'a tordu le ventre parce que pour la première fois je les voyais seule. Le miracle, c'est qu'elles ne se consument presque pas et durent très longtemps.

Je connais leur langage et chacune m'a parlé.

La 1re m'a dit qu'un jour nous serons heureux et réunis.

La 2e m'a dit que mon petit Adrien deviendra un garçon grand et fort.

La 3e m'a dit que jamais mes amis d'ici ne me trahiront, que toujours ils me protégeront.

La 4e m'a dit que là où vous êtes, personne ne vous fait de mal.

La 5e m'a dit qu'un jour je me réveillerai à vos côtés et que nous sortirons nous promener dans le bois de Vincennes où la vie était si douce.

La 6e m'a dit que le soleil reviendra, apportera la douce chaleur du printemps et qu'alors voleront les papillons bleus.

La 7e m'a dit, petite maman, que je t'entendrai un jour chanter ta douce berceuse yiddish sans savoir si tu la chantes pour Adrien ou pour moi.

La 8e m'a dit que toutes les autres me mentaient pour me protéger.

La 9e m'a dit de sécher mes larmes et de ne plus pleurer.

En réalité, je ne sais pas vraiment à quel moment tombe Hanoukka, cette année, et je ne me voyais pas interroger les clientes du salon sur la question, alors j'ai choisi au hasard. Mais peu importe, en fait, l'essentiel est d'avoir pu allumer, cette année encore, les neuf bougies, comme toutes les années auparavant et de savoir que vous aussi vous avez fait pareil. Au moins dans votre esprit. La fête des Lumières... Elle n'a jamais aussi bien mérité son nom que par ces temps de ténèbres.

Autour de moi, au salon, chez les commerçants, dans les files d'attente, les gens n'ont plus aucune retenue et se déchaînent. Chaque jour on découvre un nouveau commerce aryanisé, une banderole en travers de la vitrine.

Je sais que plein de gens sont prêts à nous aider, je sais tout ce que je dois à Philippe et ses parents, je sais que Jacqueline est une amie, que Félix m'aime, mais ils doivent se taire, se cacher et faire semblant tandis que les autres peuvent fièrement cracher leur fiel.

À cause de tout ça, des fois je me dis que vous ne reviendrez jamais. J'imagine même qu'on vous tuera, oui, vous et tous les autres, mais ça, c'est seulement quand je suis découragée par toutes ces bêtises qui se disent et je comprends rapidement que c'est idiot. On ne tue pas les gens comme ça, même pas les Juifs. Aucune loi ne dit qu'il faut nous tuer.

Bientôt, papa, tu retrouveras ta chère Hispano. Je pense à toi, chaque fois que je passe devant. Elle attire les regards. Un officier SS hier a demandé à l'admirer sans même prendre prétexte de faire réparer un vélo. Les modèles de ce genre d'automobile sont très rares et j'imagine qu'il serait facile pour un spécialiste de remonter jusqu'à toi, alors j'ai proposé à Bertrand, le père de Philippe, de s'en débarrasser. Mais il n'a rien voulu savoir et m'a juré qu'un jour tu la reconduirais.

Maintenant je n'ai plus du tout peur de Félix. Au contraire, je me sens rassurée en sa présence. Au fond, nous nous ressemblons et c'est cette ressemblance qui m'effrayait. Peut-être que Philippe a raison, peut-être que je l'aime. Quand j'imagine que nous pourrions être séparés, mon cœur se serre et je me sens désemparée. Il a honte de sa paupière inerte, il tente toujours de la dissimuler, mais je ne trouve pas ça laid. Bien des gars avec les deux yeux ouverts sont moins beaux que lui. Il y a, de toute façon, toute une partie du monde et de l'humanité qu'il vaut mieux ne pas regarder en ce moment.

Quelle drôle de vie j'ai, à présent. Je ne me sens plus du tout petite fille.

Petite maman, toi aussi tu as dû ressentir ce genre de trouble quand tu avais mon âge. Cette envie de pleurer qui monte dans la gorge et aussitôt après cette envie de crier de joie. Je sens des choses qui se détachent de moi sans savoir par quoi elles vont être remplacées. Si tu étais là, maman, je me confierais à toi, mais je n'oublierai rien et quand nous nous retrouverons, bientôt, je te raconterai tout.

À bientôt, petite maman, et petit papa.

31

L'hiver s'annonce encore plus impitoyable que le précédent. Même le rutabaga et le topinambour réservés aux bestiaux il y a encore deux ans se raréfient, manquent à présent sur les étalages, se font désirer, deviennent des marchandises précieuses qu'on couve du regard dans le panier du voisin, invitant à la convoitise.

La scierie est une corne d'abondance qui regorge de merveilles d'un autre temps. Félix me bourre les poches de brioches, de gâteaux, de sucre, de miel et de chocolat. Le monde d'avant est dans mes deux poches, mais l'interdiction de mon père fait loi. Ne rien accepter. Se méfier des Grecs et de leurs cadeaux. J'en ai les larmes aux yeux.

– J'ai des principes.

– Fais pas ton ballot, me dit-il, t'es tout maigrichon et vacillant. Tu claques du bec comme personne. Tu crois que c'est avec du sang de navet qu'on fend le bois ? Tu sais d'où ça vient, tout ça ? Des wagons bourrés de bidoche qui partent vers l'Allemagne. Direction Berlin, pour les grosses légumes. Et toi, tu choisis de crever de faim ? T'es vraiment qu'un manche à couilles ! On leur reprend juste ce qu'ils nous volent. Je suis aussi patriote que toi !

D'une certaine manière, ça se tient. Qui est en mesure de donner des leçons de patriotisme ? D'ailleurs, qu'est-ce que ça veut dire, être patriote ? Pétain est patriote. De Gaulle est patriote. Laval est patriote. Le gendarme qui débusque les Juifs au petit matin est patriote. Le mec qui a tiré sur un soldat allemand à la station Barbès est patriote. Alors merde aux Grecs.

– Prends ça pour Marguerite. Tu partageras avec elle. Elle est si maigre. L'autre jour je l'ai vue, au salon. Elle a sérieusement besoin de manger autre chose que des topinambours. Il faut qu'elle se remplume, alors prends.

– Bon, ça va, d'accord, ne te fâche pas. Donne, puisque tu insistes. Moi aussi je suis patriote, après tout.

Il reste rêveur pendant plusieurs secondes puis, soudain timide, il demande :

– Tu crois qu'elle... qu'elle pense à moi ? De temps en temps ?

Son visage empreint d'une douceur inquiète me serre la gorge.

– Je suis certain qu'elle t'apprécie beaucoup.

C'est ainsi que le soir j'arrive à la maison les poches gonflées. Ma mère, moins sourcilleuse que mon père, accepte une partie des victuailles qu'elle prétend tenir de ses clientes au salon.

– Ton père en a sacrément besoin. C'est pas avec des topinambours et leur jus de chaussette qu'il va se rétablir et retrouver des forces.

Le soir, Esther et moi nous installons dans l'Hispano pour partager une tablette de chocolat ou des fruits confits que nous dégustons en fermant les yeux. Félix a raison, elle est si maigre, si fragile. Si pâles, aussi, ses lèvres.

– Bon sang que c'est bon, je croyais que ça n'existait plus, dire qu'on en mangeait presque tous les jours, avant.

Et ce délice, il est si inattendu et si enivrant que nous ne pouvons pas nous empêcher d'éclater d'un rire qui, lui aussi, semble surgir d'un temps perdu.

– Il s'inquiète pour toi, Félix. Une vraie mère poule.

Elle tente de camoufler la rougeur qui envahit ses joues en détachant ses cheveux.

– Je n'ai plus peur de lui. Avant, je ne voyais pas encore ce qu'il y avait sous sa brutalité.

Elle soupire et reprend, soudain plus enjouée :

– Il m'a montré le portrait de sa maman. C'est une marque de confiance, non ? Maintenant, je crois qu'on est bien réconciliés, tous les deux.

Elle esquisse un sourire, baisse le regard.

– Peut-être que tu avais raison, quand tu m'as dit que... Tu te souviens...

Je fais oui de la tête.

– Mais c'est grave, d'aimer quelqu'un. Il faut être certain de ne pas se tromper...

Elle éclate de rire.

– Qu'est-ce qu'on est sérieux, tous les deux !

Ces mois de privations ont creusé ses joues, ses épaules forment des petites pointes, les tendons sous la peau de son cou sont tirés comme des câbles. Et ses yeux, ce sont souvent d'insondables gouffres amers.

– Pourquoi est-ce qu'on n'a pas de leurs nouvelles ? demande-t-elle. Pourquoi est-ce que personne ne nous dit rien ? Tu sais quelque chose ?

La question entre en moi comme un couteau. Quelques camarades venus visiter mon père lui ont appris qu'au camp de Drancy, ils sont près de 4 500 ; les coups s'abattent sur les têtes tondues dès l'arrivée, les humiliations et les brimades pleuvent continuellement. Les morts se comptent par dizaines. De sales rumeurs courent à présent sur l'organisation de convois vers l'Est de l'Europe. Mais pourquoi ? Comment ? Dans quel but ?

– Non, dis-je, je ne sais pas.

– Peut-être qu'ils sont partis pour Pitchi Poï ? dit Esther.

– C'est où ?

– Pitchi Poï, pour les Juifs, c'est le pays de « nulle part », un pays imaginaire. On ne sait pas où c'est. On dit qu'il ne pleut jamais à Pitchi Poï. Mon père disait toujours : « L'année prochaine, nous irons à Pitchi Poï », et il riait, riait ! Ma mère et moi on s'imaginait partir à Pitchi Poï à bord de l'Hispano.

– Tu verras, ils reviendront et vous vous retrouverez et vous serez heureux.

Je mens bien. Je me déteste d'aussi bien mentir.

– Vous remonterez dans l'Hispano et vous irez tous les quatre à Pitchi Poï.

Esther bâille.

– Je suis fatiguée, dit-elle, allons-nous coucher. Et demain je dois me lever tôt pour aller à la messe.

C'est vrai, cette fameuse messe à laquelle assiste Marguerite histoire de passer pour une bonne chrétienne. Si les bigotes pétainistes de Valberg savaient qu'à leurs côtés prie une jeune fille juive, elles s'en étrangleraient !

Ce soir-là, ma mère m'attend dans ma chambre, assise sur le lit. Son air grave m'inquiète aussitôt.

– Demain, chuchote-t-elle, tu accompagneras Esther à la messe. Quand elle sera terminée, le prêtre t'attendra dans le confessionnal.

– Moi ? Me confesser ? Mais je dis quoi ?

– Cherche pas. C'est surtout lui qui aura des choses à te dire.

Les voix venues du ciel ont parlé, j'en suis certain, le danger va m'appeler, demain je serai moi aussi un Indien.

*

Les mots prononcés par le prêtre dans l'intimité du confessionnal résonnent encore : « Pour ce soir… Un avion… Un container à récupérer… » J'ai la journée pour me préparer, m'équiper, trouver un compagnon. Je déplie le papier qu'il m'a communiqué à travers la grille du confessionnal. Un plan. Une croix. Des noms de lieux. Un avion symbolisé. « À détruire » souligné plusieurs fois.

J'arrive à la scierie les poumons brûlés par ma course, aussitôt j'entraîne Félix à l'écart, pour l'entreprendre frontalement, sans comédie. Mon père et moi avons déjà discuté de la question d'enrôler mon camarade. Je sais qu'il ne nous trahira pas. Et puis qui irait soupçonner le fils du premier collabo de la région de pactiser avec l'ennemi ? C'est le complice idéal. Ce n'est plus une couverture mais un immense édredon ! À peine besoin de parler, il comprend dès les premiers mots.

– Tu tombes bien, je commençais à m'ennuyer. Il se passe où, ton jeu ?

Un jeu avec le danger. Un plongeon dans le vide.

– Trente kilomètres à vélo. D'abord en direction de Besançon, ensuite on bifurque vers Morteau. Un avion anglais va parachuter du matériel dans une carrière abandonnée. Il y a une forêt où on pourra attendre le parachutage.

– Et on en fait quoi ? On met tout ça dans notre froc ?

– On planque les caisses dans les ruines d'un château fort, pas loin. Des mecs viendront les prendre plus tard. Ensuite on rentre fissa. Après 6 heures, c'est foutu.

– 60 kilomètres sans compter le reste ? T'as vu tes jambes, vieux ballot ?

– Elles ont quoi, mes guiboles ?

– Des allumettes.

– T'inquiète pas pour ça.

– Des patrouilles ?

– Les patrouilles sont concentrées le long de la ligne de démarcation. Là-bas c'est un vrai désert. On est les seuls à savoir, avec mes parents. Pas un mot. Ni à Esther ni à Jacqueline.

Pour faire bonne figure et évacuer la folie qui m'habite, je crache dans mes mains et me saisis du merlin.

Son manche dessine un demi-cercle et la lame frappe la bûche qui éclate instantanément, sans résistance. Muscles tendus, nous fendons du bois tout le reste de l'après-midi. Mes coups sont secs et précis. Mes mains couvertes d'ampoules laissent sur le manche du merlin des traînées pâles de sang. Nous nous écroulons, épuisés. Aucun mot. Je ne pense qu'à la nuit qui dans quelques heures sera là, un mélange d'angoisse et d'impatience me vrille les tripes. Plus bas, la scierie tourne à fond. Le chant cadencé des machines couvre les voix. Des soldats en bras de chemise et des légionnaires prêtent main-forte aux ouvriers embauchés à la semaine en fonction de l'activité. Sous le jour qui décline arrive le moment de nous séparer.

– Rendez-vous au lavoir, à 22 heures. N'oublie pas.

– Pacte de sang, vieux ballot.

Juste avant de quitter la scierie, je croise Günther qui revient de la Kommandantur. Son visage s'éclaire. Une caricature de l'idéal nazi : joues émaciées, teint clair, yeux d'un bleu vif, lèvres fines, mâchoire saillante. Pourtant, une nuance d'innocence presque enfantine adoucit ses traits. Aussitôt, il m'aborde joyeusement.

– Venez avec moi, dit-il. J'ai de merveilleuses œuvres à vous montrer. Des peintures fabuleuses.

J'hésite à continuer sans lui adresser la parole. Mais la curiosité est la plus forte.

– Des tableaux ? Mais où ?

– C'est un secret. Il faudra le garder. Je vous fais confiance. Un artiste ne trahit pas un autre artiste.

– Une autre fois, ce soir, je ne peux pas. Je dois rentrer chez moi.

– Comme c'est dommage ! chuchote-t-il. Bientôt ces œuvres ne seront plus là. Il y a un tableau de Bonnard, un peintre injustement méconnu qui deviendra un maître après la guerre.

Vous êtes certain que… Toutes ces couleurs ! Un artiste comme vous sera ébloui !

Son sourire tente de me faire changer d'avis, de me séduire presque. Il me faut mobiliser ma volonté pour ne pas céder à son invitation et m'arracher au magnétisme qu'il dégage. Je monte sur ma bicyclette et, sans lever les yeux, je crie :

– Un autre jour ! Promis.

Je sens son regard qui me suit.

32

L'avion est invisible mais on sait qu'il est là. Juste au-dessus de nous, à la verticale. Il faut tendre l'oreille pour percevoir le ronronnement intermittent de son moteur. À peine une vibration. Qui naît, meurt et ressuscite sans arrêt. On l'imagine traçant toujours le même cercle obstiné derrière les nuages.

– Pile à l'heure.

– Je commençais à me les geler, murmure Félix.

Il se frotte les mains, tente de les réchauffer en soufflant dessus. Son haleine donne naissance à des nuages blancs qui s'évaporent aussitôt. Les ruines du château perché sur une colline habillent la nuit de leurs murs en dentelle. Le silence revient.

– Vieux ballot... S'il arrivait quelque chose...

– Quoi ?

– Je sais pas, qu'on se fasse serrer.

– Ça n'arrivera pas. On cavale plus vite que ces cons. Et puis tout est organisé, vérifié depuis Londres. Il faut juste qu'on ferme notre gueule.

– T'as bien lu les affiches. Et le journal. Ils ont descendu un gars la semaine dernière. Un gars de 17 ans. Douze balles dans la peau.

– T'as les foies ?

– Un peu.

– Il y a ton père. Il connaît du monde. Il te sortira de là.

– Pas sûr. Si on est pris, de toute façon, je saurai quoi faire, crois-moi.

– Arrête, tu me fous les jetons avec tes humeurs. Fais comme d'habitude : ne pense à rien.

Il fouille dans sa poche, en sort un objet protégé par du papier journal.

– Si je rentre pas… Tu prendras ça dans ma poche.

Je reconnais le médaillon du cimetière, derrière sa capsule vitrée.

– Tu le donneras à Jacqueline. Tu lui expliqueras.

– Tu ne lui as rien dit ?

– Pas la peine de remuer la vieille merde, je l'affranchirai plus tard.

– Tu as certainement bien fait.

Une tache blanche naît dans le ciel, puis une autre, deux grosses fleurs rebondies, soudain épanouies, qui dérivent tranquillement au gré de la brise tandis que le ronronnement de l'avion meurt progressivement en s'éloignant.

– Allez viens, dis-je, elles vont tomber plus loin.

Nous courons dans la nuit pour parvenir au point d'impact des deux caisses. Elles font un bruit sourd en cognant le sol gelé. Nous entamons alors un long combat avec la toile des deux parachutes rendus indociles par le vent rasant.

Les caisses sont lourdes, même Félix vacille et s'écroule sous le poids de celle qu'il veut porter seul.

– Il y a quoi dedans ?

– Des armes et des équipements pour l'hiver. On va faire deux trajets.

Il nous faut dix minutes pour atteindre les ruines du château fort. Le sol est couvert de ronces et de pierres entre lesquelles nos pieds se tordent. Je consulte le plan sommaire confié par le curé, ce matin. Une croix indique la zone où abandonner les caisses. Je mémorise le tout et déchire le message en deux parties.

– Tiens, Félix, bouffe ta partie. Il faut trouver le donjon.

Nous y parvenons sans trop de mal et dissimulons les caisses derrière un amas de pierres. C'est simple. Un jeu. La vie est un jeu. La guerre est un jeu. La nuit est un échiquier sur lequel nous nous déplaçons comme des pions. Rien ne paraît réel.

– Maintenant, la toile des parachutes, il faut l'enterrer quelque part.

La pelle que nous avons emportée entame à peine la terre gelée et nous devons nous relayer.

Nos mains sont meurtries, nos muscles, douloureux. Soudain Félix se pétrifie.

– Écoute.

Nous restons aux aguets. Les minutes s'étirent.

– T'as pas entendu ?

Je fais non de la tête.

– Un craquement. Il y a quelqu'un. Quelqu'un marche.

Il plonge la main dans la besace qu'il porte en bandoulière. Je mets quelques secondes à reconnaître l'objet compact qu'il tient devant lui. Je me souviens : « Si on est pris, je saurai quoi faire. » Je frissonne.

– T'as emporté un flingue ? T'es fou ?

– Chut. Reste là.

Il disparaît. Ma gorge se serre. Günther m'a fait suivre, ma réaction de tout à l'heure l'aura rendu méfiant, j'en suis certain. C'est un loup, ce mec, son odorat et son instinct ne le trompent pas. Le silence s'éternise. Je n'ose pas appeler. Impossible de fuir, je suis coincé dans ce fichu donjon. Alors j'avance lentement.

– Te voilà, vieux ballot !

Félix est assis sur un muret à moitié écroulé. Il a posé son revolver à côté de lui.

– Je te présente mon nouveau copain.

Il caresse un lapin qu'il maintient sur ses cuisses. La bête apeurée respire convulsivement en faisant pivoter ses oreilles, frétiller son nez et ses moustaches.

– Tu pouvais pas me prévenir ? Tu m'as foutu une de ces trouilles !

– Je croyais qu'il fallait rester discret.

Je hausse les épaules.

– Regarde, il est blessé. Patte cassée. Il faudrait lui faire une attelle. Va me chercher un bout de toile de parachute et un des filins. Pendant ce temps, je vais dégoter une planche.

Quelques minutes plus tard, nous regardons la petite boule de poils avancer dans l'herbe en traînant sa patte comme un poids mort. Autour de nous, les ténèbres sont insondables et la nuit semble ne jamais devoir se terminer. La nature est dure et hostile. Je me sens terriblement vide, relié à rien. J'ai juste l'impression d'être un point perdu sur Terre, une poussière. Félix soupire, glisse son arme dans sa ceinture. Je me lève.

– On rentre déjà, alors ? demande-t-il.

– Qu'est-ce que tu veux qu'on fasse d'autre ?

– C'est fini, déjà ?

Je lui décoche un coup de poing sur l'épaule qui le fait vaciller.

– Mais non, patate, tout commence, au contraire. Le dernier arrivé aux vélos est un peigne-cul.

Nous rions en courant dans la nuit.

– Tout commence ! hurle Félix en donnant le premier coup de pédale. TOUT COMMENCE !

*

Tu as raison, mon cher Félix, mon innocent ami à l'œil couvert mais au cœur pur, mon complice de jour comme de nuit, ce jour-là tout a commencé.

Le jour, le mensonge devient notre seconde nature, le masque, notre seule élégance. Nos visages sont familiers dans les files d'attente où nous aboyons avec les autres chiens, crachons notre venin avec les autres serpents, découvrons des dents aussi longues et acérées que les autres loups.

À la scierie, nous acceptons gentiment les taquineries des légionnaires, nous lisons *La Gerbe* ou *Le Pilori* avec eux, nous chantons *Maréchal nous voilà !*, nous rions aux blagues antijuives et insultons de Gaulle.

L'imagination débordante du hasard nous fabrique des peurs sur mesure et d'improbables souvenirs, comme cette nuit où nous avons juste le temps de nous coucher dans l'herbe sur le bas-côté, devant une forme sombre qui nous barre le chemin. C'est gros, massif, silencieux.

– C'est quoi ? chuchote Félix.

– Je sais pas.

– On va rater le rendez-vous si on traîne trop.

Un char ? Les chars qui meuglent sont globalement assez rares.

– Une vache ! s'écrie Félix. Viens, vieux ballot, on va se régaler !

Son pis est énorme, rouge, gonflé à bloc, prêt à éclater, elle ne demande qu'à être soulagée, la belle ; et comme on a bon cœur, on s'y attelle avec ardeur. Un transfert de son lait chaud de son pis douloureux à nos gosiers assoiffés ne sera pas de refus.

– À toi l'honneur, dit Félix, les mamelles, tu aimes, je crois...

– C'est élégant, ça, frais, léger.

N'empêche que je me marre quand même.

Notre nouvelle amie ne veut pas nous quitter, elle nous colle aux pneus, la voilà qui se met à trottiner à nos côtés, puis à galoper, question discrétion c'est pas terrible, elle fait un barouf du tonnerre, impossible de la semer, nous la traînons ainsi jusqu'au lieu de rendez-vous. Elle guette avec nous l'arrivée de l'avion, broute l'herbe gelée, scrute le ciel, les étoiles se reflètent dans ses gros yeux innocents, on est bien, là, tous les trois.

– On va passer pour qui ?

Félix ne répond pas. Je cherche à droite, à gauche, je n'ose pas allumer ma torche de peur que le pilote de l'avion n'interprète mon geste comme un signal de danger. Dans les ténèbres je ne vois personne, jamais la nuit n'a été aussi sombre. Je suis seul avec la vache. Mon pote a disparu.

Je murmure :

– T'es où ?

Le silence. Rien. Ah si, j'entends quand même un gémissement lointain. Je m'inquiète, brusquement.

– T'as des problèmes, mon vieux ?

Sa voix est faible, on dirait une cloche fêlée, mon cœur s'emballe, je tâtonne, je panique, j'imagine le pire, un piège, une embuscade, je nage dans le tragique antique.

– Qu'est-ce qui t'arrive ?

– Il m'arrive que j'ai bu trop de lait et que j'ai la chiasse.

33

Quelques jours plus tard, à la scierie, des flocons virevoltent dans la nuit qui tombe. Alors que nous nous apprêtons à nous quitter, après une après-midi à construire un petit abri en bois, Félix me donne un coup de coude.

Un sourire ironique éclaire son visage.

– Voilà ton copain. On peut dire qu'il t'aime, celui-là. S'il te demande en mariage, pense à moi comme témoin. Je file à mes petites affaires.

– Toujours patriote, à ce que je vois.

Günther finit immanquablement par se trouver sur notre chemin. Ou plutôt sur le mien. Il donne l'impression d'attendre désespérément ce moment propice pour engager la conversation.

J'ai du mal à l'admettre, mais moi aussi je l'apprécie. Presque chaque jour, il passe plusieurs minutes à observer mes dessins. Mieux que ça : à les étudier. Je suis sensible à ses compliments, sans complaisance, toujours mesurés, au temps qu'il consacre à mes maladroites tentatives, à la patience qu'il déploie pour m'expliquer tel geste. Ses critiques visent juste, elles ne sont jamais décourageantes ni humiliantes mais donnent naissance à toutes sortes d'idées nouvelles. Il me parle de ses élèves à Berlin, dont beaucoup sont paraît-il moins doués que moi. Je l'imagine dans son rôle de professeur, par temps de paix, et je me dis que j'aimerais travailler sous sa direction.

– Regardez cette bûche. Ce bois est blanc et doux comme la peau d'un enfant. Il faut l'observer, la scruter jusqu'à ce qu'elle devienne intéressante, jusqu'à ce qu'elle cesse d'être une bûche. Qu'elle devienne le monde. À vous d'essayer.

Derrière le peintre et le professeur, il y a l'officier galonné qui surveille, ordonne, salue la main bien droite devant lui en aboyant *Heil Hitler!* Mais pendant les quelques minutes où il me conseille, je l'oublie, ce soldat nazi, je ne veux pas le voir, j'oublie que c'est un ennemi, un envahisseur, que c'est à cause de gens comme lui qu'Esther pleure tous les soirs et qu'une balle a éclaté le ventre de mon père.

Jamais je n'ai vu des doigts faire naître des formes sur le papier avec une telle magie. J'aime sa façon de ne pas surveiller son langage technique, de ne pas prendre de gants, comme s'il avait devant lui un disciple de son école berlinoise capable de tout comprendre.

Il m'apprend l'audace, la transgression, la liberté. J'ai enfin l'impression d'être pris au sérieux.

– Vous voulez trop que ça ressemble. Ne soyez pas si fidèle à la réalité, ni aussi servile face au modèle. Ne cherchez pas à les copier ou ils se vengeront.

Or je n'ai cherché que ça, depuis le début : copier. Je n'ai dessiné que pour entendre « Comme c'est ressemblant ! » ou « On reconnaît bien ». Il me montre qu'on peut tout décider, qu'on est le maître devant sa toile.

– C'est la réalité qui doit se plier à vous et non l'inverse. C'est vous qui tenez la barre. Choisissez votre cap. Peignez avec votre âme ou ne peignez pas. Voulez-vous que je vous montre des artistes qui ont peint avec leur âme ? L'autre jour vous n'aviez pas le temps, mais aujourd'hui ? Des choses merveilleuses. Que vous n'aurez peut-être jamais l'occasion de voir ailleurs.

Il s'approche plus près et murmure dans un soupir :

– Des choses secrètes. Des choses brûlantes.

Je suis ivre de curiosité, prêt à céder. Mais la nuit tombe, il fait froid et mes parents m'attendent. Son regard balayé par les flocons ne me laisse aucune seconde de répit. J'y lis une passion ardente, mais aussi comme une subtile tristesse.

– Ma voiture est là, reprend-il, en quelques minutes nous y sommes.

J'hésite encore, j'ai peur qu'on me voie avec lui. Monter dans cette automobile à ses côtés c'est franchir une frontière, m'aventurer en territoire inconnu. Mais en même temps, quel tour de maître dans la dissimulation ! Mon embarras semble le peiner. Il se balance d'un pied sur l'autre. Sa déception, une déception d'enfant rejeté, caresse mon orgueil.

– Que risquez-vous, enfin ? Nous mettrons votre vélo à l'arrière. Et personne n'en saura rien. Ce sera un secret. Notre secret. Croyez-moi, tous les risques sont pour moi. Si on savait ce que je vous propose, on m'enverrait sur le front russe.

La tentation est diabolique. Je me laisse entraîner vers la traction. Il fait nuit, à cause de la neige personne ne traîne dans les rues. Dans la voiture le silence est de plomb, je ne trouve plus rien à dire et Günther non plus. L'odeur de cuir est prenante. J'ai la brutale impression d'être tombé dans un piège. Les essuie-glaces chassent aussitôt les flocons tombés sur le pare-brise. Nous prenons la direction de la gare. Pourquoi la gare ? Mon cœur frappe à grands coups contre mes côtes. Je dois me concentrer pour ne pas laisser la panique m'envahir. La tentation me prend d'attendre le moment où il sera obligé de ralentir pour ouvrir la portière et me jeter dehors, mais comme s'il avait deviné mon angoisse, il rompt le silence :

– Encore deux minutes et nous y serons.

Nous circulons entre des batteries antiaériennes disposées autour de la gare depuis le bombardement de l'année dernière. Le secteur est bouclé comme un coffre-fort, des barricades de barbelés et de sacs de sable obligent les véhicules à ralentir, mais il suffit à Günther de baisser sa vitre devant chaque poste de contrôle pour que les soldats, le reconnaissant, libèrent le passage en se dressant au garde-à-vous. Leurs bottes claquent l'une contre l'autre dans la nuit. Enfin la voiture s'immobilise devant un bâtiment ferroviaire en brique nue. Les phares s'éteignent. Les flocons tombent de plus en plus fort. Aucun garde.

– Vous ne direz rien à personne, je peux vous faire confiance, n'est-ce pas ? Parole d'artiste ?

Il ôte son gant et me tend sa main. Je la serre.

– Parole d'artiste.

Il sourit et déclare d'une voix un peu malheureuse :

– Vous êtes un bon petit gars.

Mon cœur se gonfle. Maintenant, la joie de la découverte promise me submerge, à peine ternie par l'inquiétude de mes parents qui m'attendent dans l'angoisse.

– Les artistes ne font pas de politique, dit-il. Seule la beauté les intéresse.

J'essaie de sourire. Il me tourne le dos, s'affaire devant la lourde porte fermée par des chaînes.

Le bâtiment sert d'entrepôt. Aucune fenêtre. Un froid polaire y règne. Deux grosses ampoules nues assurent un éclairage tout juste suffisant pour se diriger entre des dizaines de caisses toutes fermement cadenassées. La torche puissante de mon guide permet de lire sur certaines caisses les lettres *H* ou *G*.

– *H* comme Hitler, dit Günther, et *G* comme Goering. Le Führer et son ministre sont eux aussi des amateurs d'art. Le musée du Führer à Linz sera dans quelques années le plus beau du monde. Peut-être même le seul.

Un lourd trousseau de clés apparaît dans sa main et bientôt j'entends le murmure métallique des premiers cadenas qui s'ouvrent.

– Vous connaissez Velázquez ? Et le Caravage ? Venez voir ici. N'ayez pas peur, venez.

Je m'approche. Sa torche frappe les toiles calées contre les caisses.

Une autre s'ouvre bientôt.

– Par ici, regardez, remplissez vos yeux. Cézanne. *La Montagne Sainte-Victoire*. Cézanne, un des plus grands.

C'est éblouissant. Une orgie de couleurs, un déferlement de formes, une avalanche de sujets. Gouaches, aquarelles, encres au plomb, fusains, pastels, calames. Dans la même caisse il y a des christs, des anges, des femmes presque intégralement nues, des bouchers. Günther vole de caisse en caisse, en arrache les chaînes dans une espèce de folie enfantine, libère les tableaux les uns après les autres comme on libérerait des oiseaux d'une cage. Puis, lui-même émerveillé, il guette mes réactions.

– Van Gogh ! s'écrie-t-il, formidable. Un génie ! Et ici, Poussin. Mon Dieu, Poussin !

Il réprime un sanglot.

Vermeer, Rembrandt, Goya, Léonard de Vinci... La plupart de ces noms me sont totalement inconnus. Mais ce sont mes frères. Nos frères.

– Voyez-vous, mon ami, je peux vous appeler mon ami ?

Je me contente de faire oui de la tête. Je voudrais quitter cet endroit mais, subjugué, j'en suis incapable.

– Quoi qu'on puisse en dire, les Juifs ont trois qualités. Un, ils ont de l'argent, deux, leur goût en matière artistique est excellent, et trois, ce sont de merveilleux collectionneurs. Tableaux, sculptures, rien ne leur échappe.

La vérité m'apparaît dans toute sa cruelle vérité : ces tableaux viennent de collections juives volées par les Allemands. La menace, la mort et la haine les ont conduites ici. La lumière de la torche gicle dans mes yeux. Son regard fouille le mien.

– J'oubliais les automobiles de luxe. Certains Juifs en possèdent de magnifiques.

À ces mots, « automobiles de luxe », mes membres se crispent. J'ai l'impression que sa voix a changé. Que son regard est encore plus affûté. Je songe à l'officier venu pour admirer l'Hispano il y a quelques semaines. Cette voiture, c'est un trait d'union entre nous et la famille d'Esther.

– Certains fils d'Israël ont une autre qualité, reprend-il. Venez voir.

Sa torche arrache à l'obscurité deux petits tableaux aux couleurs chatoyantes et aux formes torturées.

– Soutine ! Chagall… N'est-ce pas merveilleux ? N'est-ce pas un miracle ? Des Juifs d'exception.

Impossible de me maîtriser. Mon tressaillement est perceptible. L'éclat de sa lampe torche dirigée vers mon visage m'éblouit à nouveau, je protège mes yeux de mon avant-bras.

– Soutine et Chagall sont juifs, reprend-il, évidemment, mais leur peinture, elle, ne l'est pas. Elle est universelle et parfaitement compatible avec les valeurs du Reich. C'est juste une question de point de vue. Seules leurs œuvres comptent, nous leur offrons l'éternité. Dans quelques années, tout le monde aura oublié que leurs auteurs étaient juifs. Du reste, avoir été juif ne signifiera plus rien pour personne, après la guerre. Cela n'aura tout simplement pas existé.

Une envie de vomir monte dans ma gorge. Je dois me concentrer pour oser murmurer :

– Je croyais que… que vous ne faisiez pas de politique. Que tout cela ne vous concernait pas. Que seul l'art comptait pour vous.

– Je me suis peut-être mal exprimé. Plus tard, vous comprendrez que la guerre telle qu'elle est menée par le Führer est également une forme d'art. Un art douloureux mais nécessaire car purificateur. Notre Führer est devant l'Europe nouvelle comme Rembrandt devant sa toile. Il dessine le monde de demain avec la même audace.

Je le regarde replacer tranquillement les tableaux et boucler les chaînes. Ses paroles et ses gestes ont l'assurance tranquille des croyants. Sa torche est posée sur une caisse, le haut de son corps est plongé dans le noir, sa nuque ployée en avant. Je n'arrive pas à détacher mon regard de l'arme compacte logée dans l'étui à sa ceinture. M'en emparer serait si simple. Sa nuque éclaterait comme une noix.

Tout ce que j'avais confusément espéré sans m'en rendre compte tombe en cendres. Ce que j'avais refusé de voir est là, devant moi. Je me suis trompé. Un soldat nazi. Rien d'autre. Un criminel. Semblable à ceux qui ont arrêté les parents d'Esther, à ceux qui cognent, qui broient, qui pillent. Des larmes glacées me montent aux yeux.

Il se retourne vers moi.

– Bientôt les incidents actuels ne seront plus qu'une petite tache sur l'Histoire au regard de l'idéal que nous aurons à construire ensemble. La notion même de nationalité deviendra incompréhensible. Et alors il y aura de la place pour des jeunes gens talentueux comme vous à Berlin. Vous y serez accueilli à bras ouverts. J'y veillerai personnellement.

Sa voix répand l'assurance tranquille, presque douce, de ceux qui sont certains de détenir la vérité, et encore davantage de leur victoire.

Le dernier verrou est cadenassé.

Dehors il neige, de gros flocons se déposent sur ses épaulettes. Il me tend la main, impossible de me dérober, je la serre, je me dégoûte. Son sourire est chaleureux, son regard plein d'une étrange bonté.

– Pas un mot de cette visite. Le projet Rosenberg est ultrasecret. Souvenez-vous : la moindre indiscrétion et on m'envoie immédiatement sur le front russe.

Il sourit et ajoute :

– Et vous perdriez dans l'opération un ami et un admirateur.

34

Savoir ce que sont devenus les gens raflés sous nos yeux, en août, à Paris, devient bientôt une obsession contagieuse. Plus de six mois sans aucune information. Cette question je la lis tous les jours dans les yeux d'Esther. Le reste ne compte pas.

– Ils devraient être revenus, dit-elle. Je veux savoir où ils sont. Même s'ils sont morts je veux le savoir. Je devrais peut-être retourner à Paris, tu ne crois pas ?

– C'est trop dangereux, tu as bien entendu la radio hier.

De nouvelles mesures contre les Juifs pleuvent en effet chaque semaine, témoignant d'une imagination stupéfiante. La plupart des professions leur sont maintenant interdites, leurs associations, dissoutes. Il leur est impossible d'acquérir un commerce ou une propriété. Quant aux Juifs étrangers ou apatrides, ils sont tout simplement pourchassés comme les sangliers en automne. La chasse est ouverte ! La délation est élevée au rang des beaux-arts : Dénoncez votre voisin et vous gagnerez un abonnement au *Pilori* ou un dîner en tête-à-tête avec Doriot.

Un détail, un bruit, une chanson la font éclater en sanglots, elle court dans sa chambre, ma mère la suit. Ses nuits sont déchirées de cauchemars, ses hurlements nous réveillent, nous l'entendons pleurer longtemps ; ma mère s'endort avec elle. Chaque matin ravive et déçoit l'espoir d'une lettre. Son regard est amer, sa voix, brisée.

Un dimanche, Félix arrive avec une luge. Ses yeux brillent de fierté et de confusion mêlées.

– Alors, tu la trouves comment ?

C'est un superbe engin, dont les pièces minutieusement chevillées ensemble sont taillées dans le meilleur bois de frêne patiemment poli. Il l'a fabriquée le soir, à temps perdu.

– Et regarde, reprend-il, elle a même un nom.

Gravé dans le bois, on peut en effet lire sur le flanc : *Margerit.*

Sa pupille gauche est à peine visible mais son autre œil brille pour deux.

Son sourire traverse le temps comme le rire de « Margerit » lorsqu'elle découvre le cadeau de Félix, cette luge à son nom, et à cette seconde je me dis que mon ami est un magicien.

– On va l'essayer ? propose-t-il. Il a encore neigé cette nuit.

Jacqueline nous rejoint bientôt, emmitouflée des pieds à la tête. Nous prenons la direction de la Petite Suisse, cette zone de collines désertes à l'est de la ville, qui annonce les monts du Jura. Nous nous enfonçons dans la neige jusqu'aux genoux et, si je ferme les yeux, je peux vivre et revivre ces instants, jusqu'à sentir le froid courir sur ma peau.

Au sommet de la colline, Félix, qui tire la luge, se retourne bientôt vers Esther, tend sa main vers elle, non plus cette fleur fragile et implorante de l'été dernier mais une solide liane noueuse à laquelle viennent s'agripper les doigts fragiles de son amie. Pendant quelques secondes, ils restent ainsi tous deux liés par la main avant d'éclater de rire et de s'installer sur le petit traîneau.

– Accroche-toi bien ! crie Félix.

Cette luge, Jacqueline et moi la regardons dévaler la pente à toute vitesse, elle met des années et des années à s'immobiliser au bas de la colline.

Ses cheveux blonds dépassent de son bonnet, ses dents sont aussi blanches que la neige partout autour et, à cette seconde précise, j'ai très envie de croire à un avenir aussi radieux et étincelant, à nos vies qui doivent être extraordinaires et indomptées. La main de Jacqueline se glisse dans la mienne, la serre très fort, nos cœurs gercés se rapprochent.

– Toi aussi tu m'aimes, pas vrai ? On ne se quittera jamais ?

– Jamais.

Je sens son souffle dans mon cou et les mots doux qu'elle y chuchote me font frissonner, tandis que les rires emmêlés et chahuteurs d'Esther et Félix montent dans notre direction.

Des heures durant nous jouons ainsi sous la pupille du soleil voilée par la brume, la neige nous redonne notre âge oublié. La réalité s'envole, et avec elle la guerre, ses ogres, ses pièges et ses loups. Fatigués de gravir sans cesse la pente, nous délaissons bientôt la luge pour une bataille de boules de neige et, poursuivi par Jacqueline et Esther, je trouve refuge dans un bosquet planté peu après le sommet, sur l'autre flanc de la colline. J'en profite pour reprendre mon souffle. Je suis heureux. Que de belles heures nous avons passées !

De mon refuge, j'ai une vue plongeante sur la plaine rase qui s'étend à l'infini. Me repérant au ruban gelé de la rivière, j'essaie de localiser la cicatrice de la ligne de démarcation, mais en vain. Mon attention est en revanche attirée par un ronflement de moteur et je ne tarde pas à remarquer un convoi de véhicules qui circulent lentement sur la route enneigée, au pied de la colline. Deux blindés légers encadrent un camion dans lequel se tiennent une dizaine d'hommes assis sous la bonne garde de deux Feldgendarmes en uniforme, mitraillette sur le ventre. La neige ne suffit pas à expliquer la lenteur du convoi qui s'arrête. Les hommes en uniforme se concertent puis le convoi reprend son cheminement, cette fois-ci plus rapidement, vers le nord en direction d'une petite forêt. Il me semble avoir reconnu Günther dans le véhicule de tête.

Un goût acide brûle ma gorge. Je laisse mon écharpe sur la branche nue d'un chêne et je sors de mon refuge.

– Le voilà ! s'écrie Jacqueline, une boule dans la main, bras déjà armé.

Pendant quelques minutes je me prête encore au jeu, mais désormais la chaîne de la réalité me tient en laisse.

– Il faut rentrer, dis-je. Il va bientôt faire nuit.

– C'est vrai, dit Félix, il commence à faire froid.

– On est trempés des pieds à la tête, reconnaît Jacqueline.

– On reviendra, hein ? demande Esther. Oh Félix, dis-moi qu'on reviendra ! À Paris nous avions si peu de neige.

– Bien sûr qu'on reviendra !

Il essuie la neige sur la luge et déclare, très gentleman :

– Monte sur ton carrosse.

Ainsi prenons-nous le chemin du retour. J'attends un peu avant de m'exclamer :

– Quel idiot ! J'ai laissé mon écharpe là-haut. Il faut que j'y retourne ! Continuez sans moi.

Ma voix sonne atrocement faux.

– Je viens avec toi, s'exclame Félix. Sans moi tu te perdrais !

Pendant notre trajet en direction du sommet, je raconte à mon compagnon l'étrange progression du camion que j'ai aperçu.

– Allons voir, dit-il.

Nous dévalons le flanc opposé de la colline. Il suffit ensuite de suivre les traces laissées par le camion dans la neige jusqu'au bois de sapins, situé à moins d'un kilomètre, où ils se sont arrêtés le long d'un chemin.

Il fait presque nuit à présent.

Tapis dans la neige, protégés par un talus, nous observons les allées et venues des soldats. Je ne me suis pas trompé, c'est bien Günther qui dirige et ordonne.

– Ça pue, murmure Félix.

Il a raison, ça pue la merde, même. La merde et la vengeance.

– Un mec a tiré sur un soldat à Dijon, tu te souviens ?

Ce qui va se passer alors sera totalement irréel. Les images entreront dans nos yeux et ne les quitteront jamais. Les hommes arrêtés se tiendront debout sur la plateforme du camion, mains dans le dos. D'où nous sommes je n'entendrai pas la voix de Günther, mais je reconnaîtrai sa démarche, sa façon de se tenir très droit. Il donnera un ordre en se tournant vers un des soldats, et une corde apparaîtra dans les mains de ce dernier.

– Tu crois qu'ils vont...

La voix de Félix est blanche. Oui, ils vont, c'est évident. Évident aussi pourquoi ils ont choisi ce chemin bordé d'arbres. Évident que nous ne pouvons rien faire.

Le soldat lance la corde qui passe de l'autre côté d'une grosse branche : à l'autre bout le nœud coulant est passé autour du cou du premier prisonnier qui se débat à peine. Günther esquisse un geste en direction du chauffeur, il dit quelque chose, mais là encore nous n'entendons rien, juste le bruit du moteur, et ne voyons rien d'autre qu'un nuage de fumée noire qui se détache sur la blancheur de la neige. Le véhicule avance de quelques mètres, laissant derrière lui, gigotant dans le vide comme un asticot, le corps du premier gars.

L'opération se répétera autant de fois qu'il y a de prisonniers, il y a juste le bon nombre d'arbres, on dirait qu'ils ont été plantés exprès. Ils mourront tous en silence, sauf les deux derniers qui crieront une ultime fois « Vive la France, vive de Gaulle ! ».

Parfois le soldat devra s'y prendre à plusieurs reprises pour parvenir à faire passer la corde rétive de l'autre côté de la branche, ses gestes seront moins précis et, au quatrième homme, il échouera tout à fait. Peut-être que c'est la vision des trois premiers corps inertes dans le vide qui aura raison de son dévouement, de sa volonté, de sa résistance. Alors Günther, agacé, procédera lui-même à la manœuvre, finira la besogne, il montrera au jeune soldat comment s'y prendre souplement : la corde sera dans ses doigts aussi docile que le pinceau, une vraie démonstration, et tout en vomissant tripes et boyaux dans la neige je souhaiterai sa mort tandis que Félix répétera en boucle comme un moulin détraqué :

– Les salauds, les salauds, les salauds, les salauds.

Nous rentrons en titubant, muets, trébuchant dans la neige, nos mains sont douloureuses, nos gorges sont serrées, acides, il fait nuit à présent, nous ne reconnaissons plus rien, la colline où nous avons joué a disparu, je m'écorche le genou sur une pierre pointue, je pisse le sang mais ça me fait rire, je ne peux plus m'arrêter, Félix me le bande avec un bout de sa chemise : la neige tout autour est rouge. Nous finissons par retrouver les traces laissées par la luge et je me dis que les traces de l'amour sont les seules que nous devons suivre, lui seul peut nous racheter et nous élever au-dessus de nous-mêmes et de la réalité.

*

1er février 1942

Petite maman, petit papa,

Comme vous auriez aimé cette neige si pure qui rend les paysages d'ici si doux, si gentils. Rien ne blesse le regard, rien n'accroche, tout est apaisé, rond et rassurant. Je peux la regarder tomber pendant des heures et des heures. Elle réduit tout au silence, jusqu'aux bruits des camions allemands et des bottes qui martèlent le sol, elle étouffe les souvenirs. Que c'était bon de tout oublier, cette après-midi de neige.

Comme c'était bon, après toutes ces épreuves, de se sentir redevenir une enfant insouciante. Après tout c'est ce que je suis encore, une enfant. Votre enfant qui vous attend. Et pourtant j'ai tellement changé en quelques mois !

Au moment de partir, Philippe s'est rendu compte qu'il avait laissé son écharpe au sommet de la colline. Il faisait presque nuit et Félix l'a accompagné pour la récupérer, si bien que j'ai fait le chemin du retour seule avec Jacqueline. Je me sens bien avec elle, peut-être parce que nous sommes très différentes l'une de l'autre. Elle, elle est à l'aise partout, avec tout le monde, même avec les Allemands ou les légionnaires au salon, elle se laisse aller, parle sans hésiter et donne toujours l'impression d'être naturelle. Rien ne la détourne de son chemin. Moi c'est l'inverse, je suis timide, je me surveille, je me demande toujours si j'ai la bonne attitude, si je ne suis pas trop exubérante, je réfléchis tellement à ce que je vais dire que des fois j'en bafouille. Elle m'a un peu taquinée avec Félix et son cadeau, cette merveilleuse luge. Elle n'arrêtait pas de répéter :

– Tu l'aimes, pas vrai ? Ça se voit que tu l'aimes ! Je sais bien que c'est la vérité ! La preuve c'est que tu rougis !

Mais soudain son visage est devenu grave et triste, ce qui est rare, et elle a dit :

– Il a changé depuis qu'il te connaît. Tu le rends heureux. Il t'attendait depuis longtemps.

Je n'ai pas répondu, mon cœur battait à tout rompre. J'avais très envie de dire que moi aussi il me rend heureuse, mais aucun mot ne sortait de ma gorge.

– Je suis contente qu'il t'ait comme amie. Il ferait n'importe quoi pour te protéger.

Je me suis soudain raidie, débordée par le besoin de dire que je n'ai pas besoin d'être protégée, que moi aussi je me sens forte parfois, que je suis prête à affronter des montagnes, que moi aussi je peux protéger les autres.

Peu après mon arrivée, Philippe nous a rejoints mais il était très mal en point. Il a vomi à plusieurs reprises, ses mains tremblaient et il pouvait à peine parler, il a pourtant refusé qu'on fasse venir le médecin. Sa pâleur était effrayante, ses yeux creusés comme quand on a violemment pleuré… Lui qui avait été si joueur, de si bonne humeur jusque-là. Que s'était-il passé ?

Avant j'aimais être seule. Maintenant je redoute les heures de solitude du soir. Toujours les mêmes questions qui m'assaillent : Si vous étiez sortis du camp de Drancy vous m'auriez fait signe, évidemment. Donc vous y êtes encore. Pourquoi vous y garde-t-on si longtemps ? Pourquoi est-ce qu'on vous interdit de m'écrire ? Les nouvelles mesures et les articles qu'on lit partout dans les journaux ne laissent plus aucun doute sur la haine qu'on nous porte, à nous autres Juifs, nos droits se réduisent comme peau de chagrin. Vous allez voir que bientôt on nous forcera à porter un insigne qui signalera qu'on est juif... J'ai trop d'imagination, je sais bien.

Parfois je me dis que je trouverais du réconfort à jouer du violon, qu'il m'attend, que lui aussi est seul. Mais à quoi la musique sert-elle aujourd'hui ? Avant je pensais qu'elle pouvait éloigner toutes les mauvaises choses, les méchancetés, les injustices, les rancœurs. Je croyais que les artistes formaient une petite communauté de gens incapables de la moindre violence, de la plus petite perfidie et que ceux qui agissaient mal le faisaient par ignorance et bêtise. Je pensais que lorsqu'on aime Bach, Mozart ou Beethoven (ou, pourquoi pas, Charles Trenet), on ne peut pas en même temps détester son prochain, vouloir lui faire du mal. Je pensais qu'aimer la musique, la peinture ou la poésie interdisait de nuire aux autres, que c'était une sorte de barrage. Comme j'étais naïve ! La Kommandantur possède un joli orchestre de chambre qui chaque dimanche joue de la musique sur la place. C'est charmant et délicat. Les musiciens jouent avec subtilité et font preuve de sensibilité. Ils connaissent bien leur instrument et savent l'utiliser pour traduire avec pureté toutes les nuances des sentiments humains. L'amour, la peur, la jalousie, le chagrin n'ont aucun secret pour eux. Parfois, quand ils jouent, leurs yeux sont remplis de larmes sincères, et leur cœur de nobles émotions. Et ce sont pourtant ces mêmes hommes délicats qui arrêtent, frappent, menacent, volent, massacrent.

C'est vraiment trop simple de prendre les nazis pour des brutes, des bêtes ignorantes, c'est vraiment trop rapide, trop facile. Ce sont au contraire des hommes cultivés et raffinés qui ont du savoir-vivre, du talent, et se comportent avec politesse : ils connaissent les usages en société, ils aiment être élégants, savent inviter poliment une jeune femme à danser, apprécient la belle musique, la littérature, les opéras les plus délicats, les œuvres les plus subtiles. Et pourtant ils sont capables de tuer, d'assassiner, de pendre, de piller, d'humilier leur prochain, leur cœur est corrompu, leur esprit, mauvais. La musique, la poésie, la littérature, la peinture, rien de tout ça ne nous protège contre le mal, c'est ça la vérité.

Vous voyez, petite maman, petit papa, comme je passe par toutes sortes de sentiments au cours d'une seule journée et comme je deviens grande. Qui aurait dit que je serais capable de formuler ce genre de pensées, l'année dernière ?

Je patiente bravement et j'essaie de garder espoir de vous retrouver.

Votre petite fille.

35

Ils arrivent par la gare. Rien ne les distingue des autres voyageurs. En général, une petite valise pend au bout de leur bras, plus rarement une besace ou un baluchon. Il est bien difficile de leur donner un âge précis. La faim, le froid, la peur et les incertitudes, tout ça gomme les années et entre 25 et 50 ans, tout le monde a le même âge.

Ils sont soignés, propres sur eux, mais après ce voyage en train ils ne crachent pas sur un bon coup de frais, cheveux et barbe, alors ils prennent la direction du salon de coiffure de ma mère.

C'est leur première étape.

À cette heure-là, généralement en milieu d'après-midi (ils arrivent souvent par le train de 15 h 32 en provenance de Dijon), il n'y a pas grand monde au salon, Jacqueline et Marguerite y font du ménage à tour de rôle : mais s'ils doivent attendre, certains demandent à lire le journal, *Le Pilori* ou *Je suis partout* ont leur préférence. Quelques-uns ne se gênent pas pour approuver les nouvelles sanctions contre les Juifs, les menaces allemandes ou les exécutions de terroristes qui font décidément l'unanimité. D'autres, au contraire, essaient de se faire le plus petit possible.

Grande gueule ou discrétion, question de stratégie.

Ma mère les suspecte au premier coup d'œil et attend que les autres clients aient quitté le salon, frais et parfumés, pour les installer sur un des fauteuils.

– Comment sont vos bigoudis ? demande le client.

Un regard est échangé dans le miroir.

– Je vous en pose une demi-douzaine, vous vous ferez votre idée.

C'est à chaque fois la même pièce de théâtre, la même maladresse qui vient tirer le rideau, un broc d'eau, une bouteille de shampoing ou d'eau de Cologne renversée sur le client qui se dresse, vitupère, menace.

– Comment est-ce que je vais faire ? C'est ma seule tenue. Vous croyez que j'ai les moyens de me payer un nouveau costume ?

Ma mère, désolée, se confond en excuses et fait venir Jacqueline pour lui glisser :

– Accompagne monsieur à la maison, il pourra se changer et pendant ce temps-là nous laverons ses affaires.

Elle renouvelle ses excuses confuses, quelle superbe actrice, et avant qu'il ne quitte le salon elle lui lance :

– Vous pourrez repartir dès ce soir, vos affaires seront prêtes.

À l'atelier, mon père accueille le voyageur. À partir de ce moment-là, ce dernier sait qu'il ne s'est pas fourvoyé et qu'il est entre de bonnes mains : il a eu raison de se fier à son contact, le plus dur est fait, il peut respirer.

Imaginer qu'il est à une dizaine de kilomètres et à peine deux heures de la ligne le rend rêveur et anxieux. Il s'en est fait tout un monde, de cette ligne, dans son esprit c'est un ruban de barbelés qui déchire la peau ou un mur impossible à franchir, il entend des chiens qui aboient, il voit des projecteurs qui balaient la nuit. Bref, l'enfer.

Et c'est là que j'entre en piste. Après nos premières sorties nocturnes couronnées de succès, mon père, trop affaibli par sa blessure pour assurer cette mission, nous a chargés, Félix et moi, de conduire ceux, de plus en plus nombreux, qui font appel au réseau pour gagner la zone libre, de l'autre côté de la ligne. Nous connaissons le terrain, avons repéré toutes les mailles du filet, savons où et quand il faut passer, et, pour couronner le tout, notre présence à la scierie parmi légionnaires et soldats nous rend insoupçonnables.

Le soir même, mon père donne au voyageur les faux papiers que ma main de plus en plus habile a confectionnés sur mesure. Un travail d'artiste.

– Vous passerez cette nuit, dit mon père, c'est mon fils qui vous conduira. Il connaît un passage. Ce serait trop dangereux de partir d'ici avec lui, mieux vaut le retrouver au bord d'une rivière, et de là il vous fera passer en zone libre.

Une lueur d'inquiétude se lit alors dans le regard du voyageur.

– Et j'y vais à pied, à cette rivière ?

Mon père savoure le moment, il prend plaisir à répondre :

– Non. Là-dedans.

À chaque fois, les yeux ronds du voyageur et sa voix blême le font jubiler, il retient son rire avec difficulté.

– Un corbillard ?

– Rassurez-vous, le cercueil est très confortable. Certains s'y endorment.

Mon père a profité de sa convalescence pour retaper le vieux corbillard et l'équiper d'un gazogène. Ensuite, ce fut un jeu d'enfant pour Félix de subtiliser dans les bureaux de la scierie une autorisation de circuler, à laquelle j'ai apporté quelques modifications, et c'est presque en toute légalité que le véhicule noir prend la route, le soir venu. Qui irait de toute façon fouiller un corbillard ? Qui oserait faire ouvrir un cercueil ? La mort ainsi promenée impose le respect. Même les soldats allemands qui la côtoient tous les jours ressentent cette crainte instinctive et superstitieuse devant un corbillard. Les nazis la sèment tout en la craignant. Le soleil et la mort ont ceci en commun qu'aucun mortel ne peut les regarder en face.

Plus tard dans la nuit, Félix et moi rejoignons le voyageur près de la rivière où l'a déposé mon père, et lorsque nous actionnons notre lanterne selon le signal prévu, il apparaît à découvert. Certains attendent avant de sortir de leur trou. Ils se demandent une dernière fois s'ils ne sont pas tombés dans un piège, si nous n'allons pas les dénoncer, les livrer directement à la Gestapo ou leur extorquer le peu qu'ils possèdent, et alors une ultime convulsion de panique les traverse.

Ensuite, nous remontons le cours de la rivière, dans l'eau jusqu'aux genoux, simple précaution pour brouiller les odeurs. Puis nous nous engageons dans cet étroit boyau naturel que Félix m'a montré l'année dernière et qui conduit en bordure d'un champ en pente. À l'autre bout, c'est la zone libre. Aucun barbelé. Aucune patrouille. Presque une promenade.

Les projecteurs du point de contrôle sont orientés de telle façon que leur lumière ne peut pas nous attraper, l'angle balayé n'est pas assez large, nous sommes hors d'atteinte. Et à moins de puer atrocement ou de tomber sur un cador de compétition, il est improbable de se faire repérer par les chiens.

Après ? Au revoir la compagnie, on baisse la tête et chacun son destin. Voilà comment les choses se passent.

Ce soir – on est déjà en avril –, l'homme se détache de la nuit comme les autres, ce n'est encore qu'une ombre, mais à sa voix je comprends qu'il est spécialement jeune. La même voix que ce jour d'été, à Paris, dans la salle de cinéma. C'est bien lui, le mec du lycée Buffon. Je me souviens de lui avoir donné l'adresse du salon de ma mère, en gage de bonne foi. Je l'entreprends immédiatement, sans sommation :

– Décidément, on ne se voit qu'en nocturne, tous les deux. Paris, le Champollion, tu me remets ? T'es le mec du lycée Buffon ?

Ça me fait marrer, ces retrouvailles, je crois au hasard ou à son cousin, le destin, mais ils n'y sont pour rien.

– Je suis content de te revoir, dit-il, vous faites un travail formidable avec tes parents. Il n'était plus possible de rester à Paris. Tu sais, ils ont arrêté Burgard, notre professeur à Buffon qui a fondé le réseau Valmy. Alors on a organisé une manifestation pour le faire libérer. Le 16 avril, c'était. Cinquante mecs d'autres établissements nous ont rejoints. C'était con mais beau à voir ! À Paname, tu bouges une oreille et c'est la trique : ça n'a pas traîné, ils ont prévenu la police. Les copains et moi on est tous fichés comme très dangereux, obligés de disparaître. Certains ont rejoint les partisans. D'autres essaient de se tirer.

– Et toi, tu fais partie des autres, remarque justement Félix.

– Ben ouais. Déjà la zone libre, ensuite l'Espagne. Si je peux, Alger.

Ça me fait drôle de le voir ici, dans cette nuit, il me paraissait bien plus âgé que moi l'été dernier, je me sentais tout gamin à côté de lui, j'avais l'impression qu'il maîtrisait tout : maintenant c'est lui qui fait tout fragile et perdu.

– Et les amis d'Alain-Fournier ?

– Tu veux dire ceux du musée de l'Homme ? demande le gars. Certains ont été exécutés en février. D'autres déportés.

– Déportés ?

– Emmenés en Pologne, dans un camp, si tu préfères. Même que c'est après ça que j'ai commencé à avoir les foies. Je me suis dit que la prochaine fois, c'était mon tour.

Félix sort un saucisson qu'on partage avidement. Tout de même, une idée me trotte dans la tête.

– Et le jour de la rafle, pourquoi vous avez rien fait ?

– Ah oui, le jour de la rafle. La presse est tombée en carafe le soir même. On a essayé de prévenir du monde mais avec le couvre-feu, c'était pas facile... Le lendemain, on a appris par les journaux. Je suis allé au cinéma pour voir si t'étais toujours dans les parages, mais t'étais déjà barré. Et puis...

Il hésite, s'assombrit.

– Et puis ?

– Moi j'avais confiance en toi parce que je t'avais vu, mais pas les autres copains, alors tu vois, ils étaient pas très chauds. Personne ne croyait à une rafle. Maintenant on est habitués, évidemment, mais l'année dernière…

Pendant quelques minutes, on reste là sans rien dire, devant la rivière dont on entend simplement le murmure rapide. L'image éphémère d'un papillon bleu flotte dans mon esprit. Le bonheur, le bonheur simple et parfait, quand reviendra-t-il ?

– Allez, on y va, dit Félix. C'est l'heure de la relève. Pendant un quart d'heure, les uns sont déjà partis, les autres pas encore vraiment là. On pourrait faire passer un troupeau d'éléphants, ils n'y verraient que du feu, ces cons.

Nous avançons dans le boyau naturel, d'abord le buste penché puis accroupis dans les derniers mètres. De l'autre côté, nous nous allongeons à plat ventre en bordure du champ. À gauche, deux blindés découpent leur ombre sur le ciel. Tout est silencieux. Un bruit de moteur nous annonce que la relève va avoir lieu dans quelques minutes.

– Elle est où, la ligne ? demande le gars.

– Là. Au milieu du champ.

– Tu te fous de ma gueule ? Il n'y a rien.

Il en reste interdit, hagard presque.

– T'as tout compris. C'est justement ça, la ligne. Rien. Tu t'attendais à quoi ? À la ligne Maginot ? À la muraille de Chine ?

Félix chuchote :

– La relève arrive. Dans dix minutes, t'es de l'autre côté.

Nous mâchonnons notre saucisson. J'en profite pour questionner le garçon.

– Ceux du mois d'août, ceux de la rafle, ils sont toujours à Drancy ? Ils vont les relâcher quand ?

– Les relâcher ? Tu rêves ! Le premier convoi est parti de Drancy il y a quelques semaines.

– Parti ? Mais pour où ?

Le garçon ouvre des yeux effarés.

– T'es con ou tu le fais exprès ? Pour des camps en Pologne. Jusque-là, les prisonniers de Drancy servaient de réservoir à otages. Dès qu'il y avait un attentat, ils puisaient dedans comme on prend des truites dans un bassin. Toi, toi et toi, au hasard, ça pouvait tomber sur n'importe qui. Ils en ont déjà fusillé quarante-sept au mont Valérien.

Pendant plusieurs secondes, il se tait. À son tour de m'interroger du regard.

– Je connais quelqu'un là-bas, dis-je. Une famille. Les parents et un bébé.

– Un bébé, ça m'étonnerait, ils les ont pas gardés.

– Comment tu sais ?

– Parce que avec les copains on a caché deux prisonniers qui ont réussi à s'enfuir lors d'un transfert à l'hôpital. Ils m'ont tout raconté. Vraiment moche. Aucun enfant au-dessous de 17 ans.

Il ne dit plus rien, regard happé par le ballet des sentinelles qui se relaient. Les points lumineux des torches dansent dans le noir. On entend des rires.

– Tu connais leur nom, à ces gens ? reprend-il.

– Oui. Le père est médecin. Samuel Stein, il s'appelle. Et sa femme, Mina. Pourquoi ?

– Vous avez été chics avec moi. Je peux me renseigner. J'ai gardé contact avec les mecs qu'on a cachés. Samuel et Mina Stein, tu dis ?

– Oui, et leur bébé, Adrien. Ils avaient réussi à le prendre avec eux. Tu crois qu'on a une chance de…

– De les revoir ? Pas avant un bon bout de temps, en tout cas. Écoute, je vais vous affranchir complètement. Vous avez entendu parler de la conférence de Wansee ? La « Solution finale », ils appellent ça, ces cons. Il s'agit de planifier l'extermination des Juifs d'Europe.

Les mots mettent un temps infini à entrer dans mon cerveau et leur signification à éclater comme des obus.

– Putain, dis-je, tu parles d'une solution !

– C'est pour ça aussi que je passe de l'autre côté. Pour raconter. Ici ça sert à rien, personne ne veut entendre. Et ceux qui veulent, eh ben ils sont d'accord. À Londres, ils pourront faire quelque chose. Sinon Roosevelt.

Félix me donne un coup de coude.

– Faut vraiment qu'il se carapate maintenant. Après, ça va devenir dangereux.

Il s'apprête à s'élancer mais je le rattrape par le pantalon, il se retourne :

– Tu t'appelles comment ?

– Michel. Michel Agnellet.

Je le relâche. Il s'éloigne aussitôt, nous suivons sa silhouette happée par la pente et qui danse dans la nuit, puis nous la perdons de vue. Il n'y a plus que la nuit et le silence.

36

– Regarde ! s'exclame Félix, ils ont encore frappé. C'est écrit là.

– Fais voir.

Nous nous passionnons de plus en plus pour les agissements de cette bande de malfrats qui, la nuit, attaquent, dévalisent, détroussent. Nous lisons leurs aventures comme nous lisions celles de notre bande d'Indiens préférés autrefois. De nos héros ils ont l'audace et le panache, la témérité et la chance.

– C'est quand même mieux que *Le Grand Meaulnes*, s'exalte Félix.

– Différent, en tout cas.

Chacun de leur « coup » est étalé sur plusieurs colonnes dans les journaux qui vitupèrent, appellent à les dénoncer, les pourchasser, les pendre haut et court. On ne les qualifie même pas de terroristes, ce serait trop d'honneur, mais de bandits, de métèques, de hors-la-loi, d'anarchistes, la pire racaille qui soit, du gibier de potence qu'il faut empêcher de nuire.

Ici, ce sont des vêtements dérobés au nez et à la barbe des sentinelles allemandes qui, le matin, découvrent un entrepôt aussi vide qu'une assiette française : on ne parle pas de deux pantalons et d'une paire de chaussettes, mais de centaines d'uniformes, de parkas, de chaussures, de bottes fourrées, de quoi soutenir un siège et rhabiller tout le Jura. C'est à se demander ce qu'ils peuvent faire de tout ça, à croire qu'ils volent pour le plaisir de voler, la satisfaction de nuire. À l'autre bout du département, et presque en même temps, des fûts de carburant sont siphonnés aussi rapidement et silencieusement qu'un verre de limonade en été, de quoi alimenter un arsenal et faire le tour de l'Europe. À peine le temps de se retourner et ce sont des armes qui s'évaporent comme par enchantement, et pas des pistolets à eau mais des mitraillettes Stern, des fusils-mitrailleurs Hotchkiss, suffisamment pour défendre une citadelle.

Comme aucune logique ne semble déterminer leurs attaques, il est bien difficile de les prévoir. Ils ne raisonnent pas, ils frappent, précis comme la foudre et rapides comme l'éclair. Ils sont là où personne ne les attend mais jamais là où on croit pouvoir les coincer. On dirait des fantômes, des ombres, des courants d'air, des passe-muraille. Des terroristes ? Non : des magiciens, des artistes, Arsène Lupin, Robin des Bois, Zorro, Houdini, les héros masqués d'un roman dont nous suivons les épisodes presque hebdomadaires.

La seule chose qu'on croit savoir c'est que leur chef donne ses directives, attaque ou repli, en levant le poing. Sauf que son poing n'existe pas, et qu'au bout de son bras il y a le vide. On dit qu'il s'appelle Mano Cortada, Mano à la main coupée.

Mon père sait qu'il lui doit une fière chandelle, que sans lui il serait mort le nez dans la terre gelée. Mais si Félix et moi lui vouons un culte d'autant plus fidèle que nous ne l'avons jamais vu et qu'il prend dans nos esprits la dimension d'un dieu mythologique, mon père, lui, a la reconnaissance difficile. Il n'approuve pas les agissements de Mano et sa bande, ces aventuriers qui refusent de se soumettre aux efforts de Londres pour fédérer les forces de résistance, jouent leur vie à pile ou face, défient la mort.

– Des voyous, lance mon père, nous n'avons pas besoin d'anarchistes sans foi ni loi, mais de partisans capables de se soumettre à la discipline d'une armée commune.

Esther, ma mère et moi le trouvons légèrement ingrat, et parfois je me demande si mon père n'envie pas à Mano son éclatante audace, sa liberté, son refus d'obéir.

– Peut-être des anarchistes qui ne respectent rien, dit ma mère, mais des anarchistes qui t'ont sauvé la vie.

– D'accord, marmonne mon père, d'accord, ils m'ont sorti du pétrin l'autre fois, mais ils ont des méthodes de gangsters. Personne ne sait d'où ils viennent, ni ce qu'ils cherchent, et encore moins ce qu'ils veulent. S'ils veulent servir la nation, qu'ils entrent dans le rang, qu'ils se soumettent à de Gaulle. Je vous dis qu'ils se feront avoir rapidement. Dans un mois on n'entendra plus parler d'eux. Ils se feront fusiller pour rien.

Félix et moi savons qu'ils sont invincibles, qu'ils ne tomberont dans aucun piège. Leurs coups d'éclat de plus en plus risqués sont des pieds-de-nez à la mort.

Un matin, une dizaine de soldats dépouillés de leur uniforme sont rentrés les fesses à l'air. Les hurlements de l'Oberführer ont retenti sur toute la place, et si on n'a pas compris toutes les subtilités de son discours, on s'est bien doutés qu'il ne les félicitait pas.

Maintenant, c'est un problème d'honneur pour les Allemands que les hommes de Mano Cortada font passer pour des guignols.

À la scierie, c'est le branle-bas de combat à chaque convoi. Les chargements sont maintenant escortés par des soldats et des légionnaires armés jusqu'aux dents. Leur seule crainte : croiser Mano et sa bande qui fondront sur eux comme des éperviers.

Les camions partis, Félix et moi profitons du silence. Nous pensons à la mission qui nous attend, à celle dont nous revenons, aux gars que nous avons conduits, aux caisses parachutées que nous avons planquées, et parfois c'est à peine si nous-mêmes croyons à cette double vie, petites mains échangeant plaisanteries et services avec les collabos le jour, guerriers de l'ombre la nuit.

Là-bas, le père de Félix s'affaire en boitillant autour des machines muettes avec, à sa suite, trois hommes, dont un en uniforme SS, sans doute chargés de la révision et de l'entretien des engins. Il lance ses directives avec emphase et précipitation. Sa présence est exceptionnelle, il est souvent absent maintenant que c'est un homme important et à son aise, qui coche toutes les bonnes cases de la nouvelle administration. Il négocie à droite, revend à gauche, rachète d'autres scieries, on ne compte plus le nombre d'entreprises dont les autorités allemandes lui ont confié les clés dans le cadre du plan d'aryanisation. On le courtise autant pour sa connaissance de la région que celle de ses habitants. Il est question qu'il adhère au PPF de Doriot et qu'on le mette à la tête de la mairie.

Nous ne voyons pas souvent la sœur aînée de Félix et Jacqueline. Odette passe parfois à la scierie pour demander un service, chercher des affaires, porter une lettre de son amoureux à un autre soldat. Sinon elle dort à l'hôtel du Lion d'or où elle a gardé sa chambre du temps où elle y travaillait comme serveuse. Otto la rejoint souvent, le soir. Le reste de son temps, c'est avec lui qu'elle le passe : certains dimanches nous les voyons traverser la campagne sur la moto du jeune soldat. Elle a des fleurs dans les cheveux, et lui autour de son casque, sa robe flotte dans le vent et découvre ses jambes. La vitesse tire des larmes de leurs yeux et certains dimanches ensoleillés, la moto est garée en bordure d'un champ de blé dans lequel on devine leurs deux corps allongés.

Ce que j'ai appris du sort des prisonniers de Drancy, je ne l'ai partagé qu'avec Félix et Jacqueline. Nous avons décidé de ne rien dire à Esther. À quoi servirait de la désespérer avant d'avoir des informations plus précises ? Quand en apprendrons-nous davantage ? Comment ? Par qui ?

*

– Philippe !

La voix de Günther plante ses griffes dans ma tête. Je continue à marcher en direction de mon vélo, je dois me retenir de ne pas courir. Je repense aux prisonniers, dont les corps se balançaient dans le vide.

– Philippe ! Pourquoi ne m'attendez-vous pas ?

Mes doigts se crispent autour de l'arme blottie dans ma poche, cette arme dont mon père m'avait montré la cachette il y a quelques mois, et dont j'ai maintenant besoin pour supporter la présence de Günther, son sourire, son regard. Il me fascine, me subjugue, je bois ses paroles, ses conseils, dans mon âme la haine se mêle à l'admiration, devant lui mon cœur prisonnier de toutes ces infâmes contradictions cogne douloureusement. Je ne dois rien laisser paraître, faire semblant, me retourner lentement, graver un sourire sur mon visage de marbre.

– Bonjour, Günther.

Il m'a couru après et doit reprendre son souffle. Il me faut fournir un effort pour faire coïncider le calme et froid bourreau qui manipulait la corde avec l'artiste au sourire fraternel que j'ai devant moi. Ses yeux sont si clairs, si innocents, son sourire invite tellement à la confiance.

– Comme je me réjouis de vous montrer les nouvelles œuvres arrivées la semaine dernière.

Chaque syllabe m'égratigne, chaque sourire me déchire, je dois réprimer un frisson quand sa main serre mon bras pour m'inviter à le suivre, comme ce soir, cette main qui a donné la mort, cette main qui peint et pend en un seul mouvement.

Je ne me déroberai pas. Je le suivrai. C'est à ce prix que me filets se tendent. Cette torture n'est pas vaine. Il croit à mon admiration, à ma reconnaissance, à ma dévotion, à ma soif d'apprendre, et il a raison, mais c'est moi qui le cerne, le traque, le piste. Je le tiens.

Maintenant, je sais tout du projet Rosenberg, ce vaste pillage des musées français et des collections juives. Les œuvres volées sont rassemblées ici où Günther, dans le plus grand secret, est chargé de les identifier, de les classer, d'écarter les copies. C'est un expert, jamais il ne se trompe. Les œuvres sont ensuite, sur sa décision, transférées par avion vers l'Allemagne.

Il se croit chasseur mais le gibier, c'est lui. J'ignore encore comment j'achèverai ma proie, mais un jour elle sera à ma merci et, au moment du coup de grâce, je repenserai aux hommes pendus le long du chemin.

Je pourrais évidemment, ce soir comme tous les autres soirs, attendre le moment où il se penchera avec ravissement sur une caisse de tableaux et sortir discrètement de ma poche l'arme de mon grand-père. Alors j'approcherais lentement le canon de sa nuque. Il aurait à peine le temps de sentir le contact du métal sur sa peau, il lui faudrait moins d'une seconde pour comprendre qu'il va mourir : il me resterait à appuyer sur la gâchette et sa nuque exploserait. Il faudrait simplement éviter de croiser son regard.

– Philippe, regardez la discrétion du trait de Cézanne. Jamais il n'en fait trop. C'est d'une délicatesse. Quelle beauté, n'est-ce pas ? Quelle grâce ! Personne n'a peint la fugacité des choses avec plus de subtilité, plus de nuances. On dirait que ces fleurs se fanent, que les pétales vont tomber devant nous.

Ses yeux de bourreau pétillent d'une passion sincère, son âme de barbare, d'un ravissement simple et modeste.

– Quelle puissance ! Quelle poésie ! Seul Degas lui fait concurrence. Et parfois Monet. Savez-vous que j'ai rencontré Monet, lorsque j'étudiais à Paris, en 1925 ? C'était quelques mois avant sa mort...

Beauté. Grâce. Sensibilité. Puissance. À présent, je crois savoir comment pensent les nazis. La beauté aryenne et la puissance sont leurs deux valeurs suprêmes et leur esprit ne conçoit pas l'une sans l'autre. Tout est spectacle pour eux, tout est peinture, tout est représentation, la mort et la souffrance comme une fleur des champs. Ils applaudissent à l'opéra comme devant un peloton d'exécution, un homme battu qui gémit, une femme qui supplie.

– À quoi pensez-vous ? me demande Günther.

Je reviens à la réalité. Mes doigts se desserrent autour de l'arme. Ne reste plus au fond de ma gorge qu'une vague envie de vomir.

– À rien, Günther. Je songeais à... à ce qui se passera une fois la guerre terminée.

Il sort de sa poche un paquet de cigarettes, m'en offre une que je refuse. Il allume la sienne, souffle la fumée en l'air, ôte un brin de tabac qui traîne sur ses lèvres. Il ne se gêne plus, devant moi. Des fois son regard se promène sur mon visage comme devant un tableau et alors je suis certain qu'il cherche en moi le reflet d'un visage du passé.

– Votre vie commencera en même temps que le nouveau monde. Un monde rapide qui laissera de côté les lents et les faibles. Seuls les forts y auront leur place. Un monde technologique dont le but sera l'efficacité immédiate. Je vous envie... Moi, je n'aurai que quelques années pour en faire partie. Très vite j'appartiendrai au monde ancien.

Il sourit avant d'ajouter :

– Le national-socialisme est l'idée la plus noble au service de laquelle un Européen puisse consacrer ses forces.

Jamais ses mots ne laissent supposer une possible défaite du Reich. Sa foi est celle des croisés d'autrefois. Les attentats qui s'intensifient, la résistance qui, en ce printemps 1942, s'organise petit à petit, les difficultés de la Wehrmacht sur le front russe, rien de tout ça n'entame sa confiance. Leur victoire est inscrite dans le destin du monde et cette conviction a quelque chose d'écrasant.

– Encore quelques mois de patience, en 1943 le Reich régnera sur l'Europe.

Je le suis dans l'obscurité entre les caisses de tableaux, guidé par le faisceau de sa torche, et dans une poignée de minutes je serai libéré. Il éteint sa torche, entrouvre légèrement la porte métallique et s'assure que la ruelle est déserte. Si aucune sentinelle n'a été affectée à la surveillance du dépôt, c'est parce que le projet Rosenberg doit rester secret. Qui irait soupçonner que les plus célèbres chefs-d'œuvre du monde transitent par cet entrepôt minable d'un faubourg perdu de Valberg, sans aucune sentinelle pour le défendre ? Personne ne connaît le vrai rôle de Günther ici. C'est juste un bourreau parmi d'autres. Le plan Rosenberg est parfait. Il n'y a qu'un seul grain de sable pour le faire dérailler, et ce grain de sable c'est moi.

Ce soir, plus embarrassé que d'habitude, il referme la porte au lieu de s'engager à l'extérieur.

– Vous savez, je suis allé au salon de coiffure il y a plusieurs semaines. Un simple hasard ! Je devais donner une instruction à Jacqueline de la part d'Odette.

Je ne réponds pas. Je plonge la main dans ma poche. Le métal de l'arme est chaud. Son contact est rassurant.

– Un très joli salon. On s'y sent bien. J'ai félicité votre maman.

Mon doigt dans la poche caresse la gâchette. Un mot de trop et je l'abats. La détonation ne risquerait-elle pas d'alerter du monde ? Où est-ce que je mettrais le corps ? Est-ce que j'arriverais à le traîner ? Il me faudrait peut-être aller chercher Félix.

– J'en ai profité pour demander une coupe. Une jeune fille s'est occupée de moi, très timide.

Je prends un air enjoué pour répondre :

– C'est ma cousine, Marguerite !

– Elle a des mains d'artiste, cette jeune fille. L'avez-vous remarqué ?

– Je crois qu'elle jouait du violon, avant.

– Avant ?

– Avant d'arriver chez nous.

– Une musicienne, alors... Je comprends tout.

– Qu'est-ce que vous comprenez ?

– Elle chantait le merveilleux final du *Lac des cygnes* quand je suis arrivé. Vous savez, cette superbe mélodie... *La-lalalalalalala-lala*... Une très jolie voix, remarquable. Son visage a quelque chose de... je ne sais pas... quelque chose de particulier... Son visage et son regard... Vous ne trouvez pas ?

– Je... je ne sais pas... je n'ai pas fait attention...

– Oui, un visage qu'on ne voit pas souvent, je suis certain que vous me comprenez. Une beauté particulière. Venue d'ailleurs.

Que veut-il insinuer ? Le silence qu'il laisse ensuite planer est insupportable, les invisibles filets qu'il lance dérivent lentement autour de moi et bientôt ils m'étoufferont. Ma main tremble dans ma poche.

– Elle a perdu ses parents, dis-je, et n'avait nulle part où aller.

– La famille, quelle belle chose, n'est-ce pas ? Vous savez certainement que pour le Reich également la famille est un pilier fondamental sur lequel chacun doit s'appuyer. Vous voyez que nos esprits d'Européens peuvent tout à fait s'accorder.

Il sourit, maintenant, sans me quitter du regard, sans parler. Je mesure mal le degré d'ironie qu'il y a dans ce sourire. On dirait qu'il joue avec moi, qu'il avance ses pions et qu'il y prend plaisir. Ou peut-être que je me trompe, qu'il n'y a pas de piège : dans ce cas, je ne dois pas laisser ma peur le fabriquer, je ne dois pas laisser ma peur penser à ma place.

– Mais dites-moi, Philippe, j'y songe soudain... La superbe automobile que votre père conserve... une Hispano-Suiza dernier modèle, n'est-ce pas ? Un chef-d'œuvre.

– Comment savez-vous ?

– Mon ami, vous savez bien que tout se sait, que tout se raconte. Nos secrets ne nous appartiennent plus. Vous seriez bien instruit et édifié par les lettres que nous recevons à la Kommandantur. Elles sont généralement guidées par la jalousie d'esprits mesquins. Mesquins mais néanmoins utiles.

Il fait un pas dans ma direction.

– Cette automobile, n'est-ce pas aux parents de cette jeune fille qu'elle appartenait ? Un modèle très rare.

Une explosion étouffée par la distance nous fait sursauter, le sol tremble légèrement sous nos pieds. Günther se précipite à l'extérieur, l'air vibre encore faiblement à cause de l'explosion lointaine dont le grondement sourd met plusieurs secondes à disparaître. Un panache de fumée s'élève dans le ciel, allumant une lumière de soufre à l'autre bout de la ville.

Regardant les couleurs de l'incendie qui barbouille le ciel, Günther murmure, un demi-sourire aux lèvres.

– Une jolie palette de couleurs.

*

Valberg, 21 avril 1942

Petit papa, petite maman,

Avant-hier toute la ville était sens dessus dessous à cause d'une bombe qui, la veille, avait explosé sur la voie ferrée. On ne parlait que de ça. Au salon tout le monde disait que c'était pour saluer ironiquement l'anniversaire d'Hitler. Trois clientes soutenaient que c'était certainement une provocation de cette bande d'anarchistes qui « sévit dans le coin » et dont on entend de plus en plus parler. On commence à rire sous cape de ces brigands qui tiennent tête aux Allemands de façon si insolente et dont le chef à la main coupée, Mano Cortada, a sauvé la vie du père de Philippe.

L'autre jour, un officier est venu se faire coiffer. À cette heure creuse j'étais seule avec Jacqueline dans le salon. Il était poli, souriant et courtois comme savent l'être les Allemands, avec cependant un soupçon de tristesse dans son sourire. Je comprends que les gens leur accordent leur confiance, car ils savent l'inspirer. Jacqueline s'est précipitée vers lui mais il a demandé que je m'occupe, moi, de lui. Il m'avait surprise en train de chantonner un air d'opéra, c'est pourquoi il a engagé une conversation d'ordre musical. Il en connaît un sacré rayon, d'ailleurs, même si dans le civil il fait partie d'une académie de peinture à Berlin. Ses remarques étaient justes et originales.

Il ignorait qu'une Juive le coiffait et manipulait un rasoir sur sa gorge, il m'aurait suffi d'un geste sec pour faire couler son sang, pour venger les miens. Au lieu de ça, j'éprouvais un certain plaisir à converser avec lui, à échanger des propos aimables sur telle ou telle interprétation.

Soudain, comme s'il parvenait à l'aboutissement d'un long raisonnement silencieux et que toute notre conversation artistique était simplement destinée à m'apprivoiser, l'officier m'a demandé si j'étais hébergée chez les parents de Philippe. Ou plutôt non, il ne me l'a pas demandé, il me l'a affirmé.

Il scrutait mon visage, y cherchait un détail, guettait mes réactions, un signe de trouble. Une idée bien précise circulait dans sa tête, je ne savais pas laquelle mais je me sentais en danger. Il y avait quelque chose d'animal dans sa façon d'agir.

– De quelle région venez-vous ?

J'ai répondu ce que j'ai toujours répondu jusque-là, ma vie à Paris, la disparition de mes parents, etc., mais j'avais le sentiment que sa question portait sur tout autre chose, qu'en vérité il me soupçonnait d'être juive, que son flair de nazi ne l'avait pas trompé.

À ce moment-là, un soldat en uniforme SS a surgi dans le salon. Une urgence appelait l'officier à la Kommandantur. Ce dernier m'a poliment remerciée de mes services et, tout en faisant claquer ses bottes, m'a dit espérer avoir l'occasion de continuer cette intéressante conversation une autre fois.

Jacqueline et moi l'avons regardé partir, incapables de prononcer la moindre parole. Le plus menaçant, ce n'était même pas ses insinuations perfides, mais ce calme, cette politesse même qu'il y avait dans sa voix, dans ses gestes, cette assurance de ceux qui sont certains de parvenir à leurs fins.

– Méfie-toi de lui, a murmuré Jacqueline. C'est un officier important. Il a du pouvoir. Il va revenir. Il faut t'y préparer.

Depuis, je me sens traquée comme une bête. Jacqueline a raison. Il va revenir. Guidé par son flair. Comme un chasseur qui ne lâchera pas sa proie.

Je ne sais pas dans quelle mesure cette nouvelle menace compte dans la tentation que je ressens de retourner à Paris. Je me dis que là-bas, je pourrai interroger des gens, me rendre près du camp de Drancy, il y aura bien quelqu'un pour me renseigner. Si vous n'êtes plus à Drancy, votre départ a quand même dû laisser des traces. Est-ce que j'ai le droit de rester ici, de perdre du temps ? J'ai étudié le trajet en train pour rentrer chez nous, je connais les horaires par cœur, et ces dernières semaines j'ai fait quelques économies grâce à la générosité des parents de Philippe et de quelques clientes qui m'aiment bien. À Paris je trouverai toujours quelque part où dormir, j'irai frapper à la porte de notre voisine chez qui tu m'as précipitée, papa, le jour de notre départ.

Mais le temps passe, mes petits parents, il est très tard, je vous embrasse comme je vous aime : très fort.

E.

37

Début mai, par une de ces nuits douces et claires qui font oublier la guerre, Félix et moi guettons l'arrivée de camarades pour les aider à charger dans leur camion plusieurs caisses de matériel radio dissimulées dans la vieille centrale électrique abandonnée. Presque de la routine, maintenant.

Tapis derrière un talus herbeux, nous scrutons les ténèbres, à l'affût des copains dans leur véhicule. Minuit. Le ballet d'ombres se fait attendre.

– Qu'est-ce qu'ils font ? demande Félix.

– T'énerve pas, ils ne vont pas tarder.

Félix s'allonge, mains sous la nuque, un brin d'herbe entre les dents. L'air tiède embaume délicieusement et moi aussi je pourrais savourer ces quelques instants suspendus si, dans ma tête, ne tournait pas en boucle ce que j'ai appris le matin même par un gars débarqué au salon. Vider mon sac me fera du bien.

– Félix, faut que je te dise quelque chose...

Son regard nonchalant se tourne dans ma direction et sa bouche esquisse un rictus moqueur que je connais par cœur.

– Tu vas m'annoncer ton mariage avec Jacqueline ? Il y aura quoi au menu ? Faudra mettre une cravate ?

Plus les secondes passent et plus je suis saisi par l'importance de partager ce que je sais avec Félix.

– Il faut que tu saches. S'il m'arrive un truc, tu seras le seul à pouvoir faire quelque chose pour elle.

– Pour Esther ?

Aussitôt, il se redresse sur un coude.

– Tu te souviens du type qu'on a fait passer, un soir d'hiver, Michel je sais plus comment ?

– Le mec du cinéma, à Paris ?

– C'est ça. Il avait promis de se renseigner pour les parents d'Esther. Figure-toi qu'il a tenu parole. Ce matin, un gars s'est pointé au salon. Ma mère a d'abord cru que c'était un zig qui voulait passer la ligne, mais il a demandé à me voir. Rien que moi. On a marché dans les rues. Il s'est échappé du bazar de Drancy, alors tu penses s'il en connaît un rayon. Il pouvait plus s'arrêter de parler, ça sortait tout seul. Paraît que c'est à devenir fou, cette cage.

– Il savait quoi ?

– Déjà qu'au mois de mars les prisonniers raflés en août ont tous été envoyés en Allemagne ou en Pologne. Les vieux, les jeunes, les femmes, les hommes, tous dans des wagons. Ils n'ont pas trié, les boches.

– Et comment il savait ça, lui ? T'es sûr qu'il t'a pas embrouillé ?

– Certain. Il a été à Drancy, lui aussi, mais il a réussi à s'échapper au tout début, longtemps avant. Le plus beau c'est que Samuel et Mina Stein, figure-toi qu'il les situait très bien. À Drancy, il a eu besoin d'un médecin et c'est là qu'il a rencontré le père d'Esther. Il me l'a décrit comme s'il avait sa photo sous les yeux.

Nos regards se croisent. Sa paupière tressaute. Il ne dit plus rien, sort de sa poche une tablette de chocolat dont il me donne la moitié.

– Et son frère, ils l'ont emmené aussi ?

– Non, les gosses ils n'en voulaient pas, tu sais bien. Les parents avaient réussi à garder leur petit, à le cacher au milieu de leurs affaires... Seulement, après des semaines, il n'y avait plus rien à bouffer, des maladies circulaient et surtout ils ont compris qu'on allait les déporter et qu'il fallait faire sortir le petit. Ils ont réussi à le confier à une infirmière de la Croix-Rouge qui travaillait là et que le gars connaissait. Une religieuse. Il paraît qu'elle l'a caché au milieu du linge.

– Pourquoi elle a fait ça ?

– Parce qu'elle a eu pitié, ou parce que… enfin merde, je sais pas, une bonne sœur, ça aime rendre service. Et puis, va savoir ce qui se passe sous leur cornette.

– Il est… à Paris, alors, le petit ?

– Non. L'infirmière l'a confié à sa sœur qui vit à Nice, tout en bas.

– Il est certain de tout ça ?

– Certain, certain… Tu veux être certain de quoi dans ce merdier ? Il lui a juste demandé ce qu'elle allait faire avec le petit et, elle, elle a répondu qu'elle avait sa sœur qui pouvait s'en occuper. Que c'était dans le Sud, loin, et que là-bas il serait en sécurité. Elle savait comment procéder, il paraît. Avec la Croix-Rouge, ils ont des trucs, des filières. Les religieuses, on s'en méfie pas.

– Nice, c'est pas en zone libre ?

– Encore mieux que la zone libre, mon vieux, parce que là-bas c'est pas le Maréchal ni Laval qui font la loi, et encore moins les Allemands, mais les Italiens. Juifs, pas juifs, ils s'en foutent un peu, il paraît. C'est pour ça que beaucoup essaient de gagner la côte.

Félix, silencieux, semble digérer ce que je viens de lui apprendre. Les secondes s'étirent. Autour de nous, toujours rien. Juste l'air tiède et tendre du printemps.

– Nice, c'est grand ? demande-t-il.

– Plus que Valberg mais moins que Paris. L'infirmière a parlé d'un restaurant qu'elle tient, sa sœur. Sur le port. Chez Pepo, il s'appelle, le restaurant. Tu te souviendras, si…

– Évidemment que je me souviendrai. Et Esther… Elle sait ?

– Surtout pas. Elle ne doit rien savoir. Elle partirait immédiatement chercher son petit frère, personne ne pourrait la retenir. Et alors…

Jacqueline et Esther m'ont raconté ce qui s'est passé au salon et je sais maintenant que Günther est un fauve qui attend la première erreur de sa proie pour sauter dessus. Il ne lui laissera aucune chance, et à mes parents non plus.

– Elle ne ferait pas dix bornes sans être arrêtée. On attend. Mais un jour, je te jure, on…

Un ronronnement sourd nous colle au sol. Un camion bâché progresse lentement, tous phares éteints, sur la route rectiligne, en direction du cube de béton de la centrale. Des silhouettes quittent le véhicule silencieusement. Un point lumineux naît au bout d'un bras et danse dans la nuit.

– Voilà les copains, dis-je.

Tout se passe comme prévu, jusqu'à ce qu'un autre camion arrive de l'autre côté, par l'est, encore plus lentement que le premier camion.

– Des frisés, murmure Félix. Je reconnais le bruit du moteur. Pas de gazogène.

– Merde, et les autres qui sont coincés à l'intérieur. Pris comme des rats.

Les copains vont se faire canarder dans la souricière de béton et on est là comme des cons, condamnés à regarder.

Plusieurs silhouettes s'activent autour du deuxième camion, elles ont l'air de s'équiper, de prendre des habits, des armes, des pioches, tout est confus. On s'approche finalement en rampant, maintenant on n'est plus qu'à une trentaine de mètres, c'est bien un camion allemand, dont le flanc est orné d'une immense croix gammée. On distingue, derrière le pare-brise, la silhouette du conducteur ; il fait chaud, la portière est grande ouverte.

– J'ai une idée, dit Félix.

– Manquait plus que ça. Bouge pas. Surtout ne…

Trop tard. Penché en avant, il fait le tour du camion par-derrière : pendant quelques secondes je le perds de vue, je n'entends qu'un bruit de chute accompagné d'un cri étouffé. Enfin je reconnais la voix de mon camarade.

– Aide-moi à le coller là-dedans, murmure Félix.

– Tu l'as drôlement arrangé, dis donc !

Je remarque quand même qu'il fait pas trop boche, le gars qu'on transporte : petit, brun, teint sombre, trapu, bouche surmontée d'une épaisse moustache noire, il n'a vraiment pas grand-chose d'aryen.

– C'est quoi la suite de ton plan, en fait ?

– J'y ai pas réfléchi.

– Tu veux dire que tu l'as estourbi juste par principe ?

Il montre son poing.

– Il se rouillait.

On s'accorde quand même tous les deux sur la nécessité d'aller jeter un œil sur la petite réunion qui doit se tenir à l'intérieur de l'usine entre nos potes et les Allemands débarqués à l'improviste. Alors on longe le mur jusqu'à trouver une ouverture.

C'est alors que nous plongeons dans le grand burlesque parce que, là-dedans, c'est une vraie tour de Babel qui résonne de toutes les langues sauf l'Allemand. Les lascars sortis des camions s'enguirlandent en un mélange de français, d'anglais, d'italien, d'espagnol, de portugais, et maintenant que le vocabulaire leur manque ils sortent poings et couteaux.

– *Madre de dios !* rugit un gars dans un uniforme SS.

Félix et moi on se regarde, effarés.

– Ils parlent espagnol, maintenant, les boches ? murmure Félix.

Un sourire naît à la même seconde sur nos visages. Un uniforme et un camion allemands, ça se vole, surtout quand on a l'audace et la baraka de Mano Cortada.

Entre les hommes de Mano Cortada et les gars du réseau chargés d'emporter les caisses parachutées par Londres, c'est une vraie petite pièce de théâtre qui se joue. Nous avons beau chercher, les hommes ont tous leurs deux mains. Mano n'est pas là. Un homme au visage aussi fin qu'une lame de couteau semble le remplacer. Il porte de petites lunettes rondes, et c'est peut-être pour cette raison que les autres l'appellent El Professor.

– Le matériel appartient à Londres ! s'écrient les partisans.

– On s'en fout, répond El Professor, nous aussi on a besoin de radio.

– Hors de question, s'entêtent les partisans.

– Vous êtes peut-être communistes, mais pas partageurs. Moitié-moitié ? Tope-là, ou on vous casse la gueule.

Comme le jour approche et qu'il ne faudrait pas qu'une patrouille allemande – une vraie cette fois-ci – pointe son nez, on décide Félix et moi de se montrer à découvert.

Poussés par les heures qui passent et l'aube qui ne va pas changer ses horaires pour nous, on convient tous qu'on est finalement du même bord, et qu'au lieu de se taper dessus il serait judicieux d'envisager une phase plus constructive de notre rencontre, à savoir l'extraction des cinq caisses de la fosse cimentée où nous les avons balancées la nuit du parachutage, et leur partage.

Tandis que le soleil pointe, les adieux sont aussi fraternels que la rencontre électrique.

Une fois les partisans repartis de leur côté, Félix présente ses excuses au conducteur qui, à peine rétabli, se masse les mâchoires.

– Sans rancune ?

– T'as une sacrée droite. Mano aurait apprécié.

À ce nom, nos yeux et nos âmes s'enflamment. La bande prend place dans le camion, de part et d'autre des caisses arrachées de haute lutte. Ne reste plus qu'à dégager avant le plein jour.

Mais le moteur ne veut rien savoir, il râle, tousse, se noie. Au son qu'il produit, il m'a bien l'air d'avoir l'intention de planter tout le monde.

Les gars de Mano, El Professor en tête, redescendent dans un ballet désordonné pour s'affairer autour du moteur, maintenant il fait presque jour. Il nous faut quelques secondes pour comprendre qu'ils n'y connaissent rien.

– Cherchez pas, dis-je, c'est la tête de delco. Mon père est garagiste.

El Professor pose sur moi son regard aigu, sourit. Il lui manque deux dents devant.

– Ah, c'est ton père que Mano...

Sa voix est respectueuse, presque recueillie. Je fais oui de la tête.

– Un sacré mec, ton père. Comment il...

– Mieux, mais les grandes courses, c'est fini pour lui.

– Tel père tel fils, alors ?

Mon cœur est prêt à éclater. Je passe un bon quart d'heure sous le capot et, à force de négocier avec le moteur, il vrombit enfin, ce qui me vaut des applaudissements aussi nourris qu'éphémères.

– *Merda*, murmure El Professor. Les boches.

Un véhicule léger mais armé jusqu'aux pneus trace droit vers nous, débonnaire et sans animosité, dans la simple intention de prêter main-forte aux compatriotes en difficulté. Ils ne vont pas être longs à réaliser le carnaval.

– Montez avec nous, lance El Professor. Mano sera heureux de vous connaître.

Deux hommes saisissent déjà nos bicyclettes pour les envoyer sous la bâche du camion où nous ne tardons pas à les rejoindre.

Le camion démarre aussitôt comme un bolide. Chahutés par les trous du terrain et la conduite sportive du gars au volant, nous basculons tous les uns sur les autres. Les Germains, qui n'ont pas été longs à réaliser la mascarade, nous marquent rapidement à la culotte et bientôt les premières rafales crachées par l'arme pivotante fixée sur le blindé percutent les flancs de notre camion.

Le véhicule vif et nerveux à nos trousses n'a rien à voir avec notre engin poussif et pataud. Poussé dans ses retranchements, ce dernier tremble de tous ses boulons, vibre de toutes ses pièces, un miracle qu'elles ne se disent pas encore merde les unes aux autres. Les vieux cylindres ont beau culbuter à fond, à chaque tour de roue nous perdons du terrain.

L'excitation de cette nuit théâtrale s'est volatilisée, c'est maintenant une indescriptible terreur qui nous piétine le ventre : les projectiles n'en finissent plus de ricocher contre notre camion, arrachant au métal des étincelles, un vrai feu d'artifice. Je pense à mes parents, je me demande si j'ai été un bon fils, comment ils apprendront la nouvelle, et aussi à Jacqueline, je me dis que c'est con de mourir sans avoir jamais fait l'amour avec elle, et puis tout se mélange dans ma tête, une vraie bouillie. Félix et moi dégoulinons de transpiration sous le regard goguenard des gars qui, autour de nous, affichent un calme surréaliste, à peine croyable. Ils discutent, chantonnent ou sifflotent, lisent le journal ou prennent des paris, comme s'il nous restait davantage que quelques minutes à vivre.

C'est alors – on y croit à peine – qu'un des gars se met à entonner *Bella Ciao*, bientôt suivi par ses compagnons qui s'égosillent avec lui, couvrant le bruit métallique des rafales de mitrailleuse :

Una mattina mi sono alzato
O bella ciao, bella ciao, bella ciao, ciao, ciao

Una mattina mi sono azalto
E ho trovato l'invasor

Seul El Professor ne se joint pas à ce chant ravageur dont la gaieté ardente et désespérée emporte tout. Sourire tranquille aux lèvres, il sort une arme de son pantalon – une vieille pétoire au long canon –, la charge posément d'un unique projectile pendant qu'un de ses hommes soulève la bâche à l'arrière du camion. Puis, sourd aux rafales qui crépitent, il ajuste ses lunettes d'intellectuel, vise longuement le blindé qui se rapproche, canon en équilibre sur son avant-bras, en fermant un œil. C'est à peine si on distingue la détonation de son arme au milieu du vacarme, mais un filet de fumée s'échappe du canon, un sourire allume son visage, une étincelle pétille derrière ses lunettes à la vue du véhicule blindé qui, pneu éclaté et hors de contrôle, plonge dans le fossé.

– Échec et mat, murmure El Professor.

C'est ainsi que pour la première fois, nous prenons la direction du Jura : avec sa bâche lacérée volant au vent, notre camion aura des allures de voilier battu par la tempête. Nous apercevrons devant nous au milieu du chemin un cavalier juché sur un grand cheval, dos droit, regard aigu de centaure, qui lèvera en guise de salut un bras sans main, et nous saurons alors que devant nous se tient le grand Mano Cortada, le capitaine à la main coupée.

Félix sautera du camion avant même son arrêt définitif et hurlera :

– Zéphyr ! Zéphyr ! Ils ont sauvé Zéphyr !

38

Fin mai, presque l'été. Le soleil jette sur le monde ténébreux son ardente clarté et parfois je me prends à croire que la pureté salvatrice de sa lumière saura guérir le monde et les hommes.

Ce matin, pendant que Félix déniche sous les pierres de la rivière les quelques écrevisses qui nous serviront de repas, je tente de regarder le soleil en face, comme nous l'a appris Mano, le seul à oser le défier du regard.

– Un homme qui sait faire face au soleil, dit-il, saura faire face à la mort.

Mano nous a adoptés. Un de ses camarades nous attend parfois au détour d'une rue ou d'un chemin et d'un clin d'œil nous invite à le suivre. Nous prenons avec lui le chemin de la montagne où nous attend Mano sur son grand cheval, centaure à la main coupée. Là-haut, nous oublions tout, cessons d'être des enfants, quittons notre vie et devenons des hommes de Mano. Nous constituons une inépuisable mine de renseignements que nous obtenons facilement à la scierie en liant conversation avec les légionnaires. Ceux-là, il suffit de les flatter pour les rendre bavards. Horaires des convois allemands, lieux de stockage, horaires des patrouilles, livraisons d'armes et de munitions, nous sommes intarissables. Je m'occupe de réparer leurs véhicules, Félix de soigner les chevaux, ma main agile recopie les laissez-passer et autres documents qui facilitent leurs coups de main. C'est avec jubilation que nous apprenons qu'ils ont siphonné un réservoir de carburant, dévalisé une réserve de nourriture ou subtilisé 50 caisses de champagne.

Rencontrer Mano en chair et en os n'a fait qu'attiser sa légende. En quelques semaines, il est devenu pour nous un demi-dieu. Mano Cortada, c'est Achille au milieu de ses Myrmidons. S'il vit dans la montagne, c'est qu'il lui ressemble. Mano, c'est de la pierre arrachée à la pierre, de l'écorce creusée dans l'écorce. Sa main inexistante qu'il brandit fièrement, c'est une racine torturée qui défie le ciel. Mano est violent et doux, sentimental et grossier, tendre, maladroit, parfois d'une infinie délicatesse. Mano Cortada a trois fois notre âge mais il est plus jeune que nous.

Félix, pantalon retroussé, sort de l'eau, son filet plein d'écrevisses.

– Maintenant le feu, dit-il.

Je le regarde rassembler des branchettes sèches puis sortir de son sac le briquet d'amadou grâce auquel elles s'embrasent en quelques secondes, libérant une fine colonne de fumée. Genoux au sol, il souffle sur le petit brasier, puis revient s'asseoir à mes côtés.

– C'est quoi, cette histoire d'étoile ? demande-t-il.

– Une nouvelle loi qui impose aux Juifs de porter une étoile jaune. Pour les désigner comme une espèce à part. Pour dire qu'ils ne font pas partie de l'humanité.

Je déplie *Le Pilori* que j'ai acheté le matin même.

– Écoute un peu : « Les Juifs soumis à l'obligation de porter un signe distinctif, en vertu de la 8e ordonnance du 29 mai 1942 sur les mesures prises contre les Juifs, devront se présenter au commissariat de police pour y recevoir les insignes en forme d'étoile prévus au paragraphe premier de ladite ordonnance. Chaque Juif recevra trois insignes et devra donner en échange un point de sa carte de textile. »

– Et s'ils refusent ?

– Ils ont tout prévu, ces salauds : « Certains Juifs ont contrevenu à l'ordonnance sur le port de l'étoile juive, soit en n'en portant pas, soit en en portant plusieurs, soit en y ajoutant des inscriptions. Ces Juifs ont été envoyés dans des camps de Juifs. Un certain nombre de non-Juifs qui portaient l'étoile juive ou une imitation de cet insigne et qui avaient ainsi manifesté leur sympathie pour le judaïsme ont été envoyés dans des camps de Juifs. » Dissuasif, non ?

– Des camps de Juifs, c'est...

– Oui, ce genre de camp où les prisonniers de Drancy ont été envoyés.

Pendant quelques secondes, nous nous laissons captiver par la flamme souple et rebelle dont le joyeux crépitement se mêle au chant de la rivière. Félix ouvre la nasse et dispose les écrevisses sur un grillage.

Presque aussitôt, une délicieuse odeur nous flatte les narines.

– Rappelle-toi ce que le mec qu'on a fait passer nous a dit... La Solution finale... Même que sur le coup, on ne l'a pas vraiment cru, on se disait qu'il exagérait sûrement... Et maintenant on y est !

Félix pose sa main sur mon bras et referme ses doigts dessus, si fort qu'il me fait mal.

– C'est pour ça qu'il faut pas attendre ! s'écrie-t-il. Qu'il faut l'emmener tout de suite, loin, là où il y a son petit frère. Tu l'as dit toi-même, là-bas, c'est les Italiens qui font la loi et qu'avec eux...

Depuis plusieurs jours, j'hésite aussi. Partir ? Rester ? Nous sentons tous les quatre qu'un étau est en train de se refermer sur Esther et nous tous qui la protégeons ; que nous sommes surveillés. La sensation d'oppression d'abord diffuse est de plus en plus palpable. Günther est revenu plusieurs fois au salon, demandant à se faire coiffer par Esther, il l'observe, l'encercle, l'étouffe comme un boa. Je sais qu'il guette le premier faux pas.

– Le danger c'est Günther, dis-je. Je le connais bien, maintenant. C'est un vrai serpent, ce mec. Il étouffe ceux qu'il approche en les encerclant petit à petit. C'est lent, d'abord on ne fait pas attention, et puis c'est fini, on est comme paralysé. Il faut attendre. Si on bouge, on est morts.

Félix se saisit d'un morceau de bois qui tournoie dans les airs avant de frapper la surface de l'eau. Il s'assoit à mes côtés, touche sa paupière molle.

– Comment il a su ?

– À cause de l'Hispano que mon père a gardée. Des soldats ont déjà interrogé mon père à son sujet. Je suis certain que c'est lui, Günther, qui les a envoyés.

– C'est rien qu'une bagnole.

– Une bagnole qui vaut une fortune et qui ne s'est vendue qu'à quelques centaines d'exemplaires. Pas compliqué de remonter jusqu'aux propriétaires.

Félix pique quelques écrevisses sur une tige de bois pointue qu'il me tend ensuite.

– Si Günther a tout compris, reprend-il, qu'est-ce qu'il attend pour coffrer tout le monde ?

– C'est un chasseur et il prend plaisir à traquer sa proie, à lui faire peur : ça l'excite, ce salaud, de la mettre à genou. Il guette juste le moment idéal pour l'achever. Comme le torero pendant la corrida. N'oublie pas que la mise à mort est un art pour ces salauds.

Félix se relève pour disséminer les braises du foyer puis revient s'accroupir à mes côtés. Ses poings se serrent. Son visage est fermé, sec, ses mâchoires crispées.

– Écoute, vieux ballot, ton Günther, c'est un solitaire, je l'ai souvent observé à la scierie, il n'a aucun ami. Si on l'empêchait de parler ?

– Tu veux dire...

– C'est ça, t'as compris... *Bam bam!* Deux balles et on n'en parle plus. Avoue que ça réglerait tout. Et que tu y as pensé. C'est pas les armes qui manquent à la scierie.

– Tu nous vois fumer un mec à bout portant, de sang-froid ?

Son regard se perd dans le ciel, suit un nuage qui flotte. Puis il répond :

– Non, c'est vrai, mais... on pourrait demander à Mano. Il ne nous laissera pas tomber, Mano.

Mano Cortada, neutraliser Günther ? L'enlever ? Le tuer ? À l'idée de Mano fermant sa seule main sur le cou de poulet de Günther, une irrésistible joie m'envahit. Ou alors je vois El Professor, sourire aux lèvres, logeant une balle dans la tête de l'officier qui nous menace.

– Alors, Philippe, qu'est-ce que t'en dis ? Tu crois peut-être que Mano aura peur de ce petit merdeux ?

La décision me paralyse. Tuer quelqu'un... Tuer celui qui a cru en moi, m'a donné confiance comme personne, m'a appris tant de choses.

Un éclat de rire annonce l'arrivée des filles. Félix se penche vers moi pour chuchoter :

– Ils sont comment, mes cheveux ?

– T'es beau comme un Américain.

Tandis que Jacqueline surgit de l'orée verte, Félix passe ses mains de chaque côté de son crâne pour y déposer un peu de brillantine.

*

Pour la première fois depuis plusieurs semaines, j'ouvre la sacoche qui contient mes pinceaux et ma peinture. Jacqueline somnole à mes côtés, sous la palme feuillue d'un arbre qui nous protège du soleil. Une mèche de ses cheveux caresse ma jambe. Plus loin, tout près de l'eau, Esther s'est endormie au creux de l'épaule de Félix couché sur le dos. Il est si maigre qu'on devine ses côtes sous la peau. Son nombril donne naissance à une ligne de poils clairs.

Le pinceau trempé dans l'aquarelle dépose des taches sur le papier qui se gorge d'eau colorée. C'est fragile, l'aquarelle, parfait pour peindre ces moments sauvés qui ne reviendront peut-être jamais. Des moments volés à la peur, à l'incertitude. La proposition de Félix résonne encore dans ma tête. Günther se débattra à peine, il mourra en quelques secondes et fermera les yeux pour toujours. Nous serons libres de partir.

Jacqueline s'éveille lentement, tourne vers moi son visage encore engourdi de sommeil, paupières battantes, et je me dis que j'aimerais, un matin, ouvrir les yeux sur le jour à ses côtés.

– À quoi tu penses ? murmure-t-elle, la voix encore engourdie.

– À Mano Cortada.

– Félix m'en parle sans arrêt. Mano par-ci, Mano par-là. C'est son nouveau héros.

– La première fois qu'on a vu Mano, il était sur Zéphyr. Un vrai centaure. T'imagines la réaction de Félix !

– Comment elle s'est retrouvée là-bas, Zéphyr ?

– Tout simple : Mano et sa bande ont attaqué un convoi l'année dernière. Dans un des camions il y avait des chevaux. Un coup de chance !

Jacqueline éclaire son visage d'un sourire lumineux, se redresse et passe ses bras charnus autour de ses jambes.

– Faut pas croire ce qu'on dit partout sur Mano et sa bande. Ce ne sont pas des voleurs égoïstes. Tout ce qu'ils prennent aux Allemands ils le distribuent autour d'eux. C'est pour ça qu'ils sont protégés par les paysans. Pour ça que jamais ils se feront prendre.

Au fil des semaines, mon père lui-même a dû céder à la fascination exercée par la légende de Mano. Les éclatantes réussites de l'homme à la main coupée, son insolence qui ridiculise les Allemands, les risques insensés qu'il prend sans craindre la mort, ont fini par allumer son admiration, à tel point qu'un jour il a demandé à nous accompagner. Je suis persuadé qu'il a reçu pour mission de tenter de rallier Mano à la cause commune, de le faire entrer dans le rang, de le pousser à mettre son courage au service de Londres, de troquer l'aventure contre la discipline. Mais la vérité, c'est que la liberté de Mano le subjugue, qu'il admire ses exploits, qu'il aimerait, lui si sage, si discipliné, ressembler à cet aventurier qui se tient au-dessus de toutes les lois, même les plus nobles.

La proposition de Félix n'en finit plus de tourner dans ma tête. Il faut que Jacqueline sache, qu'elle se tienne prête au départ. D'un mouvement du menton, je désigne ce qui reste du journal dont plusieurs feuilles ont servi à allumer le feu.

Je m'assure qu'Esther est toujours endormie et qu'elle ne m'entendra pas, avant de chuchoter :

– L'étoile jaune, tu es au courant ?

– Oui, mon père en parlait ce matin. Il en crevait de satisfaction.

– L'étau se resserre ! Ils vont bientôt coincer Esther, j'en suis certain. Günther tourne autour d'elle, il mène son enquête, et quand il sera certain… C'est l'Hispano qui lui a mis la puce à l'oreille.

Les paupières de Jacqueline se plissent sur son regard bleu.

– Qu'est-ce qu'on attend pour partir ? Il faut l'emmener dans le Sud, elle y sera en sécurité et nous chercherons son frère.

– Günther réagira aussitôt. Ce sera la preuve ultime. Ligne de démarcation ou non, il nous coincera en deux heures. À moins que…

Les mots restent bloqués dans ma gorge. Le soleil ardent brûle ma peau.

– À moins qu'il ne soit plus là pour réagir.

Plus loin, Esther se réveille à son tour en bâillant. Ses cheveux habituellement si sages sont dépeignés. Elle frissonne, se frotte les épaules, en un geste tendre et protecteur Félix dépose dessus une veste de laine avant de lui tendre la main pour l'aider à se relever. Leurs mains restent mariées pendant quelques secondes.

Esther s'écrie soudain :

– Philippe, les papillons bleus ! Pourquoi est-ce qu'ils ne reviennent pas, cette année ?

Je souris sans répondre.

*

Valberg, 21 juin 1942

Petit papa, petite maman,

Je ne devrais certainement pas accorder autant d'importance à cet insigne idiot. Je devrais me dire que ce n'est qu'une mesure supplémentaire contre les Juifs, rien de plus, une disposition encore plus stupide et plus humiliante que les précédentes. Je devrais penser que beaucoup de gens sont contre cette nouvelle règle, que nombreux sont ceux qui nous soutiendraient s'ils pouvaient le dire sans risquer leur vie.

Je devrais être indifférente, plus forte ou bien plus combative, mais je n'y arrive pas. Cette nouvelle règle m'écrase d'autant que j'y échappe et que je ne peux rien faire d'autre, lorsque je croise dans la rue des gens qui la portent, que leur adresser un discret sourire.

Étoile ou pas, je sais que je suis en danger. Que Philippe et ses parents aussi. Que nous vivons avec une épée de Damoclès suspendue au-dessus de nos têtes. Notre sort est dans les mains d'un seul homme, Günther, l'officier chargé de la surveillance de la scierie.

Comme l'avait prévu Jacqueline, il est revenu au salon. Toujours affable, poli, désireux d'échanger des propos sur l'art. Sa conversation mesurée pèse chacun de ses mots. La semaine dernière il m'a demandé ce que je pensais des nouvelles mesures antijuives : il voulait parler de l'étoile jaune mais aussi des nouvelles interdictions de circuler qui nous touchent, d'aller au cinéma, à la piscine, de fréquenter les bibliothèques ou les musées, et j'ai dû me concentrer très fort pour lui répondre qu'il était bien temps que les Français se retrouvent enfin chez eux (réplique que j'avais imaginée à l'avance).

Il a souri et approuvé en hochant la tête, puis il s'est contenté de guetter la moindre défaillance sur mon visage dans le miroir. Je sens que le jeu du chat et de la souris lui procure un grand plaisir.

Combien de temps me reste-t-il avant qu'il ne s'en lasse ? Une semaine ? Un mois ? Plus ?

Parfois je me dis que je dois partir, quitter Valberg, regagner Paris, mais ce serait un aveu de ma part, il me rattraperait bien vite, se vengerait sur Philippe et ses parents, sur tous ceux que j'aime et qui m'aiment. Et puis que ferais-je à Paris ? Je n'ai plus aucune chance de vous retrouver. Je sais qu'on vous a emmenés tous les trois, loin, vers l'Est, peut-être à Pitchi Poï. Comme mon petit frère a dû changer. Je ne le reconnaîtrais même pas. Une seule certitude me donne la force de continuer à me cacher, à faire semblant, celle de nos retrouvailles futures. D'elles, je ne doute jamais.

E.

39

Le monde de Mano reste associé au soleil ardent de cet été 1942, à la chaleur qui écrase tout, aux champs grillés, et encore davantage à cette route que nous empruntons dont les lacets obstinés nous mènent dès l'aube vers son pays, là où la montagne embrasse le ciel.

Le vieux corbillard a repris du service, mon père au volant, Félix et moi dans les deux cercueils, la mort en velours reste notre plus sûr *Ausweis*.

Mon père a abandonné le projet de soumettre Mano l'indomptable, il sait que le capitaine Cortada ne se pliera jamais aux ordres de Londres, de Staline ou de Roosevelt : comme la mort et le soleil, le capitaine Cortada n'a ni Dieu ni maître. Mon père est là pour préparer l'avenir. Quand les Américains débarqueront (car oui, un jour ils débarqueront), nous aurons besoin de tout le monde pour les épauler.

– Mano est un pirate, dit mon père, mais nous aurons également besoin des pirates quand le moment sera venu.

C'est ainsi qu'en même temps que le soleil embrase les crêtes nous atteignons un des hameaux que Mano et ses hommes ont élus pour refuge. Une dizaine de maisons aux murs de grosses pierres, aux toits de lauze. Ici commence le royaume de Mano. Voyant le corbillard, ses hommes nous accueillent d'un ironique *« Viva la muerte ! »*, cri de ralliement des franquistes pendant la guerre et auquel nous répondons d'une seule voix en surgissant des cercueils : *« No pasarán ! »*

Le poing serré de mon père se lève timidement. Mon père, cet Indien, ce chat sauvage, paraît bien pâle et bien sage au milieu des hommes de Mano. Leur indiscipline bruyante le fascine, leur démesure le séduit, à leur contact il retrouve un morceau de ses élans de jeunesse, les hommes de Mano le charrient, le bousculent, nous écoutons autour du feu le passionnant roman de leur vie, cette vie brûlée, menacée, en sursis, qu'à mon retour je raconterai à Esther et Jacqueline.

– Avant d'être le capitaine Cortada, avant la guerre d'Espagne, Mano était un pianiste assez célèbre, mais après la mort de son père en 1937 dans le bombardement de Guernica, il a tout abandonné pour fuir vers la France, entraînant avec lui ses camarades. Ils étaient pauvres, déguenillés, dormaient dans les fossés ou dans des granges, mais au cours de cette odyssée ils devinrent tous frères. Or un jour, ils tombèrent dans une embuscade. Un franquiste mélomane, reconnaissant en Mano le pianiste, décida de le punir. Il perdit sa main mais gagna un nom et devint un mythe. Mano Cortada était né, baptisé dans le sang par la lame bleutée d'une hache.

Cet été-là, sous l'armure azur du ciel, le monde commence et finit avec la main de Mano, cet étendard de peau qui crie la liberté, la fraternité, la justice. Une belle main de pianiste, une étoile à cinq doigts fins qui couraient sur les touches noires et blanches des pianos espagnols. Ils ont voulu l'abattre, mais ils l'ont rendu plus fort.

– Ils ont cru me faire taire en me prenant ce que j'avais de plus précieux, ces sales cons.

Il lève son moignon et crie :

– Mais elle parle toujours !

Tout est paisible autour de nous, mon père montre aux hommes de Mano comment ressusciter un moteur, Félix brosse Zéphyr, une brise fraîche descend des sommets pour courir sur notre peau. Ce monde menacé, en sursis, qui attend sa destruction, je veux l'immortaliser, alors ma main, elle, voyage sur le papier, en quête d'éternité.

Les yeux de Mano suivent attentivement les aventures de mon bout de fusain qui redonne naissance à sa main. Je lui tends mon dessin qu'il regarde, un demi-sourire aux lèvres. Il m'entraîne ensuite au bord d'une avancée rocheuse où il m'invite à m'asseoir, nos pieds se balancent dans le vide.

– Tu as déjà vu la mer ?

– Non, Mano, jamais.

Il éclate d'un rire dont l'écho résonne longtemps.

– Tu peins et tu n'as jamais vu la mer ? Va voir la mer ! Si tu veux devenir un artiste, commence par là : la mer. La mer ne ment pas. La terre ment, pas la mer. La Méditerranée, la Grande Bleue ! Et le ciel... Le ciel de Méditerranée... La vraie lumière, elle est là-bas... Tu verras l'étincelle, la flamme ! Emmène la fille que tu aimes sous ce ciel. Montre-lui la lumière ! L'amour n'existe que sous ce feu. Promets-moi que tu iras ! Promets !

– Nous irons ensemble, Mano, c'est toi qui nous montreras la mer.

Derrière ses lèvres gercées, les dents se chevauchent dans tous les sens.

– Ceux d'en bas m'auront eu avant. Un jour ils arriveront et *tatatatata !* Ce sera la fin de Mano Cortada et de ses hommes.

Parfois, j'ai l'impression que cette mort au milieu des siens serait un soulagement, une libération, un apaisement.

– Mais tu as raison, reprend-il, nous ferons le voyage ensemble. Tu disperseras mes cendres dans la mer, un jour de grand soleil, juste une poignée, tu verras elles flotteront quelques secondes et elles couleront. Alors je serai content. Tu promets que tu feras ce voyage pour ton capitaine ?

– Promis, Mano.

Nous retournons vers le campement. Les hommes trient les vêtements dérobés la nuit dernière dans un dépôt de gendarmerie, ils se marrent, les caisses dégorgent de centaines de chemises toutes privées de leur manche droite. Un gars, pinceau en main et sifflotant *L'Internationale*, rafraîchit sur le capot du camion allemand la croix gammée qui commence à s'effacer.

Mon père lève une clé à molette qui jette les étincelles d'un sceptre royal, nos regards se croisent, il me sourit fièrement, lève son gros poing. Une soudaine mélancolie me serre le cœur. La vie et la joie sont si fragiles, et la frontière qui les sépare tellement ténue.

– Tu es triste ? demande Mano. Tu penses à quoi ?

– À rien, Mano, à rien.

– La vie est trop courte pour la tristesse. Nous sommes mortels, soyons donc heureux ! Viens voir.

Il m'entraîne un peu plus loin, devant Michele le jongleur qui fait valser ses balles colorées.

– Retiens la leçon : les boches vont prendre Moscou, les Juifs sont massacrés en Pologne et nos jours sont comptés, mais lui, ce qu'il veut, c'est jongler avec huit balles. Rien d'autre. Il est génial. Merde à la mort !

Sur le seuil d'une grange, El Professor montre à deux de ses compagnons comment faire pétiller dans la nuit deux bâtons de dynamite.

– Pourquoi est-ce qu'on l'appelle « El Professor » ?

– Parce qu'il était vraiment *professor*, à l'école *politécnica* de Madrid. *Professor* de chimie. Il ferait sauter le Bundestag avec une allumette.

À cette perspective, son regard se fait rêveur, flou, un sourire envahi par le passé. Il passe son bras sous le mien et m'entraîne.

– Madrid... Le musée du Prado... J'y ai passé mes plus belles heures avec mon père avant 1937. Je mourrai avec un seul regret : ne pas avoir revu une dernière fois Goya au musée du Prado. Après la guerre, va voir Goya, salue-le de la part du pauvre Mano.

Soudain, sous le soleil ardent de ce mois de juillet, l'idée confusément germée déploie dans ma tête ses fleurs pourpres et je ne peux m'empêcher d'éclater de rire. Les mots de Günther sonnent à mes oreilles : « Garde le secret. Si le projet Rosenberg échouait par ma faute, je serais aussitôt envoyé sur le front russe. »

– Qu'est-ce qui te fait rire ? demande Mano.

– Tu veux revoir Goya ? Je sais, moi, où c'est possible. Et c'est beaucoup moins loin que Madrid.

40

Qui se souviendra de Cortada ? Qui se souviendra de la main du capitaine ? Du cœur ardent et sincère de ses hommes ? De leurs sourires tristes ? De leur espoir en un monde meilleur ? Qui se souviendra des larmes qui coulèrent de leurs yeux, ce 16 juillet 1942, le jour de la rafle du Vélodrome d'Hiver ?

Ce soir-là, nous retrouvons ma mère et Esther, elles aussi en pleurs, devant les articles de journaux qui se félicitent unanimement de la brutale efficacité des policiers français. Sous la plume lyrique des journalistes de renom, ce n'est pas une rafle qui a eu lieu mais une épopée héroïque, une saine croisade.

Ma mère pleure comme jamais elle n'a pleuré, la source est intarissable, ses joues ruissellent de larmes, je regarde les gros poings impuissants de mon père posés sur la table.

Esther se tient raide sur sa chaise, très droite, les yeux fixés sur son assiette, on jurerait qu'elle est en granit. Nous pensons tous à la même chose, au danger qui flotte autour d'elle, autour de nous, à cette menace fauve qui se rapproche insensiblement, nous sommes dans le camp des proies.

Esther se lève brusquement en faisant crisser sa chaise sur le sol, nous l'entendons monter les marches qui mènent à sa chambre. Mon père pose une main sur l'avant-bras de ma mère qui s'apprêtait à la suivre. Alors elle murmure de façon précipitée :

– Elle n'est plus en sécurité avec nous. Un jour, on viendra la chercher. Et nous avec. Cet officier qui rôde autour de nous, qui revient sans cesse... Tu sais, je t'en ai déjà parlé. Il a repéré l'Hispano, il sait tout.

Mon père se souvient en effet des soldats venus poser des questions sur la belle Hispano, sans doute envoyés par Günther.

Il se tourne vers moi, j'ai du mal à affronter son regard.

– Tu le connais, toi ?

– Il surveille à la scierie, organise des convois. C'est une brute, je l'ai déjà vu...

– Peut-être qu'un voisin jaloux ou une cliente mécontente nous a dénoncés, pour l'Hispano, dit ma mère.

Pendant quelques secondes, mon père reste muet.

– On ne change rien, décide-t-il. Lui faire passer la ligne serait encore pire. Où est-ce qu'elle irait une fois de l'autre côté ? Tant que cet animal sévit dans les parages, impossible d'agir. Mais un jour...

Son œil brille. L'espace d'un éclair, je l'imagine déchargeant son arme dans la poitrine de Günther.

– Tu sais toi-même comment ils nous feront payer ce genre de chose, dit ma mère.

Je regarde l'horloge. Je sais que Mano appelé par Goya ne me trahira pas.

L'escalier gémit à nouveau, Esther apparaît devant nous, son violon dans une main, son archet dans l'autre. Elle ne l'a jamais touché depuis qu'elle est chez nous. On entend crisser les molettes de bois permettant d'accorder l'instrument. Les notes s'envolent du petit ventre de bois. Elles sont orphelines, transparentes, leur tremblement est incertain et fugitif, de petites lucioles dans la nuit, et à ce moment-là il est impossible de ne pas écouter en chacune d'elles l'appel d'une des victimes prises dans le filet de ce matin. La mélodie d'une parfaite simplicité ressemble à une prière, ou à un adieu, à un souvenir qui s'estompe, une voix chère qui se tait, à des yeux qui se ferment, à je ne sais quoi de douloureux et de recueilli qui prend le cœur, l'écrase, mais il y a pourtant dans cette étreinte désespérée quelque chose qui inversement nous invite à l'espoir, à la lutte, et même à la joie, c'est impossible à exprimer par des mots.

*

Mano ne m'a pas trahi. Il frappe la nuit même. Une seule charge de dynamite suffit pour pulvériser la porte de l'entrepôt et quelques minutes pour embarquer la douzaine de caisses estampillées *H* et *G* pleines de Monet, de Degas, de Pissaro, de Millet et évidemment de Goya.

Le lointain écho de la dynamite met plusieurs secondes à se disperser dans la nuit, et il faut attendre près d'un quart d'heure pour distinguer le fracas des véhicules armés se diriger vers le lieu de l'explosion. Quand les Allemands arrivent sur place, l'entrepôt est vide, et les gars de Mano tracent déjà vers leur refuge. Comme le secret du projet Rosenberg a été bien gardé, les militaires allemands et les gendarmes français se mettent d'accord pour croire à une diversion, une provocation et pour abandonner les recherches. Lequel d'entre ces guignols pourrait se douter que dans un camion marqué d'une croix gammée, et filant à toute allure vers la montagne, se trouve un seigneur manchot aussi heureux qu'autrefois quand son père l'emmenait voir les Goya au Prado ?

*

Le jour à peine levé, je fuis aussitôt que possible vers les bords de la rivière, levant un à un les voiles de l'aube d'été sur la route gravillonneuse. Quelque part, un coq chante, je retire mes chaussures, pose mes pieds sur l'herbe humide de rosée. Günther va me chercher, m'interroger. Il va vouloir me punir avant d'être lui-même sanctionné, envoyé sur le front russe. Les images des six pendus de cet hiver s'incrustent dans mes yeux. Je cherche une réponse dans les feuillages des arbres qui dansent au-dessus de moi, dans les formes des nuages qui avancent tranquillement dans le ciel, dans les heures qui passent, dans le soleil que je tente, en vain, de regarder en face. L'épais feuillage des taillis bruisse brusquement. Est-ce que c'est lui, Günther, qui vient accomplir sa vengeance ?

Jacqueline apparaît soudain. Elle est essoufflée, sa course a embrasé ses joues. Ses cheveux baignés de transpiration collent à son visage.

– Félix te cherche partout, c'est lui qui m'envoie. Il y a eu une attaque, cette nuit. Cette fois c'est quelque chose de très grave. Il paraît que la nouvelle est remontée jusqu'à Berlin, que même Hitler est furieux. Il exige que des têtes tombent. Des ordres ont été donnés. Félix, tu sais bien, il a les oreilles qui traînent et il est copain avec tout le monde : il a appris que des renforts vont arriver de Lyon, de Dijon et même de Paris. Des hommes, plein d'hommes, des armes aussi, des canons, même des avions.

Elle m'observe à la dérobée et reprend :

– Les Allemands pensent que c'est Mano qui est la cause de tout ça, et cette fois ils sont bien décidés à lui régler son compte. Il semble qu'ils savent où il se cache. Pourtant, personne ne sait ce qui a été volé.

Je hausse les épaules. Elle s'approche de moi, tout près, se penche vers mon oreille.

– Tu sais, toi ? Félix dit que tu sais tout. Que c'est un truc entre toi et Mano.

Je recule d'un pas.

– Elle doit avoir lieu quand, cette opération ?

– Une question d'heures, d'après Otto. Il a reçu l'ordre de se tenir prêt pour demain matin.

Ma tête bouillonne. La base de mon crâne est percutée par de grands coups de bélier.

– Et… Günther ? Tu l'as vu ?

– Günther ? Non. Disparu. Volatilisé. Des légionnaires disent qu'il aurait été arrêté, d'autres qu'il se cache.

– Arrêté… Et Esther ? Tu l'as vue ?

– Oui, avant de venir ici je suis passée chez tes parents : elle était dans sa chambre.

Je m'assois sur l'herbe, mains sur les oreilles. Un petit oiseau s'est posé sur une branche qui se balance légèrement sous son poids. Je voudrais me dissoudre dans la lumière de l'été. Disparaître. Devenir eau, bois, herbe, oiseau. Autre chose que cet empilement d'atomes qui me constituent. La main tiède de Jacqueline se pose sur mon épaule, sa douceur bienfaisante se diffuse le long de mon bras.

– Écoute, dis-je, écoute-moi bien. Il faut… Il faut que tu l'emmènes, que tu la caches quelque part avant que Günther ne la dénonce. Va voir mes parents, ils t'aideront. Après, on partira tous les quatre vers le sud. Là où on a une chance de retrouver son frère.

– Après ? Mais après quoi ?

– Quand on sera revenus de chez Mano, Félix et moi. On doit les prévenir. Ils ont encore le temps de se sauver.

Son regard soudain rêveur se perd dans les feuillages puis elle se serre brusquement contre moi, comme si elle avait peur, ou froid, son front glisse contre mon cou, son souffle voyage sur ma peau.

– Je t'attendrai avec Esther. Je te l'ai déjà dit, tu te souviens, le jour de la Saint-Jean ? Je ferai n'importe quoi, pour toi, je partirai au bout du monde avec toi.

Elle se recule légèrement, sourit et reprend, combative :

– Maintenant, je propose qu'on se bouge le cul.

41

Félix m'attend à notre point de rendez-vous habituel à quelques encablures de la scierie. Le soleil déclinant décalque son ombre en oblique au milieu de la route : il court à ma rencontre. Son visage est luisant de transpiration, sa paupière morte, rouge, irritée.

– Qu'est-ce que tu fichais, vieux ballot ? Il s'est passé des choses pendant que t'étais pas là.

Son bras se tend en direction de la scierie.

– Ils ont tous foutu le camp, là-dedans.

Hormis les chevaux dans le pré, derrière les baraquements en bois, tout semble figé. Seul le moteur d'une scie mécanique qu'on a oublié d'arrêter fend l'air de son ronronnement régulier.

– Les mecs de la Gestapo sont venus pour rassembler tout le monde, t'as manqué quelque chose ! Les soldats, les légionnaires, même les SS, tous, je te dis, comme si les Russes étaient à Dijon.

– Ton père, il est où ?

– Tu l'aurais vu boitiller derrière les boches et les légionnaires, à supplier qu'on l'emmène, qu'on lui donne un uniforme, c'était à crever de rire. Il aurait crié *Heil Hitler !* pour qu'ils l'embarquent. Mais ils sont partis sans lui.

– Ils vont attaquer Mano, alors ?

Sa tête hoche lentement.

– Demain, ou la nuit prochaine. Cette fois, ils sont décidés à lui régler son compte. Des renforts arrivent de partout... Tu sais à quoi il s'est attaqué, Mano ?

Un lent sourire envahit mon visage.

– Il s'est attaqué à l'art. C'est ça que les boches n'ont pas supporté. Günther, tu l'as vu ?

– Disparu de la circulation. Paraît qu'on cherche à l'arrêter et qu'il se cache quelque part. En tout cas ils vont boucler toute la région, fouiller tous les villages, une vraie battue.

– Comment ils sont su, pour sa planque ?

Félix hausse les épaules.

– Quelqu'un a dû parler. Paraît qu'ils ont promis une grosse récompense. Pour être certains, ils ont envoyé l'aviation cette nuit. Mano n'a aucune chance.

– Sauf si quelqu'un le prévient.

– Tu as raison, vieux ballot. On peut pas laisser tomber Mano.

– Et les patrouilles ?

– Pas cette nuit. Ils sont trop occupés à équiper leurs hommes et à organiser l'assaut. Ils ont autre chose à faire qu'à patrouiller. On a quelques heures.

Il a déjà tout prévu, m'attrape par le bras et me tire en direction de l'Opel Blitz garée à l'entrée de la scierie. Sa main fouille dans sa poche et en sort des clés.

– Je les ai piquées à mon père ce matin, pendant qu'il léchait le cul aux SS.

– Tu peux conduire ce machin ?

– Te fais pas de mouron, je le connais par cœur, ce bolide, je l'ai conduit des dizaines de fois... Et puis tu vois, ça...

Son doigt me montre les flancs du camion ornés d'une écriture ouvragée.

– « Scierie Blanchard & fils ». Ce nom, c'est mieux que n'importe quel *Ausweis*. Personne ne nous arrêtera là-dedans.

Soudain rêveur, il murmure :

– Blanchard & fils... putain, c'est drôle.

– Pourquoi ça te fait marrer ?

– Parce que je me souviens quand mon paternel a fait écrire ça sur son tacot, Scierie Blanchard & fils. Je me souviens comment le peintre s'appliquait. Et moi je le regardais. « & fils », c'était comme une promesse. Il a tout raté, mon père !

Il secoue la tête comme pour se débarrasser de mauvaises pensées et reprend :

– En tout cas, arrête d'avoir les foies, vieux Philippe, on connaît la région bien mieux que tous ces cons. On se faufile n'importe où. Sinon, ça aurait servi à quoi d'avoir traîné nos culottes partout pendant toutes ces années ?

Il grimpe sur le marchepied du camion, éclate de rire.

– Tu te verrais, t'es blanc comme une endive !

Je pense à mes parents. À Jacqueline. À Esther. Et si nous ne revenions pas ? Si nous étions obligés de fuir avec Mano ? Si...

– On s'arrête au garage, avant.

Ma mère s'y trouve seule. Mon père l'a laissée pour conduire Esther et Jacqueline en lieu sûr, elle m'attendait pour les rejoindre. Personne ne sait où se trouve Günther. Mais lui, il sait que c'est moi qui ai indiqué à Mano l'emplacement des tableaux, que je l'ai trahi, et maintenant il prépare sa vengeance, il a juré ma perte et celle de tous ceux que j'aime, il va dénoncer Esther et mes parents avant qu'on punisse sa négligence, ou même pour gagner la clémence de ses chefs : tout est de ma faute, l'audacieux stratagème né auprès de Mano m'apparaît à présent d'une désolante naïveté.

– Venez avec nous ! s'écrie ma mère. Nous devons tous disparaître quelque temps.

Ma mère lit dans nos regards qu'elle aura beau insister, supplier, pleurer, rien ne nous empêchera de voler au secours du capitaine Mano Cortada. Nous soutenons son regard brouillé, mais en vérité nous sommes déjà loin.

*

La nuit est violette comme seules savent l'être les nuits d'été, et l'air qui entre par les fenêtres, encore tiède. La lumière argentée de la lune affûte les arêtes obliques qui nous cernent. Des crêtes apparaissent. Le temps est élastique, nous ne savons plus vraiment depuis combien de temps nous roulons. Félix enchaîne les gestes, vitesse, frein, embrayage, toujours les mêmes en boucle. Nous avançons lentement, tellement lentement ! Le camion est large, lourd, pataud, il faut marquer un temps d'arrêt et manœuvrer longuement pour négocier certains virages.

Au détour d'une épingle à cheveux, le ciel s'ouvre brusquement, presque clair. Félix s'énerve.

– Pas assez rapide ! À cette allure-là, on arrivera pour aider les boches à compter les morts.

– Sur le plateau, on ira plus vite.

En effet, le camion file maintenant à la vitesse folle de 60 kilomètres-heure. Nous reconnaissons les villages désertés, les murs éboulés des maisons, longeons le lac, et ce paysage familier nous rassure un peu. Plus qu'une quinzaine de kilomètres. Félix ne parle plus, sa main droite vibre au même rythme que le volant sur laquelle elle est posée. Ses lèvres sont pâles et fines. J'essaie de chasser l'image obsédante de Günther arrivant au garage, découvrant la fuite de mes parents, donnant des ordres à ses hommes pour entamer la battue. Mes doigts caressent l'arme compacte au fond de ma poche, j'aurais dû m'en servir, c'était si facile. Qui aurait su ?

Parfois je me dis au contraire que si Günther avait eu l'intention de nous dénoncer, il l'aurait fait immédiatement, sans attendre, et alors une vague d'espoir me submerge, un élan de reconnaissance. Et si l'artiste, dans un dernier sursaut, avait pris le dessus sur le bourreau ?

– Tu entends ? demande soudain Félix.

Le léger vrombissement vient du ciel. Discret, presque imperceptible, un vague bourdonnement. Sur le ciel qui blanchit, un petit point sombre trace une ligne entre deux sommets. Il est si lointain et vole si haut qu'il semble immobile.

– Un avion de repérage, dit Félix. La fête va bientôt commencer.

Le camion se met à tousser, le moteur s'engorge, hoquette, nous avons juste le temps de le cacher dans une vieille grange abandonnée. Les crêtes autour de nous sont couronnées d'une frange dorée qui annonce l'aube.

– On va couper à travers la forêt, décide Félix. On ira plus vite. Le village de Mano est juste derrière.

Il passe lentement sa besace en bandoulière, appuie son front contre la portière métallique comme pour y puiser du réconfort.

Il nous faut deux bonnes heures de cette marche chaotique pour arriver au hameau, titubant sur nos guiboles. Nos pieds sont en feu. Le ventre blanc de deux avions qui tournoient inlassablement entre les sommets miroite dans le soleil naissant. Deux vautours.

La place est déserte, abandonnée. Le camion a disparu, Zéphyr et les autres bêtes également. Personne. Le silence est profond, minéral, seulement troublé par le bourdonnement continu et entêtant des deux avions. L'espace d'une seconde, je me dis que Mano leur a encore joué un de ces tours de magicien dont il a le secret, mais bientôt il apparaît sur le seuil d'une bergerie trapue, sac en bandoulière, bonnet vissé sur le crâne.

Nous nous précipitons vers lui. Plusieurs de ses hommes sont restés auprès de lui.

– On... On venait te prévenir, Mano... Ils vont attaquer... Aujourd'hui !

À son sourire silencieux, je comprends qu'il sait tout. Quelques-uns ont déjà pris la fuite dans la nuit avec le camion chargé des tableaux, les autres, fidèles parmi les fidèles à l'idéal du capitaine, sont déjà postés sur la crête pour tenir le plus longtemps et protéger la fuite de leurs compagnons.

– Il faut s'enfuir, Mano, il est encore temps ! Par la forêt, personne ne nous verra. Mes parents te cacheront.

Pour toute réponse, ses lèvres donnent naissance à un sourire qui a la douceur inexprimable de tous ceux qui ont choisi de regarder la mort et le soleil en face, et je comprends à cette seconde précise que le monde de Mano Cortada n'est pas le nôtre, que cette fin sera pour lui une délivrance, une libération.

À ce moment-là, El Professor consulte sa montre, échange un regard amusé avec Mano. Bientôt le sol tremble légèrement sous nos pieds, l'air vibre, et tandis que la lointaine explosion n'en finit pas de mourir, des sourires satisfaits circulent parmi les camarades. Je lis dans leurs yeux que des charges ont été disposées sur la route qui mène au hameau pour ralentir la progression des assaillants.

C'est alors qu'un sifflement déchirant le ciel nous fait ployer la nuque en un seul mouvement instinctif, tous dans l'attente de l'obus largué par l'avion, mais la mort met des heures à arriver, l'appareil reprend de l'altitude, disparaît, à nouveau le silence.

– Une simple mission de repérage, dit Mano, ils vont arriver par la route pour nous avoir vivants.

Il lève son poing qui n'existe pas. Me regarde droit dans les yeux.

– N'oublie pas : la mer, les vagues, le soleil et la lumière.

– Je n'oublierai pas, Mano. Je n'oublierai rien.

– Fuyez vers l'est. Pepe vous accompagnera.

*

Nous avons obéi à Mano. Avons pris la tangente vers l'est tandis que la déferlante de blindés armés cognait aux portes sud du hameau. Réfugiés sous les branches épaisses d'un sapin, je demande à Pepe :

– Ils ont une chance ?

Je voudrais juste un peu d'espoir, une goutte, un atome.

– Aucune, lâche Pepe.

Il sourit. Garde le silence pendant quelques secondes, regard à l'affût, puis murmure :

– C'est un beau jour pour mourir. Un endroit digne du capitaine Cortada.

Il a raison. L'air est vif, pétillant, gorgé de sève, merveilleusement encourageant. Il nous commande de vivre dans la simplicité, heureux les uns avec les autres, de considérer chaque minute comme un cadeau à savourer. Comme le bonheur paraît simple et évident, soudain, et à la portée des hommes parmi ces montagnes et ces rochers. Et sous ce ciel et ces immenses sapins, comme les frontières édifiées par les hommes semblent idiotes, comme il est évident que les guerres et les haines sont des erreurs et que les hommes sont faits pour vivre en frères.

– Choisir la cause et le moment de sa mort est un privilège, reprend Pepe.

L'espace d'un instant, je suis dans la tête de Mano et de chacun de ses compagnons, je saisis en quoi ces minutes tragiques peuvent être porteuses d'espoir, en quoi la vie et la mort peuvent se confondre dans un même apaisement.

Les branches de sapin qui se balancent lentement au-dessus de nos têtes font clignoter le soleil, un écureuil grimpe le long d'un fût qui s'élance rectiligne vers le ciel, vers ce monde pur et juste dont rêve Mano et qu'il a décidé de rejoindre aujourd'hui. Que c'est étrange cette tranquillité, cette douceur, cette pureté, alors que la violence est là, toute proche, prête à frapper, annoncée par le ronronnement tranquille des camions allemands qui arrivent au seuil du hameau. Des portes claquent. Des voix volent vers nous.

– C'est le moment de nous quitter, dit Pepe. Vous avez le temps de rejoindre votre camion. Encore une chose : Mano Cortada vous confiera bientôt une dernière mission. Soyez-lui fidèles jusqu'au bout.

Une détresse infinie se lit dans l'œil ouvert de Félix.

– Il ne faut pas être triste, reprend Pepe. Mano et ses compagnons meurent sans Dieu ni maître. N'oubliez pas : *No pasarán !*

– *No pasarán !*

Muets, nous glissons le long de la pente. Les fougères et les ronces fouettent et griffent nos jambes. Soudain, Félix chuchote.

– Bouge pas. Regarde.

Une biche s'est figée à quelques dizaines de mètres de nous. Sa délicate petite tête est tournée dans notre direction, parfaitement immobile, ses gros yeux ne nous quittent pas. Sa patte avant droite est levée à quelques centimètres du sol couvert de mousse.

– C'est beau, hein ? murmure Féiix. C'est parce qu'elle a peur qu'elle peut plus bouger. Moi c'est pareil, quand j'ai peur.

Une violente détonation, épaisse et longue, nous fait sursauter, son écho remplit l'espace et en même temps un panache de fumée s'élève dans le ciel. La biche disparaît en trois sauts grâcieux, nous invitant à reprendre notre course. Des rafales d'armes automatiques, pointues et sèches, plantées comme des clous, accompagnent nos pas. Cœurs battants, nous dévalons la pente, aspirés à toute vitesse, mais Félix s'immobilise.

– Attends, dit-il, allons voir là-bas.

Une trouée dans la forêt permet de gagner une petite corniche d'où l'on peut voir, à quelques centaines de mètres, sur la crête du flanc opposé, le combat livré par Mano et ses hommes, pris en étau entre leurs assaillants et le vide.

– Les fumiers ! grogne Félix.

Des nuages jaunes dansent dans l'air, répandant une odeur de poudre, le bruit des détonations nous parvient étouffé, avec quelques secondes de retard. Des morceaux de roche blanche éclatent, de grosses mottes arrachées du sol volent dans les airs. La déflagration lente et ronde d'un mortier répond aux claquements secs et incisifs des armes automatiques. Le feu des Allemands est nourri, continu, obstiné comme une machine. De la crête ne parviennent plus que de pauvres et trop courtes répliques. Les hommes de Mano se détachent, au bord du vide, minuscules et magnifiques.

Dans le ciel, un éclat vif jouant avec le soleil attire notre regard. Court et compact, l'appareil incandescent pivote sur lui-même pour plonger à pic vers la crête rocheuse, il est si bas qu'on peut maintenant distinguer le pilote dans son cockpit de verre. La trajectoire de l'appareil est d'une beauté si pure ! À peine a-t-il lâché sa rafale meurtrière qu'il dessine une courbe pour regagner le ciel où il se plante à nouveau fixement afin de contempler, immobile et satisfait, la mort qu'il vient de répandre.

Le silence. Plus rien. Quelques soldats se redressent. Des voix allemandes portées par la brise parviennent jusqu'à nous.

Soudain, une silhouette apparaît dans un nuage de fumée, fine, gracile, elle marche le long de la crête comme un funambule de la liberté, à contre-jour elle se détache sur l'horizon. Il nous faut attendre de voir les balles danser dans le ciel pour reconnaître Michele qui avance fièrement, sourire aux lèvres, en direction des Allemands.

– Michele ! s'écrie Félix. Il fait danser les huit balles ! Il a réussi !

Nous ne rêvons pas, maintenant c'est le rire de Michele que nous entendons, le jongleur qui continue à faire danser les balles colorées en s'avançant vers les Allemands qui le tiennent en joue, un rire au triomphe désespéré. Mais soudain il se pétrifie, s'écrase genoux à terre, verse sur le côté et roule le long de la pente. Ses huit balles, pourtant, nous avons l'impression qu'elles continuent leur ronde dans le soleil.

Le silence recouvre tout, tout est terminé, la crête jonchée de cadavres est investie par l'escadron. Nous enfonçons nos doigts dans nos oreilles pour échapper aux cris de joie, aux rires, aux congratulations échangées par ceux qui viennent de tuer Mano et les siens, allemand, français, les deux langues se mélangent.

– Les sales fumiers ! grommelle Félix. Ils le paieront.

Mortifiés, nous observons les soldats qui vont et viennent le long de la pente pour ramener les corps jusqu'au camion et récupérer les armes et les explosifs. Rires et cris de joie se sont envolés, ils transportent les corps, les font rouler sur la plateforme d'un blindé comme on entasse le gibier après une partie de chasse.

Il leur faut aussi fouiller les maisons du hameau, vérifier que plus rien ne reste de la bande à Mano, effacer jusqu'à son existence.

Des bouffées de fumée blanche s'échappent des maisons râblées, des granges trapues, des bergeries garnies de paille, et puis ce sont des flammes qui font crépiter leur langue jaune pour achever la destruction, noircir les grosses pierres, effondrer les charpentes, dévorer jusqu'au souvenir de Mano. Rien ne doit rester, aucune trace, pas la moindre empreinte :

c'est pour ça que les barbares aiment le feu, parce que le feu c'est la mort absolue, les flammes anéantissent, promettent l'oubli, effacent la mémoire, le souvenir, le recueillement.

Les camions démarrent enfin, phares allumés.

Pendant des heures, nous n'osons pas bouger. Dans nos têtes et nos ventres les détonations n'en finissent pas d'éclater, j'entends toujours la voix de Mano, je vois le regard du *professor* derrière ses petites lunettes rondes, je me jure de revenir un jour sur les lieux de la mort de Mano.

– Faut retourner au camion et rentrer, dit Félix. Plus rien à faire ici.

Au lieu d'avancer, il regarde une dernière fois en direction de la crête où les hommes sont tombés.

– Pourquoi ils ont pas essayé de se sauver ? demande-t-il.

– C'était le bon jour pour mourir. Mano a choisi. Mais nous n'en avons pas fini avec lui. Rappelle-toi, nous devons attendre la dernière mission que le capitaine Cortada nous confiera.

42

Partout des fleurs. Des pastilles de couleur, rouges, vertes, bleues, jaunes, des couleurs vives, simples et franches, qui se détachent nettement sur le bleu du ciel. J'ignore quel âge j'ai, la seule chose que je sais c'est que je dois lever les yeux pour voir les pétales qui s'envolent, arrachés un à un par la brise tiède qui me court aussi sur la peau. On dirait une pluie multicolore, une explosion de diamants, des étincelles. Ces taches de couleur qui prennent leur envol me font rire, d'un rire libre et joyeux, sans âge, solaire. Je n'ai jamais ri avec autant de simplicité, de liberté, de bonheur, et tout en courant joyeusement pour tenter d'attraper les couleurs, j'ai l'impression que mes pieds quittent le sol, on pourrait dire que je vole à la poursuite de ces pétales mais ce n'est pas exactement ça, je ne vole pas vraiment, ou pas comme je voudrais, un poids dans ma poche m'empêche d'être libre, et ce poids je sais que c'est le revolver noir, compact, dense comme la mort. Le rire se fige dans ma gorge... Je comprends soudain que ma vie dépend de ces couleurs, il faut que je les attrape, elles seules peuvent me sauver, alors dans un effort désespéré, atrocement douloureux, j'essaie de tendre la main vers le ciel mais cette main n'existe pas, je crie, le plus fort que je peux, et je me réveille en sursaut.

Je baigne dans ma transpiration, mes habits sont trempés, une odeur aigre s'en échappe. En quelques secondes, les heures de la veille défilent dans le désordre, mais peut-être qu'elles font juste partie de mon rêve. Peut-être que Mano n'est pas vraiment mort ? Il doit être très tôt, le jour est à peine levé.

Le feuillage des arbres. Le murmure de la rivière. Félix émerge également du sommeil, le visage hagard.

Jacqueline se tient devant nous. C'est elle qui nous a réveillés en ouvrant brutalement la porte de la cabane sur le seuil de laquelle sa silhouette se découpe. Ses yeux sont enfoncés, cernés de violet, son teint, livide.

– Günther ! s'écrie-t-elle. Il... Il a fait... quelque chose de... de terrible.

Les secondes qui suivent durent une éternité.

– Il... Il s'est suicidé, reprend-elle. Il s'est tiré une balle dans le cœur. On l'a retrouvé hier soir, dans l'entrepôt attaqué. C'est Otto qui me l'a dit. Il allait être arrêté parce qu'il a failli à sa mission. C'est pour ça qu'on ne l'a pas vu de toute la journée hier.

Le serpent est devenu une âme errante. Je devrais m'en réjouir, me sentir délivré, mais mes sentiments sont confus, atrocement contradictoires. Ce salaud est aussi celui qui a cru en moi, le premier, qui a su allumer l'étincelle sacrée en me montrant d'insoupçonnables secrets, celui qui a mis sa vie entre mes mains pour partager le festin de la couleur et de la beauté. Je me demande s'il a pensé à moi, au moment d'appuyer sur la détente, à la confiance qu'il m'accordait, à ma trahison. Je tente de me persuader que Günther s'est rendu compte de la fausse voie qu'il suivait, de son erreur, de l'échec qu'avait été sa vie et que c'est pour cette raison qu'il s'est tué : je voudrais que sa mort le rachète, mais en réalité je sais bien qu'il a mis fin à sa vie par fidélité au national-socialisme, parce qu'il a échoué dans sa mission. Que c'était un pur salaud.

Je m'écroule en sanglots convulsifs dans les bras de Jacqueline.

– C'est pas tout, reprend-elle. Odette m'a dit qu'on a retrouvé une lettre, dans l'entrepôt. Une lettre destinée à ses chefs. C'est Otto qui a été chargé de la transmettre.

– Ce salaud nous a tous dénoncés, dis-je. Comme un serpent qui crache une dernière fois son venin. Esther ? Mes parents ? Tu sais si...

– Personne ne les a trouvés. Toujours cachés à la vieille piscine.

Nos regards se croisent. Les mêmes idées tournoient dans nos têtes.

– Il faut passer la ligne ce soir, dis-je. On prendra le train à Chalon.

– Et tes parents ? demande Jacqueline. Ils vont...

– Ce soir, à la nuit, j'irai les trouver.

– Et nous, pendant ce temps, lance Félix, on va chercher des affaires à la scierie. On se retrouve ici, vers minuit.

– Et ton père ?

– Il doit être en train de fêter la mort de Mano avec ses potes de la Kommandantur. Mais t'inquiète pas, je sais bien comment m'y prendre.

*

Fin d'après-midi, le garage est désert. Je fouille les armoires, remplis un sac avec mes affaires, celles d'Esther, et j'entasse ce que je trouve de provisions dans une besace. Parfois l'espoir m'envahit, Mano a échappé à la mort, il se cache quelque part en attendant le bon moment pour revenir et nous confier sa dernière mission.

Mais ces pauvres étincelles ne flamboient que quelques minutes et il ne reste bientôt de ces rêveries qu'une triste fumée. Dans quelques jours la mort de Mano et des siens sera oubliée. Ils iront simplement rejoindre le long cortège d'opposants sacrifiés, d'otages exécutés, de prisonniers tirés au petit matin comme des lapins de garenne, de tous ceux qu'on oubliera. Mano sera un mort parmi d'autres, anonyme, son héritage et sa grandeur seront oubliés. Et si notre ultime devoir était de nous souvenir de lui ? De célébrer sa mémoire, de le porter dans nos cœurs jusqu'à ce que vienne le temps de le rejoindre ?

Le soleil tombe. Chaque bruit de moteur, chaque claquement de porte m'annonce une descente de SS ou de légionnaires chargés des basses besognes. J'essaie de me figurer concrètement le cheminement de la lettre de Günther, le coupe-papier qui ouvre l'enveloppe, la main qui saisit le téléphone pour passer l'ordre d'aller saisir la petite Juive et ceux qui l'ont protégée.

*

La nuit est précoce, orageuse, étouffante. D'épais nuages anthracite ont pris possession du ciel, l'atmosphère est saturée de soufre. La chaleur est insupportable, mes vêtements sont trempés. De brusques cicatrices d'argent fendent l'horizon, le roulement du tonnerre arrive quelques secondes après.

Muni d'une lanterne, je retrouve sans difficulté mes parents à la vieille piscine. Esther somnole contre l'épaule de ma mère. Mon père fait les cent pas, lentement.

– Te voilà enfin ! s'écrie ma mère. On a cru que...

Elle me prend dans ses bras, me serre longtemps, sa peau est brûlante. En une dizaine de phrases, je raconte le sort du capitaine Cortada et celui de Günther.

– Il a rédigé une lettre avant de mourir. Ils vont nous arrêter. C'est certain, maintenant. Il faut partir, le plus vite possible, il faut emmener Esther.

– M'emmener ? s'exclame Esther. Mais où ?

– On sait où se trouve ton petit frère. À Nice.

Son regard vacille, incrédule.

– À Nice ? Mais tu le sais... Depuis quand ?

– Plusieurs semaines. C'est un...

– Plusieurs semaines et tu ne m'as rien dit ? Et Félix, il m'a aussi caché ça...

Ses yeux gorgés de larmes brillent dans la nuit. Son regard désemparé n'arrive à se fixer nulle part. Le tonnerre roule au-dessus de nos têtes.

– Si on te l'avait révélé, tu aurais voulu partir immédiatement... On serait tous tombés dans le piège de Günther. Il attendait un faux pas, un seul. À présent, plus le choix. Nous décampons dès ce soir, tout est prêt. Félix et Jacqueline nous attendent. Tout là-bas, ce sont les Italiens qui font la loi. On sera en sécurité.

Esther saisit le bras de ma mère, s'y agrippe, pose le front contre son épaule. Son corps est secoué de sanglots convulsifs.

– S'ils ne me trouvent pas, ils vont vous arrêter. Ils se vengeront sur vous. Je préfère encore me livrer, dire que je vous ai menti, que vous n'y êtes pour rien... C'est de ma faute si vous êtes tous menacés.

– Pas du tout, répond ma mère. Une fois que tu seras partie, ils ne pourront rien. Ils n'auront aucune preuve.

– Et la lettre de Günther ? demande Esther.

Mon père se force à prendre un ton détaché.

– La lettre d'un officier sur le point d'être arrêté, qui a failli à sa mission et s'est lâchement suicidé ? Aucun danger.

J'essaie de fixer son regard fuyant. Il ment ! Il ne croit pas un mot de ce qu'il dit. Ma mère l'a compris, elle aussi. Ils savent que leur vie est suspendue aux mots écrits par Günther.

– Philippe a raison, appuie-t-elle, vous devez partir. Dès ce soir. En restant, nous montrons que nous n'avons rien à nous reprocher. Fuir avec vous serait au contraire un aveu. Si on nous interroge, vous êtes simplement en voyage à Paris, quoi de plus naturel pour deux cousins ?

Je sais que dans quelques instants nous serons séparés, pour longtemps, des semaines peut-être, que je ne les aurai plus à mes côtés, que nous aurons peur les uns pour les autres. Ma gorge est prise dans un étau, j'étouffe, mais je lis dans les yeux de mon père que mon angoisse doit rester secrète. Alors, me tournant vers Esther, je me force à afficher un sourire désinvolte.

– Tu vois ? Juste un petit voyage. On va revoir ton petit frère. Il vit dans une famille, sur le port de Nice. Et quand nous reviendrons, il sera avec nous…

La panique fébrile s'est métamorphosée dans ses yeux en une simple résignation.

– Mon violon ? Tu as pensé à mon violon ?

Dans le tumulte et la fébrilité des préparatifs, j'ai totalement oublié l'instrument. Je regarde ma montre. 23 h 25. Nous avons le temps de passer le prendre avant de rejoindre Jacqueline et Félix.

*

De retour au garage, Esther monte aussitôt dans sa chambre pour prendre son violon, rassembler ses partitions. Je l'entends marcher, remuer des papiers, tout ça prend un temps infini. Un éclair silencieux jette par la verrière un coup de lumière blafarde.

Je tends l'oreille. Je reconnais le bruit caractéristique d'un moteur de motocyclette et devine bientôt, derrière la vitre dépolie, un gars qui descend de son engin. Otto, peut-être ? Mon cœur s'arrête. C'est lui qu'on a chargé de venir nous arrêter ! La vengeance de Günther est là. Il s'approche de la vitre, son regard balaie l'intérieur, il ne doit pas voir grand-chose.

Pendant ce temps, je fais quelques pas discrets vers la calandre de voiture derrière laquelle se trouve dissimulée l'arme qui me rassurait lorsque je devais affronter Günther. Je m'en saisis silencieusement, elle est chargée.

La poignée de la porte métallique du garage s'abaisse, la porte vitrée s'entrouvre. Le gars est vêtu de cuir.

Ce n'est pas Otto. Un Indien ? Un ami de mon père, à cette heure ? Je reste sur mes gardes.

– Qu'est-ce que tu fous là ?

– Je cherche… Philippe.

J'hésite. J'entends Esther qui s'engage dans l'escalier.

– C'est moi.

– Je viens de la part de Mano Cortada.

Un éclair brillant, plus long que les autres, nous pétrifie tous dans sa lumière. Je replace l'arme dans ma poche.

– Je viens pour ta dernière mission.

Il s'approche, sort de sa besace une petite boîte métallique, rectangulaire.

– Paraît que tu sauras quoi en faire.

Le gars porte son doigt à la calotte de cuir qui lui couvre le crâne, fait demi-tour, enfourche tranquillement son engin, passe la première. Tournant la tête vers moi, il m'adresse un dernier sourire.

Tandis qu'il disparaît, archange de l'éternité, j'entrouvre la boîte. De la poussière. Grise, tiède, légère, elle me file entre les doigts. Les cendres de Mano.

Esther est enfin arrivée à ma hauteur, violon en bandoulière.

– C'est qui ? demande-t-elle. Qu'est-ce qu'il voulait ?

– Un ami. Un ami qui nous veut du bien.

*

Nous longeons les murs, tendons l'oreille à chaque angle droit, traversons précipitamment les rues, la ville est absolument déserte, sans bruit, on n'y verrait rien sans le ballet de sabres clairs qui se déchaînent dans les cieux.

Enfin nous quittons les derniers faubourgs, la route taille les champs. L'odeur du blé nous saisit les narines, maintenant nous courons presque. Dans quelques minutes, nous y serons. Esther s'arrête brusquement.

– Regarde, là-bas. C'est un bombardement, tu crois ?

– On l'aurait entendu.

À quelques centaines de mètres, une couronne rougeâtre monte vers le ciel : les flammes que nous devinons à peine projettent leurs formes souples et dansantes sur les grands peupliers qui cernent la scierie.

– Le feu ! s'écrie-t-elle. Il y a un incendie quelque part.

– C'est à la scierie.

– La scierie ? Et Félix, tu crois que...

Nous courons à toute allure en direction de notre point de rendez-vous, à la rivière, maintenant fous d'angoisse, incapables de comprendre ce qui se passe. Alors que nous y sommes presque, nous distinguons une silhouette dont l'ombre se détache sur la clarté de l'incendie, courant sur la route dans notre direction.

– C'est Jacqueline ! lance Esther.

Essoufflée, exaltée, les membres agités de soubresauts, il faut plusieurs secondes à Jacqueline pour retrouver son calme. Ses cheveux en bataille collent à son visage brillant de transpiration.

– Félix est retourné à la scierie, il y a une heure. Il m'a dit qu'il avait oublié son couteau, mais je sentais qu'il me mentait, qu'il avait de mauvaises idées en tête. Tu sais comme il est : quand il a une idée dans la caboche, impossible de le retenir. C'est lui qui a mis le feu, les flammes vont tout manger.

– Mais pourquoi il a fait ça ? Pourquoi aujourd'hui ?

– Pour venger Mano. Parce qu'il fallait que ça finisse comme ça. Que notre père ne pouvait pas s'en tirer aussi bien. Et aussi parce que tous les Allemands vont être appelés là-bas et que personne ne fera attention à nous.

– Où est-il ? demande Esther. Me dis pas qu'il est toujours...

Son bras se tend vers l'incendie.

– Non, il est aussitôt revenu à la rivière. Il nous y attend. Je me demandais ce que vous faisiez, j'étais inquiète, alors je suis venue à votre rencontre.

Dans la pente qui mène au torrent, nous sillonnons à travers taillis et épineux, encombrés et maladroits à cause de nos sacs gonflés à bloc et du violon. Sous les épaisses frondaisons des arbres, l'obscurité est totale. Enfin le chant du torrent, familier, nous apaise.

Je m'attends à retrouver Félix bouleversé, agité, le cœur soulevé par la colère. Il est au contraire très calme, contemplant le cours de la rivière dans la nuit.

Il se retourne soudain, je devine son sourire dans la nuit.

– Vous voilà enfin. Alors, il commence maintenant, notre voyage ?

La suite et fin des *Papillons bleus*
paraîtra en octobre 2023.

De la vérité historique à l'invention romanesque

La narration propre au genre romanesque s'inscrit dans l'Histoire et donc dans une vérité factuelle, vérifiable dans les ouvrages consacrés à une période choisie par le romancier. Le sort de ses personnages ressortit à l'invention tandis que la société dans laquelle ils évoluent s'inscrit dans la réalité historique.

Le romancier joue comme bon lui semble avec ses personnages ; il est évident qu'il ne peut pas s'accorder cette même liberté avec l'Histoire hormis dans certains genres bien particuliers, telle l'uchronie, dont le principe est justement de jouer avec la chronologie…

Il peut cependant arriver que le scénario imaginé par le romancier lui impose de prendre quelque distance avec la pure vérité historique.

Les lignes qui suivent soulignent les « petits arrangements » qui ont dans ce roman permis à la narration de se développer sans trop d'invraisemblance.

*

Les messages codés émis par Radio-Londres et écoutés par Philippe et son père ont été avancés de quelques semaines. Le premier message émis par Radio-Londres date de septembre 1941 ; m'astreindre à cette vérité aurait inutilement compliqué la narration.

De la même façon, les premiers parachutages de matériel mis en scène dans ce récit n'ont eu lieu, du moins avec cette régularité, que quelques mois plus tard.

Dans la deuxième partie de ce récit, la bande dirigée par Mano Cortada est purement imaginaire. Elle n'est cependant pas déconnectée de toute réalité, s'inspirant des premiers regroupements de réfractaires ayant trouvé refuge dans les zones reculées. Résistants autonomes, audacieux aventuriers prêts aux plus téméraires opérations, brigands profitant de la situation (ou parfois tout cela à la fois), ces groupes informels et souvent éphémères n'ont pas grand-chose en commun avec les maquisards structurés à partir de 1943.

Le projet Rosenberg, évoqué dans la deuxième partie du texte, est bien connu. Il n'a cependant aucunement été lié à la ville fictive de ce récit. Le personnage qui en est responsable, Günther, est imaginaire.

Les éléments portant sur le réseau du musée de l'Homme, le réseau Valmy, le groupe du lycée Buffon et celui des amis d'Alain-Fournier sont exacts. Les noms propres cités désignent des membres de ces groupes ayant existé. Ces personnes apparaissent parfois dans des situations fictives, notamment quand elles croisent des personnages du livre. Philippe et Félix rencontrent par exemple Michel Agnellet. Il va de soi que cette situation est inventée, comme les propos mis dans la bouche de M. Agnellet. Le destin des personnes ayant appartenu à ces réseaux (arrestations, exécutions, etc.) correspond à la réalité quand il est évoqué.

L'intervention demandée par Philippe aux membres du lycée Buffon pour tenter de contrer la rafle du 20 août 1941 est totalement fictive.

La rafle du 20 août 1941, à laquelle Philippe et Félix assistent impuissants, correspond à la réalité historique à ceci près qu'elle ne concernait que les hommes alors que dans le récit, la mère d'Esther est emmenée avec son mari. Plus globalement, l'arrière-plan général de la narration consacrée au matin du 20 février s'éloigne de la vérité factuelle en laissant penser que des femmes ont bien été prises pour cible. Cet écart n'est guidé par rien d'autre que la nécessité narrative de laisser les deux parents d'Esther ensemble.

La lettre interceptée grâce à laquelle Philippe apprend le projet de cette rafle porte les traces des directives émises pour mener à bien les rafles du Billet vert de mai 1941, d'août 1941 et du Vélodrome d'Hiver de juillet 1942.

Bibliographie

Pour écrire *Les Papillons bleus*, tome I, j'ai consulté des dizaines d'ouvrages et encore davantage de sites Internet portant sur cette période. Les citer intégralement n'aurait pas beaucoup de sens. Voici les principaux :

Histoire de France à travers les journaux du temps passé, la seconde guerre mondiale, André Rossel, L'Arbre verdoyant, 1985.

Images de la France de Vichy, Claude Lévy, La Documentation française, 1989.

Histoires extraordinaires de la Résistance, Dominique Lormier, Mon Poche, 2019.

La France à l'envers, Alya Aglan, « Folio », Gallimard, 2020.

La Vie des Français sous l'Occupation, Henri Amouroux, « Terre de Poche », De Borée, 2011.

Les Enfants cachés, Raphaël Delpard, Les Éditions de l'Histoire, 2020.

Remerciements

Un immense merci à toute l'équipe de Didier Jeunesse, et tout particulièrement à Mélanie Perry. C'est grâce à ses encouragements et à son attentive disponibilité que j'ai surmonté une longue période de découragement et que j'ai trouvé l'énergie de terminer ce gros roman.

Merci à Simon Dell'Asino pour m'avoir fait part de ses remarques sur les aspects historiques du roman.

P. R.

13 rue de l'Odéon
75006 Paris
www.didier-jeunesse.com
Illustration de couverture : Sébastien Pelon
Composition, mise en pages et photogravure : IGS-CP (16)
ISBN : 978-2-278-12079-6 • Dépôt légal : 2079/01
Nº d'impression : 2301835
Loi nº 49-956 du 16 juillet 1949 sur les publications destinées à la jeunesse

Achevé d'imprimer en France, à Alençon, en juin 2023 chez Normandie Roto Impression s.a.s., imprimeur labellisé Imprim'Vert, sur papier composé de fibres naturelles renouvelables, recyclables, fabriquées à partir de bois issus de forêts gérées durablement.